Das Buch
Dies ist die Geschichte von Alexander und Paul. Es ist die Geschichte einer ungewöhnlichen Freundschaft zwischen einem Jungen aus begüterten Verhältnissen und einem Kind aus dem Waisenhaus. Es ist die Geschichte eines Verrats. Und die Geschichte einer großen Liebe. Nicht zuletzt erzählt sie von den gesellschaftlichen Umwälzungen der Sechziger- und Siebzigerjahre, von den damit verbundenen Träumen und Hoffnungen und von dem, was davon schließlich übrig bleibt. Alexander wohnt in dem wohlhabenden Freiburger Stadtteil Herdern. Er freundet sich mit Paul an, der im Eisenbahn-Waisenhort gleich nebenan aufwächst – wenige Meter entfernt, und doch in einer ganz anderen Welt. Jeder entdeckt im anderen das, was ihm zu fehlen scheint. Aus unterschiedlichen Motiven engagieren sich die die beiden jungen Männer schließlich in linken Bewegungen. Alexander sucht Freiheit, Paul will soziale Gerechtigkeit. Da taucht Toni auf, die Frau ihres Lebens. Das Schicksal führt sie zusammen und wieder auseinander. Sie landen im Heute. Und alle drei Figuren müssen entscheiden, wie sie mit den Idealen der Jugend umgehen wollen. Soll man retten, was davon übrig geblieben ist? Oder sind sie ein Panzer, den es zu sprengen gilt?
Am Beispiel von Alexander, Paul und Toni untersucht Wolfgang Schorlau die Anatomie der Rebellion, überzeugt davon, dass ihre Kenntnis in unruhigen Zeiten nützlich sein kann. »Manchmal ist es notwendig, etwas Spezifisches zu erzählen«, schreibt Schorlau im Nachwort, »um etwas Allgemeines auszudrücken.«

Der Autor
Wolfgang Schorlau lebt und arbeitet als freier Autor in Stuttgart. Neben den sieben »Dengler«-Krimis »Die blaue Liste (KiWi 870), »Das dunkle Schweigen« (KiWi 918), »Fremde Wasser« (KiWi 964), »Brennende Kälte« (KiWi 1026), »Das München-Komplott« (KiWi 1114), »Die letzte Flucht« (KiWi 1239) und »Am zwölften Tag« (KiWi 1337) hat er den Roman »Sommer am Bosporus« (KiWi 844) veröffentlicht und den Band »Stuttgart 21. Die Argumente« (KiWi 1212) herausgegeben. 2006 wurde er mit dem Deutschen Krimipreis und 2012 mit dem Stuttgarter Krimipreis ausgezeichnet.

1399

Wolfgang Schorlau

REBELLEN

Roman

Kiepenheuer & Witsch

Wer glaubt, sich selbst oder einen alten Bekannten in diesem Buch wiederzuerkennen, irrt sich. Alle Figuren in diesem Buch sind erfunden. Alles ist nur ausgedacht.

Die Entstehung dieses Romans wurde von dem Förderkreis Deutscher Schriftsteller in Baden-Württemberg unterstützt.

Verlag Kiepenheuer & Witsch, FSC® N001512

1. Auflage 2014

© 2013, 2014, Verlag Kiepenheuer & Witsch, Köln
Alle Rechte vorbehalten. Kein Teil des Werkes
darf in irgendeiner Form (durch Fotografie,
Mikrofilm oder ein anderes Verfahren)
ohne schriftliche Genehmigung des Verlages
reproduziert oder unter Verwendung
elektronischer Systeme verarbeitet, vervielfältigt
oder verbreitet werden.
Umschlaggestaltung: © Rudolf Linn, Köln
Umschlagmotiv: © privat
Gesetzt aus der Minion
Satz: Buch-Werkstatt GmbH, Bad Aibling
Druck und Bindung: CPI books GmbH, Leck
ISBN 978-3-462-04686-1

Natürlich für Petra

Sagen Sie ihm, dass er die Träume
seiner Jugend nicht vergessen soll,
wenn er ein Mann geworden.

Marquis von Posa in: Friedrich Schiller,
Don Karlos

Was hat die Zeit mit uns gemacht?
Was ist denn bloß aus uns geworden?
Das kann doch echt nicht unser Ding sein.

Udo Lindenberg

ANFANG

Der Anfang bestimmt die Struktur

Was die adligen Schriftsteller von der Natur umsonst bekommen haben, das erkaufen sich die Leute ohne Rang und Titel mit dem Preis ihrer Jugend. Schreiben Sie doch mal eine Erzählung darüber, wie ein junger Mensch, Sohn eines Leibeigenen, seinerzeit Ladenschwengel, Kirchensänger, Gymnasiast und Student, erzogen zur Ehrfurcht vor Ranghöheren, zum Küssen von Popenhänden, zur Verbeugung vor fremden Gedanken, zur Dankbarkeit für jedes Stückchen Brot, oft verprügelt, ohne Galoschen zum Unterricht gegangen, der sich geprügelt hat, Tiere gequält hat, gern bei reichen Verwandten gegessen hat, ohne Notwendigkeit geheuchelt hat vor Gott und den Menschen, nur aus dem Bewusstsein seiner Minderwertigkeit – schreiben Sie, wie dieser junge Mann aus sich tropfenweise den Sklaven herauspresst und wie er eines schönen Morgens aufwacht und spürt, in seinen Adern fließt kein Sklavenblut mehr, sondern echtes, menschliches.

Anton Tschechow, Brief an Suworin vom 7. Januar 1889

1. Alexander

Das Erste, was er von Paul sah, war die Glut seiner Zigarette. Zunächst dachte er, es sei eines jener selten gewordenen Glühwürmchen, die er manchmal abends von seinem Zimmer aus beobachtete, wenn sie drüben auf der anderen Seite des niederen Buchsbaumzaunes ihre Tänze aufführten und so eigenwillige Kurven und Linien flogen, so schnell die Richtung ihres Fluges änderten, dass es ihm nie gelang, ihre Bahnen vorherzusagen. Doch dieses Glühwürmchen leuchtete jäh auf und verlosch gleich wieder. Alexander drückte sich enger an die Wand und schob die Gardine ein wenig weiter zur Seite. Er kniff die Augen zusammen, um durchs Dunkel besser sehen zu können, und drüben auf der Heimwiese verwandelte sich der Schatten in eine Kontur, und die Kontur wurde zur Gestalt, zur Gestalt eines Jungen, kaum älter als er, zwölf, vielleicht schon dreizehn Jahre alt. Mit dem Rücken lehnte er gegen den Stamm des alten Apfelbaumes und rauchte.
Unvermittelt überfiel ihn Neid. Ekelhafter, sündiger Neid. Neid, den er am Samstag würde beichten müssen. Neid auf den Jungen auf der anderen Seite des Zauns, für den die Gebote der Erwachsenen nicht galten. Der nicht beim Dunkelwerden ins Bett geschickt wurde. Der nicht jeden Abend die Schande ertragen musste, dass der Bruder eine Stunde länger bei den Eltern vorm Fernseher sitzen durfte, obwohl er

nur zwei Jahre älter war. Dieser Junge, nur wenige Schritte von ihm entfernt, wurde bestimmt nicht gezwungen, Klavier zu üben, bestimmt musste er nicht mit den Eltern Mozart hören oder die Schlager von Freddy Quinn.
Als sei es selbstverständlich, hielt der Junge dort drüben eine Kippe in der hohlen Hand. Dann trat er sie mit dem Absatz aus, so wie John Wayne es in den Filmen tat, die er sich manchmal sonntags nachmittags im Friedrichsbau ansah, heimlich, wenn eine großherzige oder kurzsichtige Kartenverkäuferin ihm ein Billett verkaufte.
Der Junge auf der anderen Seite des Zauns stieß sich plötzlich von dem Baum ab, stand einen Augenblick still, als denke er nach, dann marschierte er mit fünf ausholenden Schritten geradeaus, riss die Füße hoch wie ein Soldat. Dann blieb er stehen, drehte sich mit einer einzigen schnellen Bewegung nach links und ging noch einmal fünf Schritte. Er bückte sich. Saß nun in der Hocke und streifte mit der rechten Hand über den Boden. Er griff in die Hosentasche, zog ein Messer hervor und stach in den Boden. Lockerte die Erde, buddelte mit beiden Händen und hob Erde aus. Manchmal hielt er inne und sah sich um. Dann verbarg Alexander sich hinter der Gardine und wartete einen Augenblick.
Kein Zweifel: Der Junge grub mit Messer und bloßen Händen den Boden auf. Als er fertig war, zog er mit beiden Händen eine dunkle Schachtel aus der Erde. Er hob den Deckel hoch und zog eine Pistole hervor. Mit einer kurzen Bewegung steckte er sie in den Hosenbund, legte die Schachtel in das Loch zurück, schob mit dem rechten Fuß die Erde zurück in die Grube und trampelte sie fest.
Eine Pistole!
Alexander zuckte hinter der Gardine zurück.
Verboten!
Absolut verboten!

Vorsichtig beugte er sich vor und schob mit dem Zeigefinger erneut die Gardine zur Seite.

Der Junge auf der anderen Seite des Zauns wischte sich die Hände an der Hose ab und ging mit steifen Schritten über die Wiese zu dem Heckenzaun, der sie von der Haydnstraße trennte. Die Dunkelheit radierte seine Kontur aus und ließ Alexander alleine hinter der Gardine zurück.

Barfuß tapste er wieder ins Bett. Auf dem Rücken liegend streckte er die Beine aus, doch seine Fersen stießen prompt gegen die Fußleiste des Bettes und erinnerten ihn daran, dass er immer noch in einem Kinderbett lag, während sein Bruder schon in einem richtigen, *von ihm selbst ausgesuchten* Bett schlief. Wütend drehte er sich zur Seite und zog die Knie an den Bauch. Es wuchs in ihm der Beschluss, mehr noch die Gewissheit: Dieser Junge würde sein Freund werden, sein bester Freund. Sie würden abwechselnd diese Pistole tragen und spätabends gemeinsam rauchen.

Er lag in seinem zu klein gewordenen Kinderbett, und er entbehrte etwas, das so grundlegend und elementar war wie Luft oder Wasser oder Brot. Er sehnte sich nach etwas und wusste nicht, wonach.

2. Alexander heute

Die lokale Presse hatte die Vorabmeldungen der großen Wirtschaftsredaktionen sofort aufgegriffen und die Nachricht bereits heute auf die erste Seite gehoben. Immerhin ging nun ein jahrzehntelanger Kampf auf dem Markt für Werkzeugmaschinen zu Ende, und dass ein Freiburger Unternehmen die Konkurrenz aus dem Schwäbischen schluckte, war nun wirklich berichtenswert, denn meist, so die Erfahrung der letzten Jahrzehnte, lief es umgekehrt. Umso mehr wurde es ihm, dem Unternehmer Alexander Helmholtz, angerechnet, dass er sich zum Mittagessen im Hotel Colombi einfand, wo sich, wie jeden Montag, sein rotarischer Klub zum Essen traf. Dass ein so bedeutend gewordener Mann Mitglied blieb und sogar seiner Präsenzpflicht nachkam, jedenfalls weitgehend, denn bei den umfassenden Geschäften der Helmholtz-Gruppe musste man an diesem schwierigen Punkt eine gewisse Großzügigkeit walten lassen, wurde im Klub mit Anerkennung und Respekt kommentiert, obwohl Dr. Esser, der in diesem Jahr präsidierte, vermutete, dass sich Helmholtz irgendwann doch einmal zurückziehen würde, um dann Gruppen und Zirkeln anzugehören, deren Mitglied zu sein den normalen Rotariern, also leider auch ihm, versagt bleiben würde.

Umso mehr ärgerte er sich, dass an diesem Tag drei ältere Mitglieder, zwei emeritierte Professoren und ein ehemaliger Forstpräsident, während des Vortrags einschliefen, der regelmäßig dem Essen folgte. Nun, sie schliefen jeden Montag und bei jedem Vortrag, aber dass sie auch an diesem Tag die Köpfe so schamlos nach vorn fallen ließen, nahm Esser ihnen richtiggehend übel. Immerhin: Helmholtz schien es nicht zu bemerken. Vielleicht war er zu sehr mit den eigenen Gedanken beschäftigt. Er saß wie immer an dem Tisch in der Mitte, den Kopf leicht zur Seite geneigt, und hörte aufmerksam zu.

Erst später, nach dem Essen, als man ihnen in der Lobby bereits die Mäntel reichte, ergab sich die Gelegenheit, und Dr. Esser gelang es, seinem rotarischen Freund mit einigen wenigen Worten zu gratulieren.

»Als einen unserer nächsten Klubpräsidenten haben wir Sie mit dem heutigen Tag wohl verloren?«

Helmholtz lachte. Sorgfältig zog er die Handschuhe an den Fingern gerade. »Wer weiß. In Ihrer Nachfolge zu stehen wäre eine große Ehre. Aber vielleicht nicht gerade im nächsten Jahr.«

»Abgemacht. Für den Klub wäre es eine Ehre.« Dr. Esser zögerte einen Moment: »Es gibt da noch eine Sache, zu der ich Sie gern gesprochen hätte. Sie betrifft, nun ja …«

Er blieb stehen. Helmholtz sah auf seine Uhr.

»Unsere Kanzlei hat ein Mandat angenommen, ein Mandat, das möglicherweise Ihre Interessen berührt.« Er räusperte sich. »Der Name Paul Becker sagt Ihnen vielleicht etwas?«

Helmholtz hob den Kopf und sah Esser direkt in die Augen. Was immer in Helmholtz vorging, an seinen Augen konnte Esser es nicht ablesen. Zum ersten Mal bekam er eine Vorstellung davon, mit welch harten Bandagen dieser Mann kämpfen konnte.

»Allerdings.« Helmholtz zögerte einen Augenblick: »Soweit ich weiß, ist Paul Becker vor einigen Jahren gestorben.«

»Nun, wir vertreten seinen Sohn. Jonas Becker. Er hat gewisse Unterlagen seines Vaters gefunden, die er Ihnen gern zeigen würde.«

»Unterlagen?«

»Offenbar Notizen seines Vaters.«

Der pensionierte Forstpräsident, nun lebhaft und wach, steuerte aus dem Nebenzimmer direkt auf sie zu.

Helmholtz zog Esser mit einer schnellen Bewegung zur Seite, sodass der Forstpräsident a. D. verblüfft ins Leere lief. Der wohldosierte Druck auf Essers rechten Unterarm verlagerte sich, und er wurde unversehens zurück in den Speiseraum geschoben, der nun menschenleer war. Verwüstet sah es hier nun aus, zerknüllte, verschmutzte Servietten auf den Tischen und den Sitzflächen der achtlos nach hinten gerückten Stühle, Fleischreste und Pfützen übrig gelassener Soße auf den Tellern.

»Jonas Becker will mit mir reden? Warum ruft er mich nicht an?«

»Ein Termin in unserer Kanzlei wäre wohl angemessen.«

Helmholtz überlegte: »Dann sollten wir den jungen Mann nicht allzu lange warten lassen.«

»Sicher. Mein Büro wird sich mit Ihnen wegen eines Termins in Verbindung setzen.«

Helmholtz griff erneut mit einer schnellen Bewegung Essers Arm. »Warum nicht sofort? Heute?«

»Heute Nachmittag? In meiner Kanzlei?«

»Ja. Passt Ihnen 17 Uhr?«

Esser nickte, und Helmholtz ging.

Gedächtnis und Erinnerung sind zwei völlig verschiedene Dinge. Das Gedächtnis, so hatte jedenfalls Alexander Helmholtz lang gedacht, ist ein gut geölter Apparat, der umstandslos alles in sich hineinstopfte, eine Maschine, die Informationen, Eindrücke und Erlebnisse in Nervenzellen und Synapsen speicherte, wie eine Verkehrskamera, die unbeteiligt alles aufnimmt, was sich in ihrem Blickwinkel bewegt.

Helmholtz war es gewohnt, Informationen zuverlässig abzurufen, entweder aus dem eigenen Kopf oder aus dem von Frau Ballhaus, die sein Büro seit vielen Jahren führte. Er verlangte, dass die Information zur Stelle war, wenn er sie brauchte. Das verlangte er, obwohl ihm sein eigener Gedächtnisapparat seit zwei, drei Jahren immer öfter Streiche spielte und er zu seinem Ärger Dinge vergaß, vor allem Namen. Sogar wenn es um einen wichtigen Auftrag ging und er sich von einem Mann verabschiedete, der ihm bereits im Juni die Jahresbilanz rettete und mit dem er zwei Stunden lang über technische Details, Lieferzeiten, Zahlungsziele und Rabatte gefeilscht hatte, fiel ihm zum Abschied, wenn man sich die Hände reichte und noch einmal, einer Beschwörungsformel gleich, die nun begründete langfristige, *verlässliche* Partnerschaft betonte, der Name seines Gegenübers nicht mehr ein. Das Gedächtnis versagte auf empörende Weise, statt des Namens fühlte er auf beunruhigende Weise ein saugendes Vakuum im Hirn.

Als er Toni davon erzählte, lachte sie ihn aus. Das seien normale Alterserscheinungen. Er müsse sich keine Sorgen machen. Allerdings: Besser würde es nicht werden. Seitdem notierte er sich die Namen seiner Gesprächspartner in dem gebundenen schwarzen Notizbuch, das er aufgeschlagen vor sich liegen ließ und in das er am Ende des Gesprächs unauffällig einen Blick warf, um die aufgeschriebenen Namen zumindest jetzt noch einmal ins Kurzzeitgedächtnis zu rufen.

Helmholtz fror, als er die Rathausgasse hinaufeilte, obwohl es ein warmer Frühlingstag war. Die Bäume um den Brunnen, den die Stadt zu Ehren des Franziskanermönchs Berthold Schwarz erbaut hatte, trugen bereits frische Blätter in dem unschuldigen Sanftgrün des späten April. Doch Wolken stauten sich über dem Schlossberg, und ein plötzlicher Regen konnte alles zunichtemachen. Nichts war sicher in dieser frühen Jahreszeit.

Helmholtz eilte weiter, den Mantelkragen mit der Rechten am Hals zusammendrückend. Er wollte nicht an Paul denken. Er wollte Toni sehen.

Ja, er wollte seine Frau sehen. Sehen, dass sie lebte, sehen, dass alles an seinem Platz war. Paul war seit Jahren tot. Doch nun schien es ihm, als greife er erneut nach ihm.

Am Ende der Kaiser-Joseph-Straße befand sich ihre Praxis: *Dr. Antonia Helmholtz, Diplom-Psychologin, Jugend- und Familientherapie.* Er stürmte die Treppe hinauf und riss die Tür zu ihrer Praxis auf.

Sonja, die hinter der Anmeldetheke saß, schreckte auf, lächelte, als sie ihn erkannte, legte dann einen Finger auf die Lippen. »Ihre Frau hat eine Patientin«, flüsterte sie und deutete auf den Therapieraum. Sie streckte alle zehn Finger in die Höhe.

Noch zehn Minuten also.

Immer noch schwer atmend, ging Alexander Helmholtz ins leere Wartezimmer und setzte sich auf einen Stuhl. Stand auf und zog seinen Mantel aus. Setzte sich wieder, stand erneut auf, trat zum Fenster und schob, einem inneren Impuls folgend, die Gardine zur Seite.

Erinnerung ist ein anderes Kaliber als das Gedächtnis. Erinnerung wählt aus. Erinnerung bewahrt jene Dinge auf, die ein unkontrollierbares Unterbewusstsein für wert hält, dass sie aufbewahrt werden, oder die so schrecklich sind, dass sie unvergesslich werden. Sie hält sie frisch wie am ersten Tag. Ihr Maßstab sind weder Uhr noch Frau Ballhaus' Terminkalender. Erinnerung lässt sich nicht kontrollieren, bestellen, kommandieren, sie kommt und geht, wie es ihr passt, oft ohne Vorwarnung und ohne Ankündigung, und wenn sie erscheint, ist sie wahr, sosehr man zuvor auch versucht haben mag, sie zu verbiegen, zu verleugnen oder gar ganz zu löschen.

3. Paul

Paul stemmte sich gegen die Tür. Mit der Schulter und beiden Händen drückte er dagegen. Im Flur nahm Moppel Anlauf. Trotz seines enormen Gewichts beschleunigte er auf den wenigen Metern, die ihm zur Verfügung standen, erstaunlich schnell und krachte mit der rechten Schulter gegen die Tür zum Klo, die sich unter seinem Ansturm um einige Zentimeter öffnete. Paul hielt dagegen. Auf keinen Fall durfte Moppel einen Fuß in den Spalt setzen. Paul stützte sich mit beiden Beine an dem steinernen Sockel der ersten Kabine ab und presste mit Brust, Armen und Schulter gegen die Tür, die sich Millimeter um Millimeter öffnete. Er schaffte es nicht, die Tür wieder zurück ins Schloss zu drücken, aber noch war der Spalt zu klein für Moppels Schuh. Die Muskeln von Pauls Oberarmen flatterten.
»Ich krieg dich«, zischte Moppel durch die Öffnung. »Ich krieg dich. Ich mach dich fertig.«
Moppel presste.
Paul drückte.
Plötzlich ließ der Druck nach, und die Tür krachte zurück ins Schloss. Paul wischte sich mit dem Ärmel den Schweiß von der Stirn. Es war nur eine Atempause, er wusste es. Moppel nahm nur erneut Anlauf.
Das Fenster war nachts immer nur angelehnt, weil die Älteren dann an dem Fallrohr der Regenrinne hinabkletter-

ten, in die Freiheit, wie sie sagten. Paul ging von der Tür weg zum Fenster und zog es weit auf. Dann stieg er aufs Fensterbrett. Mit einer Hand hielt er sich am Fensterkreuz fest und stellte einen Fuß draußen auf den steinernen Vorsprung. Es war schon dunkel, trotzdem sah er deutlich wie nie zuvor zehn Meter unter sich die Händelstraße, den Bürgersteig und den schmalen Grünstreifen.
Wenn ich falle, bin ich tot.
Mit der linken Hand griff er zum Fallrohr, das vom Dach bis hinunter auf den Boden führte. Doch er schaffte es nicht. Die Fingerspitzen berührten zwar das Blech, aber er konnte das Rohr nicht greifen.
Er beugte sich noch ein Stück weiter vor. Es reichte nicht.
In diesem Augenblick krachte die Tür auf. Moppel stürzte in den Vorraum der Toilette. Sein eigener Schwung ließ ihn straucheln, sein rechter Fuß knickte um, er ging in die Knie, fiel, aber noch in der Abwärtsbewegung wendete er den Kopf, suchte er sein Opfer wie ein Hund, der Blut gerochen hat. Moppel schlidderte ein kurzes Stück auf den Kacheln, sprang dann erstaunlich behände auf. Mit den kleinen, in Fettpolster eingelagerten Äuglein fixierte er Paul, der draußen auf dem Fenstervorsprung stand.
»Spring doch, du Arschloch!« Er kam einen Schritt auf Paul zu. Gleich würde er ihn am Fuß packen.
»Los, spring doch, wenn du dich traust.« Moppel ging noch einen Schritt auf das Fenster zu.
Plötzlich schlotterte Pauls rechtes Knie. Er streckte es, er dehnte es, er verlegte das Gewicht auf das wackelnde Bein, doch es zitterte einfach weiter. Moppel stand direkt vor ihm. Er genoss die Angst, die Angst des Kleineren. Sie rief bei ihm weder Gnade noch Großherzigkeit noch Erbarmen hervor, sondern steigerte seinen Appetit.
Paul sah es und sprang.

4. Paul

Es hatte an Pauls erstem Tag im Waisenhaus begonnen. Er packte gerade seinen Koffer aus, stapelte seine Hemden in den Wandschrank, als Moppel vor ihm stand.
»Du bist also der Neue?«
Paul nickte und starrte Moppel an. Einen so fetten Jungen hatte er noch nie gesehen.
»Was gibt es denn da zu glotzen? Ich bin Moppel, ich bin der Stärkste in der Gruppe.«
»Ich bin Paul.«
Ansatzlos schlug Moppel zu. Er traf Paul mit der Faust zwischen Oberlippe und Nase. Es blutete sofort. Paul schlug instinktiv zurück und traf Moppel genau auf die Nase. Eine Blutfontäne schoss aus dem Gesicht des fetten Jungen, stürzte übers Kinn aufs Hemd und versaute den Boden.
Moppel schlug beide Hände vors Gesicht und rannte in den Waschraum. Paul hörte den Wasserstrahl. Er zog eins der großen Herrentaschentücher aus dem Koffer, die seine Mutter ihm mitgegeben hatte und die zuvor vermutlich seinem Vater gehört hatten, und wischte sich das Gesicht ab. Der weiche Stoff roch vertraut nach dem Waschmittel, das seine Mutter verwendete.
Am Abend lag er in dem großen Schlafsaal, und Heimweh quälte ihn. Vierzehn Jungs, Bett an Bett. Alles hier erinnerte ihn an den Saal, in dem sein Vater gestorben war.

Zwanzig andere hustende, keuchende, stinkende Männer, in dem großen Saal, den er immer nur widerstrebend betreten hatte, an der Hand seiner Mutter, die ihn unbarmherzig hinter sich herzog.

Doch hier gab es keine Schwestern in weißen Kitteln, die ihn freundlich anlächelten. Hier gab es eine Erzieherin, Fräulein Wackenhut, und nach ihr war auch die Gruppe benannt: Gruppe Wackenhut. Mit seinen erbärmlichen zehn Jahren war Paul der Jüngste in der Gruppe. Der älteste Junge war fünfzehn. Fräulein Wackenhut stellte ihm jeden einzeln vor, aber er konnte sich kaum einen Namen merken.

»Stimmt das, dass du dem Moppel die Nase blutig gehauen hast?«, flüsterte der Junge im Bett neben ihm. Werner. Das hatte er sich gemerkt.

»Ja. Hab ich.«

»Hat er verdient. Aber er wird dir bestimmt fürchterlich die Fresse polieren.«

»Ich hab gar nichts gemacht. Er hat zuerst zugeschlagen.«

»Weißt du, warum der Moppel Moppel heißt?«

»Nein.«

»Weil der so fett ist, dass er Moppeln hat wie ein Weib.«

»Ruhe jetzt. Schlaft endlich.« Fräulein Wackenhut stand in der Tür. Sie trat noch einmal an Pauls Bett und strich ihm über den Kopf. »Schlaf gut, Paul. Leb dich gut ein bei uns.«

Paul nickte. Er war müde und konnte doch nicht schlafen. Noch drei Wochen und ich werde elf Jahre alt. Mama hat versprochen, mich dann zu besuchen. Ich hab ihr viele Sorgen gemacht. Ich mache immer allen Sorge. Ich bin zu oft nicht zur Schule gegangen.

Sechs Wochen lang war Paul im Rechenunterricht verschwunden. Manchmal, drei- oder viermal, lief er mittwochs sogar nach dem Schulgottesdienst durch die Stadt und ging erst nach Hause, wenn die Schule zu Ende war. So als sei nichts geschehen. Er übte drei Tage, bis er die Unter-

schrift der Mutter nachmachen konnte. Dann schrieb er sich selbst Entschuldigungen. Es flog auf, weil Lehrer Fuhr seiner Mutter zufällig in der Stadt begegnete. Es gab zwei Ohrfeigen vor der gesamten Klasse; Nasenbluten, das einfach nicht aufhören wollte. Die Mutter mit gesenktem Kopf in der Schule. Paul, Paul, ich muss doch arbeiten, und du machst mir immer nur Sorgen. Er verstand nicht, worum es im Rechnen ging. Du bist doch kein dummer Junge.
Doch, das war er. Ich bin dumm. Deshalb bin ich jetzt hier. Es ist die gerechte Strafe. Jetzt mache ich der Mama keine Sorgen mehr. Vielleicht kommt sie doch zum Geburtstag.

5. Alexander

Alexanders Mutter hasste das Waisenhaus.
Manchmal stand sie nach dem Abendessen vor dem großen Panoramafenster, das Glas mit dem Möselchen in der einen und die Lord Extra in der anderen Hand. »Seht euch das nur an«, rief sie dann, und langsam scharrte sich die Familie um sie, der Vater mit dem unvermeidlichen Cognacschwenker, rechts neben ihm Maximilian, der dann sofort nach Vaters Hand griff, die Mutter stand einen halben Meter davor und Alexander neben ihr. Sie starrten hinüber zum Waisenhaus, das nur durch Heimwiese und Haydnstraße von ihrem Haus getrennt war.
»So etwas gehört einfach nicht in unsere Gegend«, sagte der Vater dann, aber es klang, als sage er das nur, um die Mutter zu beruhigen. Trotzdem ärgerte sich Alexander, weil Maximilian es sofort nachquasselte, wie er alles nachquasselte, was der Vater sagte. Dabei hatte der Vater das große Fenster nachträglich einbauen lassen, so als brauche er den freien Blick auf den riesigen weißen Bau, den seine Frau so verabscheute.
Maximilian und Alexander mochten die Kinder da drüben auch nicht.
Von Maximilians Zimmer im ersten Stock sahen sie jeden Samstagvormittag einem Trupp Heimkinder dabei zu, wie sie Unkraut jäteten. Sie zählten meist zwölf oder dreizehn

Mädchen oder Jungs, beaufsichtigt von einer Erzieherin, die sie manchmal nicht von den Kindern und Jugendlichen unterscheiden konnten, so jung war sie. Gebückt zogen die Kinder das Unkraut am Rand der geteerten Straße heraus, die sich von der Küche bis zur Ausfahrt hinzog, dann zupften und jäteten sie am Zaun zur Gluck- und schließlich zur Haydnstraße. Die Kinder erinnerten Alexander an Strafgefangene in einem Film, und es hätte ihn nicht gewundert, wenn sie, durch Ketten gefesselt, an ihren Füßen schwere Eisenkugeln nach sich gezogen hätten.
Trotzdem: Es ging etwas Faszinierendes von ihnen aus. Sie zogen Gras und Löwenzahnwurzeln mit sichtbarem Widerwillen aus der Erde und warfen sie mit einer so aufsässigen Langsamkeit in einen blechernen Abfalleimer, dass sich Alexander der Wirkung selbst aus der Ferne nicht entziehen konnte. Nie hätte er es gewagt, mit einer ähnlichen Geste eine Anweisung der Mutter zugleich zu befolgen und aufzubegehren. Zwei Wochen Stubenarrest wären das geworden, von der Häme des älteren Bruders ganz abgesehen.
Erst Jahrzehnte später, als er Paul schon fast vergessen hatte, interessierte er sich für diesen merkwürdigen Fremdkörper in seinem früheren Stadtteil. Am Bahnhof löste er eine Fahrkarte, um nach Bärental zu fahren, wo das Wochenendhaus der Eltern stand. Am Fahrkartenschalter entdeckte er eine Sammelbüchse. *Unterstützen Sie die Waisen der Bundesbahn* stand darauf. Neugierig geworden, fragte er den Bahnbeamten, was es damit auf sich habe, und der zog aus einer Schublade eine kleine Broschüre. Während der Fahrt las er, dass der Eisenbahn-Waisenhort als soziale Einrichtung 1902 gegründet worden war, um eine Heimstatt für die Kinder, Waisen oder Halbwaisen der beim Schienenlegen, Sprengen oder Rangieren umgekommenen Reichsbahner zu schaffen.
Damals, als er Paul zum ersten Mal sah, wohnten mehr als dreihundert Jungs und Mädchen in dem Eisenbahn-Wai-

senhort. Sie besuchten die üblichen Freiburger Schulen, und jeden Morgen strömten sie gemeinsam in dunklen Trauben aus der riesigen Pforte, gingen in die Karlschule, die Weiherhofschule und einige wenige auch ins Kepler-Gymnasium.
Der Bau bestand aus einem turmartigen weißen Gebäude als Mittelteil, an den sich zwei Flügel mit je vier Stockwerken anschlossen. Links der Mädchentrakt, rechts der Trakt der Jungs. Der Innenhof umschloss auf der Seite der Jungs einen Fußballplatz, auf Seite der Mädchen ein Schwimmbad mit einem Zwanzigmeterbecken.
Aber auch das war Vergangenheit. Das Studentenwerk hatte das riesige Anwesen gekauft und vermietete jetzt Zimmer an Studenten. Manchmal trug der Wind die Musik und den Lärm ihrer Feste zu Alexanders Geburtshaus hinüber. Aber er war nur noch selten dort. Er hatte es Maximilian gelassen. Es war das Mindeste, was er für ihn hatte tun können.

6. Paul

Moppel hatte sich mit der Rache Zeit gelassen.
Eine Woche später wartete er im Treppenhaus auf Paul.
»Komm, ich zeig dir was.«
Er ging in den engen Garderobenraum, in den die Kinder ihre Anoraks und Regenjacken hängten, und winkte. Paul folgte ihm unsicher. Es war düster. Es roch nach durchnässtem Stoff.
Moppel stand am anderen Ende des Raums und starrte ihn an. »Mach die Tür zu. Die Wackenhut darf das nicht sehen, was ich dir jetzt zeige.«
Paul drückte die Tür ins Schloss.
Moppel rannte los.
Siebzig Kilo Fleisch, Fett und Knochen rammten Paul und pressten ihn gegen die Tür. Die Klinke bohrte sich in seinen Rücken. Paul schrie. Sein Gesicht drückte gegen Moppels Brust oder Hals. Der Gestank des verschwitzten dicken Jungen ätzte in seiner Nase, und er bog instinktiv den Kopf zurück, es ekelte ihn, während er gleichzeitig nach Luft schnappte. Mit beiden Händen stemmte er sich gegen Moppels Schultern, aber der bemerkte es nicht einmal.
Doch da ließ Moppel unerwartet los. Paul wankte einen Schritt nach vorn. Moppel griff mit einer schnellen Bewegung Pauls linkes Ohr und riss es nach unten. Vor Überraschung und Schmerz schrie Paul hell auf, taumelte zwei Schritte vor-

wärts, stürzte und fiel. Sofort lag Moppel auf ihm. Mit der linken Hand hielt er ihm den Mund zu. Paul zappelte, versuchte sich zur Seite zu drehen, drückte mit beiden Händen gegen Moppels Schultern, Hände und Arme. Er riss den Kopf hin und her, versuchte Moppel abzuschütteln. Vergeblich. Mit aller Kraft bäumte Paul sich auf, streckte das Kreuz, als er merkte, dass sich Moppels rechte Hand unter seinen Hosenbund schob. Moppel rutschte ein Stück von ihm ab, und für einen Augenblick hoffte Paul verzweifelt, er könne den dicken Jungen abschütteln, doch Moppel verlagerte nur kurz sein Gewicht, und schon lag Paul wieder platt unter ihm.
Wie eine hungrige Schlange kroch Moppels Hand weiter nach unten, schob sich unter das Gummi der Unterhose und weiter den Bauch abwärts. Paul presste die Beine zusammen.
Er schrie.
Moppel lachte und drückte den Handteller fester auf Pauls Mund.
Mit dem Druck seines linken Knies schob er Pauls Beine auseinander, seine rechte Hand stieß in die Lücke und umfasste Pauls Hoden. Dann drückte er zu.
Ein nie erlebter, gellender Schmerz explodierte in Pauls Unterleib, sengend und hell. Über ihm: Moppels Augen, die ihn interessiert, fast warmherzig musterten. Paul heulte. Tränen, Rotze und Schweiß flossen über Wangen und Mund. Angst schmeckt salzig.
Moppel verlagerte das Gewicht, lockerte den Griff. Dann drückte er erneut zu, und eine weitere Welle grellen Schmerzes ließen Paul über eine Sekunde das Bewusstsein verlieren. Als es vorbei war, stand Moppel auf. »Wenn du der Wackenhut nur einen Ton sagst, schlag ich dich tot.« Dann ging er.

Paul verriet nichts. Zweimal stand er vor Fräulein Wackenhuts Tür, aber er klopfte nie an. Er schämte sich. Er wusste nicht, mit welchen Worten er es der Erzieherin berichten sollte. Manchmal versuchte er auf dem Schulweg, die richtigen Worte und Sätze zu finden. Aber er fand weder Worte noch den Mut für das, was er ihr sagen wollte. Nach zwei Tagen war ihm klar, dass er niemandem davon erzählen konnte.

Das zweite Mal erwischte ihn Moppel eine Woche später im Vorraum der Toilette. Die Toilette der Gruppe Wackenhut bestand aus drei Boxen, einem Urinal, das die Kinder Pissbox nannten, und zwei, die sie Scheißbox nannten. Die erste Tür führte in den Vorraum mit dem Waschbecken. Durch eine zweite Tür gelangte man in den Flur.
Moppel brachte Didi und Nobbi mit.
»Da ist ja Paulchen, der gefürchtete Schläger.«
Paul trocknete sich gerade die Hände ab und versuchte, sich das Zittern nicht anmerken zu lassen. »Ihr kommt gerade rechtzeitig. Alle drei Boxen sind frei.«
Wenn er schnell war, konnte er sich vielleicht an den Jungen vorbeizwängen.
Keine Chance.
Didi grinste: »Ich muss pissen, wirklich.« Er öffnete die zweite Tür.
»Bleib hier, du Idiot«, fauchte Moppel ihn an.
Didi schloss erschrocken die Tür.
»Hast deinen witzigen Tag heute«, sagte Moppel leise zu Paul.
»Nein, eigentlich nicht.«
Paul war auf der Hut, aber Moppel schlug so schnell und so kräftig gegen Pauls Brust, dass er zurückstolperte und mit dem Rücken gegen die Tür fiel.
»Hau ihm noch eine rein, Moppel«, rief Nobbi.

»Lasst mich vorbei, sonst sag ich's der Wackenhut.«
»He, der Kleine will petzen.« Didi grinste immer noch.
»Mach schon, Moppel, hau ihm eine rein«, rief Nobbi.
Aus dem Stand rannte Moppel los, und unter seinem Gewicht ging Paul zu Boden.
Später, als die drei Jungen gegangen waren, lag Paul auf den kalten Kacheln des Toilettenbodens. Er drehte sich auf den Rücken, starrte auf die sinnlosen Muster des Deckenputzes, drückte mit der Zunge von innen gegen die Unterlippe, um das Zittern zu beenden und das Zucken der Mundwinkel nicht zum Heulen ausarten zu lassen.
Ich will hier weg.
Ich will nach Hause zu meiner Mami. Ich will zu meiner Mami.
Er zog die Rotze hoch.
Das Zucken in seinen Mundwinkeln wurde stärker. Er drückte von innen mit der Zunge fester dagegen an.
Ich werde hier abhauen. Einfach abhauen.
Mit beiden Händen griff er nach seiner Unterhose, die sich um seine Waden geschlungen hatte, und zog sie nach oben. Dann gab er sich selbst einen Schwur, den er nie wieder vergessen wollte: Wenn ich groß bin und zu den Starken gehöre, werde ich nie, nie, nie Schwächere quälen. Ich schwöre es, ich schwöre es. Niemals werde ich Schwächere schikanieren. Ich schwöre es beim lieben Gott. Ich werde anders sein als die Kinder hier.
Er wischte sich die Tränen aus dem Gesicht, stand auf, zog seine Hose hoch und den Pulli herunter, den Boden wischte er mit Klopapier sauber. Dann ging er hinunter auf den Fußballplatz.

In den nächsten Monaten ging er Moppel aus dem Weg, so oft er nur konnte. Es gelang ihm nicht immer.

7. Paul

Eines Tages hatte sich Paul einen Revolver gekauft. Es war eine Schreckschusspistole, genauer gesagt, ein Trommelrevolver, ein tolles Stück, die RG 69 von Röhm. 30 Mark wollte der Junge aus der 9. Klasse dafür haben. Paul schrieb seiner Mutter einen Bettelbrief.

Jeder Junge hier im Heim hat ein Fahrrad. Nur ich nicht. Alle lachen mich deshalb aus. Ich will auch eins haben. Es gibt eines, das sogar billig ist. Gebraucht. Grün. Ein Fünfgangrad. Das gefällt mir sehr gut. Ein Kamerad aus der Karlschule zieht weg mit seiner Familie in die Berge. Da kann er sein Fahrrad nicht mehr gebrauchen, weil die Berge zu steil sind.

Brauchst Du wirklich ein Fahrrad? Der Weg zur Schule ist doch gar nicht so weit. Und weißt Du sicher, dass das Rad nicht gestohlen ist? Stell Dir mal vor, ich schicke Dir Geld, und das Fahrrad wird Dir wieder weggenommen. Sind die Eltern Deines Freundes mit dem Verkauf überhaupt einverstanden?

Liebe Mami, ich brauche 30 Mark. Sonst kann ich hier nicht länger bleiben. Jeder hier hat ein Fahrrad, nur ich nicht. Du hast immer gesagt, dass Du Dir für mich gute Kleider und gute Schuhe vom Mund abgespart hast. Damit die Leute nicht sehen, dass wir so wenig Geld haben. So ist das hier mit dem Fahrrad. Ich brauche es in einer Woche, sonst ist

der Junge fortgezogen oder er hat es an jemand anderen verkauft. Davon abgesehen geht es mir gut. Ich lerne viel in der Schule. Die Briefmarken sind zu Ende. Vielleicht kannst Du mir noch ein paar schicken. Dein Sohn Paul.
Drei Tage später kam ein Brief mit 30 Mark und zwanzig Briefmarken. Am Tag darauf gehörte der Revolver ihm.
Nachts, wenn alle anderen Kinder schliefen, schlich er sich aus dem Schlafsaal. Die Pistole lag eingewickelt in absichtlich mit Scheiße verfärbten Unterhosen in seinem Wäschesack. Es gab keine Schlösser an den Türen, und es wurde gestohlen. Gern hätte er die Pistole Manfred gezeigt, sich mit dem Revolver wichtiggemacht, aber jedes Mal, wenn er ihn zur Seite nehmen wollte, zum Schrank führen und ihn in sein Geheimnis einweihen, überlegte er es sich anders. Stattdessen schlich er sich nachts aufs Klo, schraubte die Waffe auseinander, ölte sie, zeichnete sogar die Einzelteile ab, setzte sie wieder zusammen, zerlegte sie, baute sie erneut zusammen, bis er verstand, wie sie funktionierte.
Werkunterricht war das einzige Fach, in dem er wirklich gut war. Er formte Vasen aus Ton, und der alte Werklehrer Schimmel zeigte ihm, wie man die aufeinandergeschichteten Tonwülste richtig miteinander verband. Nicht so, nicht die Wülste mit den Fingern zusammenpressen, dann wird deine Vase nach oben immer dünner. Nimm etwas Ton vom oberen Ring und drücke ihn in die Naht. Erst in der Innenseite, dann außen. Genau so. Dem Lehrer gefiel das Interesse des Heimkindes an seinem Unterricht.
Paul fragte den Lehrer, wie eine Bohrmaschine funktionierte, Schimmel zeigte ihm, was er wusste – Holzbohrer, Metallbohrer, Schaft, Kopf, Drehmoment, Kühlschmiermittel. Als Paul wusste, wie es ging, stahl er sich in der großen Pause in den Werkraum, spannte das Rohr des Revolvers ins Backenfutter und bohrte den Lauf der Waffe auf. Nach der Schule rannte er den Schlossberg hinauf, lief, bis er keinen

Menschen mehr sah, dann schoss er eine Platzpatrone ab und sah zufrieden, wie eine halbmeterlange Feuergarbe aus der Mündung fauchte.

Noch am gleichen Abend versteckte er die Waffe in einer Schuhkiste und vergrub sie auf der Heimwiese unter den Streuobstbäumen. Als handele es sich um die Schatzinsel, zeichnete er sich einen genauen Plan. Vom alten Apfelbaum fünf Schritte parallel zur Straße und dann noch einmal fünf Schritte nach links.

Das war sein Versteck.

8. Alexander

Alexanders Großeltern hatten das Haus in der Schubertstraße gebaut, parallel zur Haydnstraße und damit auch zum Waisenhaus. Die größte Straße des Viertels war, man konnte es sich denken, die Richard-Wagner-Straße.
Trotzdem, so dachte Alexander oft, haben all diese berühmten Komponistennamen weder auf mich noch auf Maximilian abgefärbt. Es war der Wunsch des Vaters gewesen, dass er mit sieben Jahren Klavierunterricht bekam, aber er hasste es von der ersten Stunde an und scheiterte bei der einfachsten Clementi-Sonate. Das Instrument war erbarmungslos und schenkte ihm nichts. Hinter jedem erlernten Akkord lag eine Schlacht, in der er den Tasten mühsam geringe Fortschritte abtrotzen musste.
Manchmal erschien der Vater beim Unterricht und hörte seinem Geklimper zu. Die rechte Hand sollte vom C zum F wechseln, und wieder griff er daneben. Der Vater schüttelte dann ganz leicht, so als sollte Alexander es nicht merken, den Kopf.
In der nächsten Woche weigerte sich der Bub, weiterzuspielen. Er saß mit verschränkten Armen vor dem Klavier der Mutter, sprach nicht und rührte sich nicht. Der Klavierlehrer, ein hektischer, großer, dünner Mann mit langen Armen, der sonntags hin und wieder in der Urbanskirche an der Orgel aushalf, ertrug die mangelnde Begabung leicht, verzwei-

felte aber an seiner Verstocktheit. Er rief die Mutter herein, die nachgab und ihm den Unterricht erließ.

Jeden Mittag außer montags, wenn er in seinem Klub aß, bog der Vater pünktlich um eins mit seinem schwarzen Mercedes in die Garageneinfahrt vor dem Haus. Maximilian rannte dann aus der Tür, nahm ihm die braune Aktentasche ab und trug sie stolz wie eine Eroberung ins Haus. Ebenso pünktlich servierte Frau Ebersbach, die im Haushalt arbeitete, seit Alexander denken konnte, das Essen.

Um den großen Tisch im Wohnzimmer saß jeder an seinem Platz: die Mutter am Kopfende, das Panoramafenster im Rücken, rechts neben ihr der Vater und daneben der Besuch, den er hin und wieder mitbrachte, meist Herrn Rieger, den Prokuristen der Firma. Neben dem Gast, der Mutter gegenüber, saß Maximilian, Frau Ebersbach an der Seite, immer bereit aufzuspringen und in die Küche zu laufen, wenn etwas fehlte. Dann Alexander.

Nach dem Essen trank die Mutter jeden Tag ein Glas Möselchen. Sie mochte keinen sauren Wein, und daher stellte Frau Ebersbach, wenn sie den Tisch deckte, immer eine kleine silberne Zuckerdose neben ihr Glas mit einem winzigen, handgefertigten silbernen Löffel darin. Damit füllte die Mutter einen Löffel Zucker in den Wein und rührte um, bis er sich auflöste.

Das Mittagessen war die Zeit der Ermahnungen: Alexander, nicht an der Stuhllehne ausruhen! Sitz aufrecht! Nimm die Unterarme vom Tisch! Wirf die Serviette nicht auf den Boden! Sei still! Kinder reden nur, wenn sie gefragt werden!

Sie wurden selten gefragt. Manchmal wollte der Vater etwas über Schule und Noten wissen. Maximilian drehte dann prompt auf, als würde sich irgendjemand wirklich dafür interessieren. Wenn Alexander gefragt wurde, sagte er etwas vorher Ausgedachtes. Meistens redeten die Erwachsenen am Tisch über die Firma. Es ging um die Blechschneidemaschi-

nen, die in der Firma des Vaters hergestellt wurden. Wieder einmal hatte die Firma Ditzinger dem Vater einen Auftrag weggeschnappt. Herr Rieger mochte diese Firma gar nicht. Er schüttelte den Kopf hin und her und sagte, es ginge uns gut, wenn es nur die Firma Ditzinger nicht gäbe, die alles kaputt mache mit ihren Preisen. Der Vater redete auch gerne über die Kulturlosigkeit der Amerikaner, schimpfte über die Negermusik und die abstrakte Malerei, die die deutsche Kultur zerstörten.
Alexander langweilte sich und versank beim Mittagessen jedes Mal in innere Welten.
In der Schule las er unter der Schulbank die Bildergeschichten von Akim, dem Helden des Dschungels, Tarzanhefte und Ritterstorys von Sigurd. Er schwang sich von Liane zu Liane an der Seite von Akim, dessen Bildabenteuer in der Schule getauscht wurden und die er zu Hause verstecken musste. Er stellte sich vor, Akim sei sein bester Freund. Manchmal wollte er auch gerne Bodo sein, der Kumpel von Ritter Sigurd von Eckbertstein.
Das Träumen machte das Stillsitzen erträglich und Maximilians Wichtigtuerei auch. Wenn ihm der Stoff zum Träumen fehlte, versuchte er unter dem Tisch seinen älteren Bruder zu treten, aber es gelang ihm nur, wenn er weit auf dem Stuhl nach vorne rutschte, und das »Alexander, setz dich richtig hin!« der Mutter erfolgte meist, bevor er richtig ausholen konnte.
Das einzig Gute am Mittagessen war, dass die Mutter nicht rauchte. Nur während der Mahlzeiten sonderte sie nicht die kleine Rauchsäule ab, die morgens, tagsüber und am Abend neben ihr aufstieg. Lord Extra. Drei oder vier Schachteln pro Tag. Sie stank. Ihre Blusen und Kleider stanken nach Rauch, ihre Haare stanken nach Rauch, ihre Haut roch, und vor ihren Gutenachtküssen ekelte sich Alexander. Manchmal war er zu langsam, und es gelang ihm nicht, das Gesicht

zur Seite zu drehen, dann hielt er die Luft an, bis es vorbei war. Die Mutter liebte ihren jüngsten Sohn, und dass er sich abwandte, wenn sie ihn küsste oder streichelte, war ihr schlimm. Sie begriff nicht, dass es an den Lord Extra lag. Sie dachte, ausgerechnet ihr Lieblingssohn wende sich von ihr ab, und verdoppelte ihre Anstrengungen wie eine abgelegte Geliebte. Ständig versuchte sie, den jüngsten Sohn in die Arme zu nehmen, seinen Kopf an die Brust zu drücken und ihn zu küssen. Alexander war wachsam, durchschaute ihre Absichten früh und ging ihr aus dem Weg.

Manchmal schnitt der ältere Bruder beim Essen Grimassen, um Alexander zum Lachen zu bringen, oder er machte Bewegungen des Vaters, das Kreisen der Hand mit dem Cognacschwenker, manchmal aber auch das Zuckern von Mutters Wein nach. Alexander versuchte das Lachen zu unterdrücken, sah nicht mehr zu seinem Bruder hin, aber oft genug prustete er einfach los. Dann wurde er ohne Essen vom Tisch verbannt. Sicher, Frau Ebersbach schmierte ihm danach heimlich ein oder zwei Käsebrote, aber unter den Augen des Bruders oder Herrn Riegers den Tisch verlassen zu müssen, war seine früheste Demütigung. Er hasste Maximilian, der ihm dies mit seinen Faxen eingebrockt hatte, und es war wie ein zusätzliches Geburtstagsfest, als er endlich sein eigenes Zimmer bekam.

Trotz gelegentlicher Kumpaneien blieb ihm sein älterer Bruder fremd. Wie konnte Maximilian den Vater wirklich lieben, wenn er dessen Schwächen mit diesen unbarmherzigen Gesten bloßlegte? Den festen Griff an den Hals der Flasche Hennessy, später das leichte Zittern der Hand, wenn er den Schwenker gegen das Licht des Kronleuchters hob und die braune Flüssigkeit im Kreise drehen ließ, seinen leicht vornübergebeugten Gang, seinen verwirrten Blick, wenn er eine der laut vorgetragenen Anschuldigungen der Mutter nicht verstand. Konnte man den Vater wirklich lieben, fragte sich

Alexander, wenn man, wie Maximilian das oft tat, Vaters Lieblingszitate von Schiller verstümmelte? Seinen ausladenden Schritt nachahmte? Oder: Mochte man den Vater lieb haben, wenn man sich *immer* neben ihn stellte und den Bruder mit einem Schulterstoß wegschubste?
Manchmal kam es ihm vor, als richteten sich all diese demonstrativen Zuneigungserklärungen an den Vater in Wirklichkeit nur gegen ihn.
Erst später, sehr viel später, wurde Alexander klar, dass sein Vater ein schwacher Mann gewesen war. Er hatte unmittelbar vor dem Krieg eine Lehre im Büro der Maschinenfabrik Weinmann & Co. begonnen. Technischer Zeichner und Konstrukteur wollte er werden. Doch bei dem verheerenden Angriff der Briten auf Freiburg am 27. November 1944 wurde die Fabrik gänzlich zerstört. Sie brachen auch den Lebenswillen von Wilhelm Weinmann, Alexanders Großvater, dem das Unternehmen gehörte.
Es waren die Arbeiter und die vielen ungelernten Frauen, die die Reste der Maschinen, der Rohmaterialien und Halbzeuge retteten. Sie brachten sie in einen Schuppen nach St. Georgen, der der Familie eines Vorarbeiters gehörte. Doch wie produzieren, wenn alle Konstruktionspläne verbrannt waren? Fünf Konstrukteure waren gefallen, die anderen befanden sich noch in russischer oder amerikanischer Gefangenschaft. Die Rekonstruktion der überlebenswichtigen Pläne aus der Erinnerung der Arbeiter und der allmählich zurückkehrenden Kollegen war das eigentliche Meisterwerk seines Vaters. Er rettete die Firma nicht durch eine unternehmerische, sondern durch eine archivarische Glanzleistung.
Als die ersten Blechschneidemaschinen ausgeliefert werden konnten, heiratete Wilhelm Helmholtz Katharina Weinmann, das einzige Kind des Firmeninhabers. Bald kam Maximilian auf die Welt, 1950 dann er, Alexander.

Wer war sein Vater? Die Belange der Firma, der Neubau in den fünfziger Jahren, der Aufstieg in den Sechzigern, die Krise 1967 – all diese Themen, die den Vater beschäftigt haben mussten, blieben den Kindern verborgen. Was mag den Vater wirklich bewegt haben in diesen Jahren? Gab es eine Affäre? Diskrete Rendezvous in abgelegenen Hotels am Kaiserstuhl? Eine Liebschaft mit einer Angestellten? All das passte nicht zu ihm. Er war nicht der Typ dazu, oder seine Frau überwachte ihn so sehr, dass ihm der Freiraum nicht blieb, eine geheime Leidenschaft anzuzetteln. Als Kind denkt man nicht auf diese Art und Weise über seine Eltern nach, selbst als Jugendlicher stellt man sich den Vater und erst recht nicht die Mutter als sexuelles Wesen vor, erst im Erwachsenenalter sucht man Spuren, billige Hefte vielleicht, Hotelabrechnungen, Briefe, aber all das fand Alexander bei seinem Vater nicht, auch nicht im Nachlass, als es so weit war.

Der einzige unerhörte Ausbruch, an den er sich erinnerte, war die Tracht Prügel, die Maximilian bezog, als er sich beim Rauchen in der Waschküche erwischen ließ. Vielleicht brannte sich dieser außerordentliche Vorfall deshalb so tief in das Gedächtnis der beiden Brüder, weil er sich nie wiederholte und weil er so untypisch war für ihren Vater, der lieber jedem familiären Konflikt aus dem Weg ging, der seiner Frau in vielem zustimmte, auch wenn er anderer Meinung war: Sicher, Schatz, und Ja, Schatz, oder einfach wortlos aufstand, um ihr eine Flasche Möselchen aus dem Keller zu holen oder ihre warme Strickjacke aus dem Schlafzimmer. Er leitete das Unternehmen, aber in der Familie war er nicht der Chef.

War er glücklich? Erst nach Vaters Tod dachte Alexander darüber nach, und er erschrak, dass er sich den Vater als glücklichen Menschen nicht vorstellen konnte, als ausgeglichenen Mann, das ja, aber als glücklichen? Hat er es je bereut, die Tochter des Chefs geheiratet zu haben?

Man bemerkte den Vater am meisten, wenn er nicht da war. Montags traf er sich mit den Rotariern, und der Montag war auch Frau Ebersbachs freier Tag. Montags regierte die Mutter allein, und leider kochte sie an diesem Tag.
Gegessen wird, was auf den Tisch kommt.
Sie war eine lausige Köchin.
Wer den Teller nicht leer isst, bekommt keinen Nachtisch.
Sitz aufrecht. Sei nicht zu laut.
Alexander kam sich vor wie einer der Rosenbüsche aus dem Garten, deren Triebe sie unentwegt beschnitt.
Euch geht es doch viel zu gut.
Sie hatte einen weichen Mann geheiratet. Neben ihrem schwachen Mann entwickelten sich ihre unnachgiebigen Seiten ungestört. Sie kam selten in die Fabrik, auch wenn sie keine Weihnachtsfeier ausließ und die älteren Mitarbeiter mit Handschlag begrüßte. Die Fabrik war das Terrain ihres Mannes, aber die Kontoauszüge, die der Briefträger täglich brachte, studierte sie sorgfältig. Sie saß dann aufrecht an dem Sekretär, die Brille weit vorne auf der Nase, rauchte und hantierte mit Lineal und Bleistift, verglich Zahlenkolonnen in unterschiedlichen Journalen und durfte nicht gestört werden. Oft gab es von ihrer Seite harsche Worte für den Vater, immer wieder hörte er das schlimme Wort: *Ditzinger.* Die Mutter brachte Strenge in die Familie. Sie kannte die Regeln.
Das gehört sich nicht.
Es gab ein *Du solltest dich was schämen* für eine Bemerkung, die ihr nicht gefiel. Oder zum Vater gewandt, aber Alexander und Maximilian meinend: *Das darf man erst gar nicht einreißen lassen.* Die beiden Kinder waren froh, wenn Dienstag war und der Vater mit seiner ausgleichenden Milde wieder am Tisch saß.
Nach dem Essen, wenn der Vater wieder in dem Mercedes auf dem Weg zurück in die Firma saß, beaufsichtigte die

Mutter die Hausaufgaben ihrer Söhne. Maximilian war gut in Mathe und Geometrie – und eine Flasche in Sprache und Deutsch. Und in jedem Fach, das mehr als Auswendiglernen verlangte. Die Mutter wurde oft ungeduldig, wenn er etwas nicht begriff, und Alexander, obzwar eine Klasse unter ihm, gönnte sich hin und wieder das Vergnügen, ihm die Antwort laut vorzusagen. Die Mutter lächelte dann, Maximilian verzog das Gesicht, als wäre er geschlagen worden. Alexander fiel die Schule leicht. Er lernte viel, aber es sah so aus, als fiele ihm alles von alleine zu. Er war der Einser-Schüler, Klassenbester, ohne Streber zu sein.

Die Mutter, das begriff Alexander ziemlich früh, sah in seinem älteren Bruder das Abbild des Vaters, des Mannes, den sie geheiratet hatte, und in ihm selbst sah sie den Mann, den sie eigentlich hätte heiraten sollen.

Doch streng war sie zu beiden. Erst wenn jede Vokabel gekonnt, wenn die letzte Rechenaufgabe gelöst und der Aufsatz oder die Erörterung geschrieben war, durften sie nach draußen in die Freiheit. Bei Maximilian ließ sie eine Drei in Deutsch durchgehen, bei ihm war eine Zwei ein Drama und bedeutete längeres Büffeln mit ihr und viele Lord Extra. Wollte er ungestört sein, *musste* er der Beste in der Klasse bleiben. Das war der Preis für die Freiheit.

So war es, als er Paul zum ersten Mal sah. Ihm war, als zeigte dieser Junge ihm genau das, was er unbewusst schon seit Langem suchte: einen Ausweg.

9. Paul

Paul sprang.
Seine Arme streckten sich. Alles geschah nun ganz langsam wie im Kino. Die beiden Fäuste öffneten sich, die Finger machten sich lang. Aber sie streiften das Fallrohr nur und konnten es nicht fassen.
Ich sterbe. Schade. Ich weiß noch gar nicht, wie das mit den Mädchen ist. Mami wird traurig sein.
Er sah sie an seinem Grab stehen in dem schwarzen Kostüm, das sie auch bei Vatis Beerdigung getragen hatte. Es wird ihr leidtun, dass sie mich hierhergebracht hat.
Aber der Moppel hat mich nicht gekriegt. Der Moppel nicht.
Er stürzte an dem Fallrohr entlang dem Boden zu.
Eine feuerverzinkte Schelle mit zwei abstehenden Schrauben riss Hemd und Pullover auf und zog eine blutige Spur über seine Brust. Mit beiden Händen griff er zu, bekam das Rohr zu fassen, rutschte ab und fiel weiter nach unten.
Jetzt setzten seine Instinkte ein.
Die nächste Halterung riss seine Handballen auf, aber er spürte es nicht. Dann die nächste: Er konnte sich festhalten. Er stützte sich mit den Füßen am Rohr ab. Langsam, mit Händen und Füßen bremsend, glitt er am Fallrohr zum Boden hinab. Oben im erleuchteten Toilettenfenster sah er Moppels Gesicht, aber er hörte die Flüche nicht mehr, die der ihm nachrief.

Paul marschierte die Gluckstraße entlang, dann nach rechts in die Haydnstraße. Noch immer spürte er den Schmerz nicht. Der bewachsene Zaun zur Heimwiese war auf dieser Seite zwei Meter hoch, aber Paul kannte die Stelle, an der er hindurchschlüpfen konnte.

Kurz danach lehnte er an dem alten Apfelbaum. In der Tasche seiner braunen Jacke fand er eine angebrochene Schachtel Chesterfield und ein Päckchen Streichhölzer. Er steckte sich eine Zigarette an und rauchte in der hohlen Hand, damit man die Glut drüben vom Waisenhaus aus nicht sehen konnte.

Er war Moppel entkommen. Diesmal. Aber es gab keine Hoffnung. Paul trat die abgerauchte Kippe aus. Er fuhr sich mit beiden Händen durchs Haar und schwor zum zweiten Mal in seinem Leben: Moppel wird mich nie wieder quälen. Nie wieder. Keiner wird mich jemals wieder quälen.

Er ging fünf Schritte parallel zur Straße in die Wiese und blieb stehen. Dann ging er fünf Schritte nach links, bückte sich und grub die Pistole aus. Er steckte sie unter den Gürtel und richtete sich auf. Aus den Augenwinkeln sah er, wie sich ein Schatten hinter dem Fenster auf der anderen Seite der Heimwiese schnell zur Seite drehte, sodass er ihn nicht mehr sehen konnte.

10. Alexander heute

Alexander trommelte mit beiden Füßen einen schnellen Rhythmus auf das Parkett des Wartezimmers.
Bum – bumbumbum – bum – bum – bumbum.
I --- can't get no --- sa --- tis --- faction.
Was treibt Toni eigentlich so lange in dem Therapieraum? Seit einer halben Stunde sitze ich in diesem verfluchten Wartezimmer. Warum sagt Sonja ihr nicht, dass ich auf sie warte. Die magersüchtigen Gören können doch wohl einen Augenblick warten.
Seit sechs Jahren behandelte Toni magersüchtige Mädchen, und die lächerlichen Sorgen dieser Mädchen trieben sie mehr um als seine.
Ab einem gewissen Stand von Ehe und Konto richteten reiche Männer ihren Frauen Boutiquen oder Galerien ein. Dann waren sie beschäftigt. Aber Toni hinter der Theke mit einem Glas Champagner in der Hand, eine Stammkundin beratend: dieses Kleid, dieser Rock, dieses Kostüm, diese Bluse, wie für Sie geschaffen. Wirklich, bei Toni ging das gar nicht.
Er hatte ihr stattdessen die Praxis in der Kaiser-Joseph-Straße eingerichtet. Mitten in der Stadt. Alles sehr hell. Alles sehr schön. Nuss- und Kirschbaumholz. Die Markthalle war nur wenige Meter entfernt, sie liebte die Stände der Asiaten, deren scharfes Curry ihr Fernweh linderten. Seither gingen diese schrecklichen magersüchtigen, diese kotzenden und

fressenden und dann wieder kotzenden Mädchen bei ihr ein und aus, junge Dinger, die sich die Arme aufschlitzten und weiß der Teufel was sonst noch machten. Deren Nöte schafften es bis an ihren Frühstückstisch.

»Stell dir vor«, sagte sie zu ihm, der sich davon nichts vorstellen wollte, »das Mädchen wäre fast gestorben, aber es hat noch nie ein Gespräch, ein ernsthaftes Gespräch mit ihrer Mutter geführt, eines, bei dem sie ihre Qualen losgeworden ist, verstehst du?«

Ihn interessieren Magersüchtige nun mal nicht. Ihm war es egal, ob ihre Patientinnen fraßen oder hungerten oder sich die Arme aufschlitzten. Aber es war nun mal Tonis Ding. Und er liebte seine Frau. So ertrug er ihre eigentümliche Leidenschaft für abgemagerte Mädchen, wie andere Leute schlechtes Wetter ertragen.

Dass die Patientinnen zu der Sorte Freiburger Radfahrer gehörten, deren pure Masse ihn täglich provozierte, kam dazu. Er hatte nichts gegen Radfahrer, aber in dieser Stadt gab es eindeutig zu viele davon. Wie Hunnenhorden streiften sie durch die Stadt. Am schlimmsten war, dass sie dachten, sie seien die besseren Menschen. Alles für eine gesündere Umwelt. Als sei er krank, weil er Porsche fuhr. Früher hatten junge Männer ältere wegen der Autos beneidet. Das war eine normale, eine gesunde Reaktion. Er hatte sich früher auch die Nase platt gedrückt an den Schaufensterscheiben des Geschäftes in der Habsburgerstraße, das Lotus, MG Spider und wie die wunderbaren englischen Sportwagen hießen, führte. Die britischen Automarken gab es nicht mehr, und in dem Laden war jetzt irgendetwas anderes. Vermutlich ein Fahrradgeschäft.

Er hatte Toni korrumpieren wollen. Zugegeben. Er wollte nicht immer allein der Lump sein. Wenn er ehrlich war, war das der wirkliche Grund dafür, dass er ihr den Cayenne geschenkt hatte.

»Den gibst du wieder zurück, ich setz mich da nicht rein.«
»Warum nicht?«
»Ich bräuchte dann nur noch die Haare blondieren, dann wäre das Klischee perfekt.«
»Welches Klischee?«
»Porsche fahren ältere Herren, mit Geld, aber eher kleinwüchsig. Oder blondierte Tussen, auch nicht gerade jung.«
»Ich bin nicht kleinwüchsig.«
Sie lachte und küsste ihn. »Das immerhin nicht«, sagte sie.
Porsche nahm den Cayenne wieder zurück. Nun zockelte sie weiterhin in dem alten Volvo in ihre Praxis. Als wäre ein alter Volvo kein Klischee.
Paul würde das freuen. Er wäre heute einer, der gemütlich radelnd die Innenstadt verstopfen würde. Paul! Paul, den er nicht loswurde. Paul, der ihm jetzt aus der Hölle seinen Sohn schickte. Ob Paul in der Hölle schmorte? In einer Ökohölle wahrscheinlich. CO_2-frei. Steckte auf fair gehandelten und nachhaltig produzierten Spießen. Das Feuer in Pauls Hölle wurde mit bei Vollmond geschlagenem, natürlich gewachsenem Holz angeheizt. Des Teufels Großmutter besorgte sich ihre Wollsocken aus einem Rapunzelladen.
Warum wurde er Paul nicht los? Wurden jetzt, nach so vielen Jahren, die alten Rechnungen präsentiert? Manchmal, wenn er Luka zusah, seinem ältesten Sohn, musste er an Paul denken. Komisch. Beide hatten diesen ausladenden Gang, die gleiche Art, die Beine weit nach vorne zu werfen, als bewegten sie sich auf einem schwankenden Schiff oder unsicherem Grund. Sie hatten auch eine gewisse äußerliche Ähnlichkeit, das schmale Gesicht, braune Augen, die weder Toni noch er hatten, aber auch die gleiche Sturheit, die ihn manchmal in den Wahnsinn trieb. Aber die war in diesem Alter wohl normal.
Da endlich ging die Tür auf, und Toni kam strahlend auf ihn zu. Die Dämonen flüchteten.

11. Paul

Es waren Jahre der Angst. Angst vor Moppel. Angst vor dem Krieg.
Fräulein Wackenhut kam spätabends in den Schlafsaal, als einige Kinder schon schliefen. »Lasst uns beten«, sagte sie, und ihre Stimme war brüchig, wie er das an ihr noch nie gehört hatte. »Die Russen ziehen ihre Raketen nicht aus Kuba ab. Es gibt Krieg.«
»Lasst uns beten«, sagte sie. »Präsident Kennedy wurde erschossen. Es gibt Krieg.«
Jeder lag allein in seinem Bett und zitterte. Vierzehn Jungs. Die Kleinen mehr als die Großen, die machten Witze, über die niemand lachte, nicht einmal die Kleinen. Paul zog die Decke über den Kopf.
Aber irgendwann vergaßen sie diesen Krieg, der nie kam. Die Angst suchte sich andere Nahrung.
Die Mutter beschwerte sich in einem langen Brief, dass ein Kommunist und Anarchist namens Wolfgang Neuss drei Folgen vor Schluss der Fernsehserie »Das Halstuch« von einem Francis Durbridge in einer Zeitungsanzeige den Mörder verraten habe. »Stell Dir vor«, schrieb sie. »Wir sitzen alle aus der unteren Bahnhofstraße bei Frau Laub im Wohnzimmer und gucken den Film. Sie ist ja die Einzige, die einen Fernseher hat. Vielleicht kaufen sich Grubers aber auch einen. Jedenfalls sind alle da, sogar der Herr Stein mit sei-

nem Gehstock. Man sieht keinen Menschen mehr auf der Straße. Und dann verraten die Kommunisten den Mörder. Nimm Dich nur vor denen in Acht. Vielleicht gibt es in Freiburg auch welche.«

Kommunisten kannte er keine, aber fernsehen durften sie hin und wieder. Es gab sogar einen Fernsehraum, zwei, genau genommen, einen für die Jungs, einen für die Mädchen. Am besten waren die nächtlichen Boxkämpfe. Sonny Liston gegen Cassius Clay. Schlaftrunken torkelten sie nachts um vier Uhr hinunter in den Fernsehraum. Alle waren für Liston. Er hatte das Boxen im Gefängnis gelernt. Immer mit der nackten Faust gegen die Zellenwand. Stundenlang. Sonny Liston kam von unten. Er war einer von ihnen.

Seine Lebensgeschichte wurde gehandelt wie ein Insidertipp. Werner erzählte, Sonnys Geburtsjahr sei unbekannt. Seine Mutter gab als mögliche Geburtsjahre 1929, 1930 sowie 1932 an, Liston selbst erklärte, er sei 1928, 1932 oder 1933 geboren. Auch der Tag seiner Geburt war nicht klar. Seine Mutter sagte: Ich weiß, dass er im Januar geboren wurde, denn es war kalt wie im Januar.

Cassius, das chancenlose Großmaul! So einen Aufschneider würde Sonny in der ersten Runde fertigmachen. So wie er Floyd Patterson fertiggemacht hatte. Doch als sie vorm Fernseher saßen, verlief der Kampf anders, als sie es erwartet hatten. Das Großmaul tänzelte elegant durch den Ring. Gab die Deckung auf, ließ die Arme herunterhängen. Sonny lief schwerfällig hinterher, drosch los, aber das Großmaul war schon woanders. In der sechsten Runde gab Liston auf, und alle gingen überrascht zurück in die Betten.

Liston, das wurde Paul noch in der gleichen Nacht klar, kämpfte wie Moppel. Hart und brutal. Drosch einfach drauf. Aber da war plötzlich einer, der schlug ihn mit Intelligenz und Schnelligkeit. Paul wechselte die Seite.

Cassius war der Held der neuen Zeit. Er gab der Chance,

einen Schläger zu schlagen, ein Gesicht. Irgendetwas wurde anders. Irgendetwas lag in der Luft.

Eines Morgens stand Paul mit Werner im Waschraum vor dem Spiegel. Das dauerte gewöhnlich. Mit Zuckerwasser oder mit Brisk, wenn Werners Mutter ein Päckchen geschickt hatte, kämmten sich die Jungs die Haare zurück, um sie dann geschlossen wieder nach vorne zu schieben, sodass der typische »Entenschwanz« entstand, eine Tolle, der Werner mit einer kurzen Bewegung mit dem Kamm noch einen Knick verpasste.

Fräulein Wackenhut mochte diese Frisuren nicht. »Man kann euch gar nicht mehr in die Augen gucken«, sagte sie.

»Prima«, sagte Werner.

Aber an diesem Morgen hatte er keine richtige Lust, sich die Elvis-Tolle zu verpassen. »Hast du von den Pilzköpfen gehört?«, fragte er Paul.

»Ja«, sagte Paul, obwohl es nicht stimmte.

»Die tragen die Haare lang. Ins Gesicht. Über die Ohren.«

Es leuchtete unmittelbar ein, dass das besser war als die Elvis-Frisur. Man musste nicht viel reden. Haare über die Ohren – das war wie Nicht-Frisieren.

An diesem Tag starb der Entenschwanz.

»Wenn die immer nur yeah, yeah, yeah singen, sind sie bald wieder vergessen«, sagte Fräulein Wackenhut.

12. Paul

Moppel riss Paul aus dem Schlaf. »Komm mit, du Sack. Wir gehen wichsen.«
Paul drehte sich um, aber da spürte er, wie ihn jemand an den Füßen aus dem Bett zog. Um nicht mit dem Kopf auf den Boden zu fallen, strampelte er sich frei und stand auf. Moppel, Nobbi und Didi standen vor seinem Bett. Moppel schubste ihn. Norbert schubste ihn. Didi schubste ihn. Sie bugsierten ihn auf die Toilette.
»Wettwichsen«, sagte Moppel. »Hosen runter.«
Nobbi und Didi ließen die Schlafanzughosen bis auf die Knöchel rutschen. Paul war unsicher, was er tun sollte. Die Situation war gefährlich. Aber Nobbi stand vor der Tür und schnitt ihm den Fluchtweg ab. Zögernd ließ er die Hose sinken.
Nobbi grölte: »Guck mal, der Kleine, hat noch keine Haare am Sack.«
Didi kicherte.
Schnell wollte Paul die Hose wieder hochziehen, aber Moppel schlug ihn mit der Faust auf die Brust. Er kippte nach hinten und kämpfte mit dem Gleichgewicht.
»Los jetzt, wichsen«, kommandierte Moppel.
Nobbi und Didi packten ihre Schwänze und zogen sie hin und her. Paul sah ihnen zu und verstand den Sinn nicht.
»Du auch, du Scheißer.«
Paul schielte zu den beiden anderen Jungs. Sie bewegten ihre

Schwänze in einem regelmäßigen Tempo vor und zurück, hin und wieder sah er ihre Eichel zwischen ihren Fäusten aufblinken. Paul versuchte, den Sinn dieses Spiels zu verstehen, und überlegte, ob die beiden ihn nur ablenken wollten, um ihn in einem Augenblick der Unaufmerksamkeit zu verprügeln. Aber Nobbi und Didi konzentrierten sich immer mehr auf ihre gleichmäßigen Handbewegungen.
»Du auch.« Moppel ballte die Hand zu einer Faust.
Schnell griff sich Paul zwischen die Beine, nahm seinen Penis und rieb ihn.
»Guck mal, das Arschloch, wie der das macht«, schrie Moppel. »Der macht das mit zwei Fingern. Wie eine Memme. Männer machen das mit der Faust.«
Die drei Jungs arbeiteten nun in einem gleichmäßigen Tempo. Paul tat es ihnen nach. Auf Nobbis Stirn schwoll eine große Ader, und Didi glotzte mit weit aufgerissenen Augen so merkwürdig ins Nichts, dass Paul am liebsten laut gelacht hätte. Sie schienen ihn vergessen zu haben. Sogar Moppel kümmerte sich nicht mehr um ihn, sondern sah auf die Schwänze der anderen beiden Jungs und bearbeitete seinen eigenen. Paul schielte noch einmal zur Ausgangstür, aber Nobbi stand noch immer davor. Es gab kein Entkommen. Hin und wieder rutschte Pauls Penis aus seiner Faust. Es machte keinen Spaß.
Nobbi riss nun die Augen weit auf. Paul sah, wie er einen pulsierenden weißen Strahl absonderte. Moppel und Didi bewegten nun ihre Schwänze in einem so hohen Tempo hin und her, dass Paul nicht mehr mithalten konnte. Dann spritzte Didi einen Strahl in weitem Bogen auf die Kacheln des Fußbodens. Moppel schwitzte. Die Brühe lief ihm übers Gesicht. Auf seiner Schlafanzugjacke bildeten sich unter den Armen und auf der Brust dunkle Flecken. Dann perlten aus seiner Schwanzspitze zwei weiße Tropfen.
»Bei dem kommt noch nix.« Nobbi deutete auf Paul.

»Du kannst aufhören«, sagte Didi fast freundlich.
Paul zog die Schlafanzughose wieder hoch.
»Didi hat gewonnen«, entschied Moppel. »Bei dem spritzt der Saft so, als ob er pissen würde.«
Sie gingen zurück in den Schlafsaal. Paul legte sich in sein Bett.
Er wollte nach Hause.

Das Wichsen wurde allgegenwärtig. Sobald Fräulein Wackenhut um acht das Licht ausdrehte, hüpften die Jungs in andere Betten. Paul war wachsam. Wenn Moppel ihn auf dem Kieker hatte, versuchte er auf die Toilette zu rennen und sich einzuschließen. Manchmal kroch er aber zu Werner unter die Decke. Sie streichelten sich gegenseitig die Schwänze und die Eier.
Werner war ganz anders als Moppel. Freundlicher.
»Du hast den längeren Schwanz«, sagte er, »aber ich habe die dickeren Eier.«
Damit konnten beide leben.

13. Paul

Die RG 69 gab Sicherheit. Ein gutes Gefühl.
Den Schwur hatte er nicht vergessen.
Es gab zwei Neue in der Gruppe, und Moppel nahm sich jetzt Peter vor, den Kleineren der beiden. Einmal kam Paul hinzu, wie Peter von Moppel und Didi fertiggemacht wurde. Sie hatten ihn unten am Laubengang in der Nähe der Eingangshalle gestellt, und Paul sah, wie sie den Kleinen gegen eine Säule schubsten.
»Ah, Moppel, spielst du wieder Wyatt Earp und verprügelst die Kleinen?«
Moppel fuhr herum und fixierte Paul mit seinen tief in den Fettpolstern liegenden Augen. »Willst du frech werden?«
Paul wich einen Schritt zurück. Wenn Moppel seine unschlagbare Taktik anwenden und einfach losrennen würde, um ihn umzuwerfen, konnte er ausweichen. Wie Cassius Clay.
Moppel ging einen Schritt vor, Paul wich einen zurück.
Peter nutzte die Gelegenheit und rannte weg.
Moppel ging noch einen Schritt vor. Paul einen zurück. Noch immer konnte er ausweichen, wenn Moppel plötzlich zu laufen anfing. Er ging einen Schritt nach links, um durch die große Tür nach außen gelangen zu können. Moppel merkte es und versperrte ihm mit zwei Schritten den Weg dorthin. Jetzt lag nur noch die große Eingangshalle hinter ihm. Paul ging einen Schritt zurück. Moppel folgte.

»Gleich haste ihn«, schrie Didi.
Moppel kam einen Schritt auf ihn zu.
Paul blieb stehen.
Moppel lächelte. Er machte noch einen Schritt. Und noch einen Schritt.
Paul zog die Pistole aus dem Hosenbund und richtete sie auf Moppel. »Bleib stehen.«
Moppel lachte: »Spielste jetzt John Wayne oder was?«
Er ging noch einen Schritt vorwärts und stand nun einen Meter vor ihm.
Paul spannte mit dem Daumen den Hahn. »Moppel, noch einen Schritt, und du hast ein Loch im Bauch.«
Moppel lachte und rannte los.
Paul drückte ab.

Der Schuss hatte ein handtellergroßes Loch in Moppels Bauch gerissen. Die Haut war vollständig verbrannt. Ein schönes Loch. Rohes Fleisch war zu sehen. Rot und verbrannt. Es stank, als hätte jemand gegrillt. Moppel verschwand für ein paar Tage auf den Krankenstock.
Er folgten Verhöre durch die Oberin, die »O«, wie sie von den Jugendlichen genannt wurde.
»Wo hast du die Pistole her?«
»Ich habe sie gefunden.«
»Das glaubst du ja selbst nicht.«
»Doch. Ich habe sie gefunden.«
»Wo?«
»Im Botanischen Garten.«
»Wo genau dort?«
»Ich weiß es nicht mehr genau. Aber ich kann Ihnen die Stelle zeigen.«
»Sitz nicht so verstockt da. Setz dich aufrecht.«

Er richtete sich langsam auf.

»Guck nicht auf den Boden. Kannst du mir nicht ins Gesicht sehen?«

Er richtete den Blick auf einen Punkt an der Wand direkt hinter dem Hinterkopf der »O«.

»Du wirst dich bei Moppel entschuldigen.«

»Nein.«

»Ich sperre dich so lange ein, bis du es dir anders überlegst.«

»Da können Sie mich lange einsperren.«

Hauptsache, sie sagen meiner Mutter nichts.

»Wir akzeptieren keine brutalen Kinder im Eisenbahn-Waisenhort, merk dir das ein für alle Mal.«

Da musste Paul lachen. Er wollte es nicht. Aber er konnte nicht anders. Er lachte laut und konnte gar nicht mehr aufhören.

Die »O« sah ihn eisern an. Noch nie hatte sie ein Kind ausgelacht. Auf diesen Bub musste man ein Auge haben. Sie verhängte unbegrenzten Stubenarrest; er durfte außer zum Schul- und Kirchenbesuch die Räume der Gruppe Wackenhut nicht verlassen.

Der Schuss änderte seinen Status im Heim über Nacht. Er war nun ein Held. Ein gefährlicher Schläger. Nicht besonders stark, aber äußerst brutal. Das bedeutete Anerkennung, Schulterklopfen, die Jüngeren bewunderten ihn, die Älteren ließen ihn in Ruhe. Auch Moppel machte einen großen Bogen um ihn, als er aus dem Krankenstock entlassen wurde.

Aber: Die Pistole war weg, und der Stubenarrest war lästig. Nachts kletterte er am Fallrohr der Regenrinne – inzwischen konnte er es vom Fensterbrett aus problemlos erreichen – hinunter ins Freie, aber er wusste nicht, was er nachts allein in Herdern anstellen sollte, und kletterte nach ein, zwei Stunden das Rohr wieder hinauf.

14. Alexander

Toni, die diplomierte Psychologin, war der unumstößlichen Ansicht, Maximilian und er hätten als Kinder um die Zuneigung des Vaters konkurriert, aber Maximilian habe es als Erstgeborener leichter gehabt, den Platz an dessen Seite zu erobern. Deshalb hätte Alexander einen anderen Weg wählen müssen, um die Aufmerksamkeit des Vaters zu gewinnen. Der sicherste Weg sei gewesen, sich mit einem Outlaw aus dem Waisenhaus zu verbünden, das der Vater so unpassend für die Gegend fand. Aufmerksamkeit durch Querulanz, gewissermaßen.
So ein Quatsch, dachte Alexander. Es ergab sich einfach so. Es gab keinen Plan. Außerdem konnte er sich nicht erinnern, jemals seinen Bruder beneidet zu haben. Sie waren einfach völlig verschieden. Maximilian arbeitete schon früh in der Firma mit. Seit Alexander sich erinnern konnte, schuftete sein Bruder in den Ferien irgendwo im Lager, der Produktionsvorbereitung oder der Montage. Alexander hatte dazu keine Lust. Der Vater bot es ihm mehr als einmal an, aber es war sinnlos. Er wusste instinktiv, es würde enden wie in der Geschichte mit dem Hasen und dem Igel. Wo auch immer er hingekommen wäre, Maximilian wäre schon da gewesen.

Die Pistole gab den Ausschlag. Und so tat er etwas, was Maximilian nie getan hätte. Unmittelbar nachdem er Paul auf der Heimwiese gesehen hatte, lief er dessen Schulweg ab. Er vermutete, dass der Junge in die Karlschule ging, und da das Kepler unterhalb der Karlschule lag, mussten sie jeden Morgen zum Teil den gleichen Schulweg gehen. Manchmal patrouillierte er nach Schulschluss regelrecht die Habsburgerstraße auf und ab in der Hoffnung, den Jungen mit der Pistole zu treffen. Vergebens. Er sah ihn nicht, und er begann die Sache langsam zu vergessen. Irgendwann gab ihm der Religionslehrer unfreiwillig den entscheidenden Hinweis. Er mokierte sich darüber, dass nun auch immer mehr Gymnasiasten die Schulmesse am Mittwoch schwänzten, um dann mit den Heimkindern am Ludwig-Aschoff-Platz herumzustehen und zu rauchen.

Die Schulmesse schwänzen. Keine einfache Sache für Alexander. Vor einem Jahr hatte er noch das weiße Gewand eines Messdieners getragen. Er war ein gläubiges Kind. Mit dem Messeschwänzen riskierte er etwas: Nachbarn konnten ihn sehen und bei den Eltern verraten. Bis zu diesem Tag war er jede Woche zweimal in die Messe gegangen, sonntags mit der Familie ins Hochamt und mittwochs in den Schulgottesdienst; Ausnahmen gab es nur bei Masern und Mumps.

So kam er sich verwegen vor, als er mittwochs um Viertel nach sieben am Ludwig-Aschoff-Platz vorbeischlenderte. Es sollte wie zufällig aussehen, so der Plan. Er wollte einmal auf dem knirschenden Kiesweg durch die kleine Anlage gehen. »Haste mal 'ne Kippe für mich« – diesen Satz hatte Alexander sich zurechtgelegt. Der Aschoff-Platz war nicht sehr groß. In der Mitte standen einige Büsche und zwei grüne Sitzbänke.

Es war kalt an diesem Morgen. Und neblig. Zwischen den Bänken standen sechs Jugendliche, rauchten und unterhiel-

ten sich. Er sah Paul sofort. Paul trug die Haare nun etwas länger, sie standen sogar auf den Ohren auf. Neben ihm kicherten zwei Mädchen. Sofort wollte er umkehren. Mädchen waren in seinem Plan nicht vorgesehen. Aber Alexander war schon zu weit auf die Gruppe zugegangen. Umkehren war nicht mehr möglich. Also beschleunigte er seinen Schritt und lief so unbeteiligt wie möglich an der Gruppe vorbei.
»Hey, wart mal.«
Alexander drehte sich langsam um.
»Kennste *Tell Me,* die neue Platte von den Stones?«
Er schüttelte den Kopf. Sicher, er wusste, wer die Rolling Stones waren, aber er hätte nie gewagt, diese Negermusik zu Hause zu hören, nicht einmal in seinem Zimmer.
»Haste 'nen Plattenspieler?«
Er nickte. In Wirklichkeit besaß er kein eigenes Gerät. Im Wohnzimmer stand eine Truhe, die Radio und Plattenspieler zugleich war. Auf diesem Gerät war aber niemals etwas anderes abgespielt worden als Platten aus Vaters Karajan-Sammlung. Auf der Anrichte im Esszimmer stand jedoch ein kleineres Dual-Gerät, auf dem Mutter manchmal Schlager hörte.
»Du wohnst doch hinter der Wiese? In dem Haus mit dem Swimmingpool und der großen Fensterscheibe?«
Alexander nickte.
Paul zog an der Zigarette und trat sie aus.
Da sagte eines der beiden Mädchen zu ihm: »Willste uns dem nicht mal vorstellen?«
Paul sah Alexander an, als sei das eine Zumutung. Er verdrehte die Augen und sagte: »Das sind Karin und Rosie.« Er zeigte mit dem Daumen auf die beiden Mädchen.
Es war für Alexander unmöglich, aus dieser verschnodderten Handbewegung herauszufinden, welches der beiden Mädchen Karin und welches Rosie war.
»Guten Tag«, sagte die Kräftigere der beiden und lächelte.

Er merkte, wie er knallrot anlief. Schnell drehte er sich zur Seite.
»Wenn du morgen Nachmittag um vier mit dem Plattenspieler vorbeikommst, kannste die neue Stones-Platte hören.«
Die beiden Mädchen sahen ihn neugierig an.
Sie gefielen ihm. Alexander drehte sich um und rieb sich die Backen, als sei ihm kalt. »O. k. Mal sehn. Vielleicht komme ich.«
»Gut, um vier am Eingang vor der Heimwiese. Weißte wo?«
Alexander nickte und ging weiter.

Am Nachmittag lag er seiner Mutter so lange in den Ohren, bis sie nachgab. Er durfte den Plattenspieler mitnehmen. Er hatte sie angelogen und ihr gesagt, dass er zu einem Freund in die Stadt wollte. Aber er musste versprechen, dass das Gerät am Abend, wenn der Vater nach Hause kam, wieder an seinem Platz stand.
Alle Ehrenwörter dieser Welt.

15. Paul

Paul setzte sich nachmittags Fräulein Wackenhut gegenüber auf einen Stuhl im Wohnzimmer der Gruppe. »Ich bekomme morgen Besuch«, sagte er.
»Aha.«
»Von einem Freund. Von außen. Wir wollen Musik hören.«
Dies war nun schlichtweg eine Sensation. Kaum einer der dreihundert Heimzöglinge hatte Freunde von außerhalb. Den Umgang mit den Waisenhauskindern mied man in der Stadt. Auch innerhalb des Heimes wurde diese Grenze gezogen. »Heimweiber« nannten die Jungs verächtlich die Mädchen aus dem Heim. Mit »so einer« wollte man nicht gehen. Umgekehrt nannten die Mädchen aus dem Eisenbahn-Waisenhort die Jungs »Heimkerle«. Sie hatten bestenfalls ein Naserümpfen für sie übrig.
Fräulein Wackenhut sah ihn an. »Von außerhalb? Wer soll das denn sein? Dein Waffenhändler?«
Paul trug seinen Triumph mit einem völlig kontrollierten Pokerface vor. »Nein, der Junge, der auf der anderen Seite der Heimwiese wohnt.«
»Er ist herzlich eingeladen.«
»Es gibt ein Problem.«
»Welches?«
»Mein Stubenarrest. Ich kann ihn noch nicht einmal von der Pforte an der Haydnstraße abholen.«

Sie sah ihn nachdenklich an. »Du hältst dich für einen schlauen Kerl, was?«
»Ich sag nur, wie's is.«
Sie überlegte: »Gut, für morgen ist der Stubenarrest aufgehoben. Du darfst bis zur Pforte.«
»Und wenn mein Freund übermorgen wiederkommt?«
»Dann werden wir sehen.«
»Danke.«
Er stand auf und ging.

16. Alexander

Alexander stand vor der grün gestrichenen Hinterpforte des Waisenhauses und wäre am liebsten umgekehrt. Er hatte nur eine Straße überquert, und doch fürchtete er sich vor der unbekannten Welt, die ihn nun erwartete. Eine gefährliche Welt, in der ein gleichaltriger Junge eine Pistole besaß, eine Welt, die ihn anzog, weil sie ein Versprechen barg, und die ihn gleichzeitig abstieß, weil sie so fremd und unsicher und der Umgang mit ihr verboten war.
Er umfasste den Plattenspieler seiner Eltern mit beiden Armen. Auf der Straße rutschte ihm zweimal das Stromkabel aus der Hand und schleifte den Boden entlang. Gleichzeitig musste er die beiden Lautsprecherboxen balancieren, weil sie auf der glatten Plastikabdeckung hin und her rutschten.
Paul öffnete die Tür, und die beiden Jungs musterten sich.
Alexander sah einen schmal gewachsenen Jungen in einer verwaschenen grünen Cordhose und einem braunen Schlabberpullover. Der Stoff der Hose war an den Oberschenkeln und an einem Knie abgeschabt und sendete so das beunruhigende Warnsignal der Armut aus. Gleichzeitig saß diese Hose so eng, dass sie besonders und außergewöhnlich, ja: lässig aussah. Das Gleiche galt für den Pullover, aus dem einige kurze Fäden hingen und der völlig verfilzt war. Seine Mutter würde *so einen* Pullover sofort in den Müll werfen, doch dieser schlabberte an Paul herunter,

war zwei, vielleicht sogar drei Nummern zu groß, und das war irgendwie interessant.

Am aufregendsten jedoch waren Pauls Haare, die bereits über die Ohren wuchsen, den Kragen des Pullovers überwunden hatten und in einer Art Pony ins Gesicht hingen: Die ganze Stirn war bedeckt. Paul trug eine Brille, ein gewöhnliches Kassengestell, billig, robust, einfach. Er hatte einen seltsamen Blick: die braunen Augen nur halb offen und doch direkt. Ungeniert musterte er Alexander unter langen, ja mädchenhaft wirkenden Wimpern, die Kopfhaltung dabei eher zögerlich, so als wisse er noch nicht, ob er Alexander wirklich in das Waisenhaus lassen solle. Die halb geschlossenen Augen des Waisenjungen wirkten aber auch verschlagen; Alexander nahm sich vor, vorsichtig zu sein.

Was sah dieser Paul, der ihn in dieser merkwürdigen Mischung aus Offenheit und Misstrauen anschaute? Sie waren beide ungefähr gleich groß, aber Alexander war deutlich athletischer gewachsen, blond, die Haare sauber und kurz geschnitten, das Gesicht wach mit auffallend großen, blauen Augen, die im Moment verlegen wirkten, Paul aber an den klugen Fuchs aus irgendeiner Kindergeschichte denken ließen. Alexander hielt den Dual-Plattenspieler verkrampft vor seinen Bauch, aber Paul konnte doch die Stoffhose mit der Bügelfalte und das steife blaue Hemd mit Schulterklappen erkennen, das ihn daran erinnerte, dass dieser Junge von der anderen Straßenseite kam, einem Haus mit Mama und Papa, mit Vorlesen am Abend und Frühstücken mit der ganzen Familie am Morgen, aus einer Welt ohne Gewalt, in der jemand wie Moppel keinen Zutritt hatte.

Erst im Rückblick verstand Alexander, was sie beide in diesem Moment wohl nur instinktiv erfassten: Es standen sich zwei Jungs gegenüber, die unterschiedlicher nicht sein

konnten, Klassenbester am Kepler-Gymnasium der eine, ein mittelmäßiger Schüler in der 7. Klasse der Hauptschule in der Karlstraße der andere, Denker und Träumer, reich und arm, sportlich und träge. Jeder von ihnen erkannte in diesen ersten Blicken die offensichtlichen Unterschiede, und doch ahnten sie bereits, dass etwas Gemeinsames in ihnen steckte, beide waren sie Suchende, und bereits bei dieser ersten Begegnung hegte jeder von ihnen den Verdacht, dass der andere im Überfluss besaß, was der eine schmerzhaft vermisste.
»Komm rein!«
Zum ersten Mal betrat Alexander den großen, mit mannshohen Hecken eingefassten Innenhof. Die grüne Tür schlug hinter ihm zu, und er sah sich nun dem markanten Turm gegenüber. Dazwischen eine von zwei Baumreihen gefasste Allee.
Er hörte ein Kichern. Links unter einem Baum standen Karin und Rosie. Sie winkten.
»Kommen die auch mit?«
Paul grinste und deutete auf die Tür in der Mitte des Turms. Dort stand eine Frau.
»Das ist der Drache vom Dienst. Wacht über die Linie.«
»Welche Linie?«
»Die haben die sich nur ausgedacht. Verläuft genau in der Mitte. Dort ist die Mädchenseite. Verboten für uns. Hier ist unsere Seite. Verboten für die.«
»Mmh.«
»Komm«, sagte Paul und nahm ihm die beiden Boxen ab. »Außerdem stehe ich nicht auf Heimweiber.«
Sie überquerten den Fußballplatz, auf dem einige Jungen bolzten, und traten dann unter eine Arkade, die etwas Düsteres ausstrahlte; etwas Bedrückendes hing in der Luft, das Alexander das Atmen schwer machte. Paul führte ihn in das Treppenhaus mit der großen Steintreppe, und sie gingen

zwei Stockwerke nach oben. Eine Tür mit einer Milchglasscheibe führte in einen langen Flur, von dort leitete Paul ihn in einen größeren Raum, in dem einige Tische, Stühle und ein Kicker standen. Sie waren allein.
Alexander stellte den Plattenspieler auf den Tisch, der direkt neben dem Fenster stand, steckte den Stecker in die Steckdose und baute die Boxen auf.
Paul öffnete einen Spind und zog einige Singleplatten hervor. »Stones«, sagte er, »sind die besten.« Er legte eine Single auf den Plattenteller und griff nach dem Tonarm.
»Lass mich das lieber machen«, sagte Alexander schnell und hob den Tonarm hoch und die Nadel auf die erste Tonrille.
Paul zuckte mit den Schultern und setzte sich.
Ein Gitarrenintro, ein Schlag auf eine Trommel, dann die Stimme.

Ah, I want you back again
Ah, I want your love again

Es war der Hammer! Die Musik traf Alexander, als habe er seit Langem genau darauf gewartet. Vier Minuten dauerte der Song, und in diesen vier Minuten rührte er sich nicht. Irgendetwas geriet in Bewegung. Zum ersten Mal gehört, und doch vertraut. Was war es? Der Rhythmus? Die Stimme? Empfand Mick Jagger genau die gleiche Sehnsucht, die ihn auch quälte? Er wusste es nicht. Aber eines war klar: Diese Band hatte gefunden, wonach er erst suchte – den Weg nach draußen. Vielleicht würde sie ihm den Weg weisen. Er schloss die Augen.

Paul saß ihm gegenüber und starrte ihn durch halb geschlossene Lider an. Ein merkwürdiger Vogel war ihm da zuge-

flogen, das wusste er, aber was sollte er mit ihm anstellen? Die Stones gefielen ihm, das immerhin sprach für ihn. Aber sonst? Das steif gebügelte Hemd, die Sonntagshose, die eleganten Schuhe, all das sagte ihm, dass Alexander aus einer Welt stammte, die ihn verstoßen hatte und die auch nicht daran dachte, ihn in absehbarer Zeit wieder aufzunehmen. Eine Welt, in der es eine Mutter gab, die täglich da war. Paul stellte sich Alexanders Leben vor und verachtete es.
Und sehnte sich danach.
Als der Song zu Ende war, stand Paul auf, drehte die Scheibe um. Diesmal setzte er den Tonarm auf die Platte. *Come on.* Rock'n'Roll. Schneller.
»Wer spielt die Mundharmonika?«
»Brian Jones.«
»Mmh.«
Nach einer Weile kamen ein paar weitere Jungs dazu. Sie setzten sich an die anderen Tisch und hörten zu. Paul redete nicht mit ihnen und sie nicht mit ihm.
Plötzlich schoss ein unglaublich fetter Junge ins Zimmer. Alexander fand ihn hässlich und uninteressant. Diese Art dummer Wichtigtuer, die in seiner Klasse keine Chance hatte.
»Was ist denn hier los? Wer ist das?« Der fette Junge zeigte auf ihn.
»Das ist einer von draußen«, antwortete einer der anderen. Paul hielt die Augen halb geschlossen und sagte nichts.
Alexander sah, wie der dicke Junge nachdachte. So schnell wie er gekommen war, war er auch wieder verschwunden. Paul packte die Platten wieder zusammen.
»Ich bring dich runter.«
Gemeinsam trugen sie den Plattenspieler bis zum Ausgang.
»Tolle Musik. Kann ich wieder mal kommen?«
»Klar.«
Karin schlenderte in ihre Richtung. Ob sie extra gewartet

hatte? Sie winkte ihm zu, und sein Herz schlug noch schneller. Er winkte lässig zurück.

Statt samstags zur Beichte zu gehen, schlich er sich nun ins Waisenhaus. Dort war alles anders. Vor allem die Musik.
»Wer spielt denn da?«
»Spencer Davis Group. Die haben einen Wahnsinnssänger. Stevie Winwood.«
»Wie heißt das Stück?«
»*Keep on Running.*«
Paul spielte ihm eine andere Platte der Band vor: *Georgia on My Mind*. So etwas hatte er noch nie gehört. So etwas konnte er nur hier hören.
Die Band war eigentlich nach dem Gitarristen Spencer Davis benannt. Er war der Chef. Aber es gab mit Winwood eben dieses Wunderkind mit der rauen Stimme, das sowohl Orgel als auch Leadgitarre spielen konnte.
»Lies mal diese Scheiße.« Paul warf ihm eine *Bravo* rüber. Die Zeitschrift rief ihre Leser zu einer Abstimmung auf, wen man besser fände: Davis oder Winwood. Es war Alexanders erste Lektion in Medienmanipulation. Das Foto von Winwood war undeutlich, er wirkte linkisch, im Text wurde er als schwierig, launisch, aber genial bezeichnet. Auf fünf Postkarten stimmten sie für den jungen Stevie, aber es nutzte nichts – Spencer Davis gewann die Wahl. Es erschien nur konsequent, dass Winwood die Band einige Zeit später verließ und die Spencer Davies Group in der Bedeutungslosigkeit versank.
Paul regte sich über solche Dinge nicht auf. Für Alexander begann eine andere Art von Glaubenskampf.

»Alexander«, sagte die Mutter beim Mittagessen. »Mir scheint, es wird Zeit für einen Friseurbesuch.« Sie strich ihm mit der Hand über den Kopf.
Er drehte sich weg. »Nee, lass das.«
Sie spielte mit den einzelnen Strähnen. »Die Haare liegen schon auf den Ohren auf. Du siehst unordentlich aus. Morgen gehst du mit mir zum Friseur.«
»Morgen geht nicht. Ich muss für die Lateinarbeit büffeln.«
Die Mutter steckte sich eine Lord Extra zwischen die Lippen. »Dann übermorgen.«
»Aber da ist Bio angesagt. Das hab ich dir doch schon zehn Mal gesagt.«
Für heute war der Kampf gewonnen.

Später wurde Cream ihre Lieblingsband, Jack Bruce, Eric Clapton und Ginger Baker, der Drummer mit den beiden *bass drums*, der Schlagzeug spielen konnte, als sei es ein Soloinstrument. Wahnsinn! Jack Bruce, der Mann mit dem steglosen Bass und der kraftvollen Stimme. Eric Clapton, der den Blues mit dem Wah-Wah-Pedal spielte. Einen Song sang Paul immer mit, und Alexander lachte, als er verstand, was sein Freund da lauthals mitsang: *Grapefruit* – es folgte etwas Unverständliches, und dann sang Paul wieder *Grapefruit.*
Alexander lachte ihn aus.
»Hey, Paul, Clapton singt *strange brew*, nicht *Grapefruit*.«
»Is doch scheißegal.«
Alexanders Verwirrung dauerte nur einen Moment an, bis er verstand. Paul konnte kein Englisch. Er sang einfach die Silben mit, wie er sie hörte, ein Mischmasch, das sich Englisch anhörte, aber völlig sinnlos war. Besonders gebildet war Paul nicht. War halt bloß ein Hauptschüler.

Das süße Gefühl der Überlegenheit machte sich in ihm breit. Warm und wohlig. Aber zugleich meldete sich der katholische Reflex: Hochmut. Todsünde. Beichten.
Scheißegal.
Sie lauschten Ginger Bakers endlosem Schlagzeugsolo.
Dumm, dumm – dumm-dumm, Wirbel auf beiden *bass drums.*
»Glaubst du eigentlich an Gott?«, fragte er Paul.
»Ich weiß nicht genau. Früher mehr. Jetzt denke ich, wenn es einen Gott gäbe, dann hätte er die Welt besser erschaffen können.«
»Wie meinst du das?«
»Na, warum muss ich hier im Heim leben, und du wohnst in einem Haus mit eigenem Swimmingpool. Warum hast du einen Plattenspieler und ich nicht? So Dinge, meine ich, hat er nicht gut gemacht.«
»Ich find's nicht schlecht hier.«
»Du hast Nerven.«
»Ich hab einen Plattenspieler, aber du hast die Platten.«
Paul lachte. »Gekauft hab ich die nicht. Geschenkt gekriegt auch nicht.«
»Aber denkst du, dass es so was gibt wie einen Gott?«
»Eigentlich schon. Irgendwo muss das ja alles herkommen, oder?« Paul fuchtelte mit dem Arm durch die Luft, beschrieb einen Kreis, der wohl die ganze Welt umschließen sollte.
»Ich glaub auch an Gott«, sagte Alexander, »aber irgendwie ist er mir in letzter Zeit nicht mehr so wichtig.«
Sie schwiegen.
»Wir sollten uns eine Pistole zulegen«, sagte Alexander beiläufig.
»Komm mal mit.«
Paul führte ihn zu seinem Spind, öffnete ihn und zog einen Beutel mit Schmutzwäsche hervor, griff tief mit dem Arm hinein und zog eine Luftdruckpistole raus.

»Wahnsinn. Darf ich mal halten?«
»Ja. Muss aber unter uns bleiben. Geheimnis.«
»Klar.«
»Ich hatte mal 'ne richtige. Die haben die mir hier aber abgenommen.«
»Eine richtige Pistole? Erzähl!«
Doch Paul erzählte nie.

Als Alexander sich am Nachmittag mit seinem Dual-Plattenspieler wieder aus der hinteren Pforte schlich, stand Karin draußen auf der Straße.
»Kommst du am Mittwoch wieder zum Aschoff-Platz?«
»Mal sehen. Weiß noch nicht.«
»Ich bin auch da.«
Ich bin auch da – was bedeutete das? Eine Einladung? Alexander rannte los, eine der Boxen rutschte auf den Boden. Hoffentlich bemerkt die Mutter die Macke auf der Rückseite nicht.
Ich bin auch da – den ganzen Abend dachte er über die Bedeutung dieses Satzes nach.

So traf er sich mit Karin. Sie schwänzten zusammen mittwochmorgens die Kirche, trafen sich am Aschoff-Platz, blieben aber nicht dort, sondern gingen meistens auf den Alten Friedhof. Dort saßen sie auf einer der Bänke. Es war warm, sie redeten über irgendwas. Dann dachte er: Ist doch scheißegal, ist doch bloß ein Heimweib, und legte seine Hand auf ihren Busen. Erschrak. Es fühlte sich hart an. Sie nahm mit einer schnellen Bewegung seine Hand wieder weg und legte sie zurück auf sein Knie. Nach ein paar Minuten legte er sie erneut auf ihren Busen, und sofort schob sie sie mit einer beiläufigen Bewegung wieder zurück. So ging es dreimal, fünfmal, siebenmal. Dabei unterbrachen sie ihre Unterhaltung nicht. Merkwürdige Choreografie, der Griff hin, die Bewegung zurück, und nach einiger Zeit erneut die gleichen beiden ineinanderfließenden Bewegungen.

Am Abend versuchte er die Zeit zusammenzurechnen, wie lange er ihre Brust in seiner Hand gehalten hatte. Es mussten fünf, vielleicht sogar sieben Sekunden gewesen sein. Wahnsinn. Es ging voran.

17. Paul

Alexanders Besserwisserei war manchmal schwer zu ertragen. Bloß weil er aufs Kepler ging und Englisch lernte? Dingsbums statt Grapefruit.
Na und?
Kommt es darauf an?
Sie sahen sich nun fast täglich.
Alexander kam ins Waisenhaus, sobald er seine Hausaufgaben erledigt hatte, außer am Sonntag, da wachte die Familie über ihn.
Sie waren nun jeder des anderen bester Freund. Aber etwas an dieser Freundschaft störte Paul, ohne dass dies jedoch einen spürbaren Schatten über sie legte. Er konnte die Missstimmung nicht benennen. Vielleicht hing sie damit zusammen, dass Alexander im Waisenhaus ein und aus ging, dass er ihn aber noch kein einziges Mal zu sich nach Hause eingeladen hatte. Das machte ihn manchmal traurig, manchmal aber auch wütend, weil es ihn auf den großen Unterschied zwischen ihnen hinwies. Er war bloß ein Heimkind.
Trotzdem: Er bewies Alexander seine Freundschaft und brachte ihm einige nützliche Dinge bei. Er zeigte ihm, wie man im Musikgeschäft Ruckmich Singleplatten der Stones stahl: nicht auffallen, den rechten Zeitpunkt abwarten und dann die Platte in die Hose schieben. Ein weiter Pullover verdeckte die Beute.

Er zeigte Alexander auch, wie man mit dem langen Ende eines Stilkamms eine Schachtel aus der Schublade des Zigarettenautomaten fischen konnte. Aber seltsamerweise rauchte Alexander nicht, wollte es nicht einmal probieren.

18. Alexander

Alexander wurde mittlerweile in der Gruppe Wackenhut von allen als Freund von Paul respektiert. Mit einer Ausnahme: Beim Tischfußball war er eine Niete, niemand wollte mit ihm spielen, und das ärgerte ihn.

Auf eine merkwürdige Art, die er nicht genau verstand, drückte die Fähigkeit, Tischfußball zu spielen, die soziale Hierarchie unter den Waisenkindern aus. Aber sie hatten sich ein faires System ausgedacht, das regelte, wer an die Platte durfte. Gespielt wurde zu viert, das heißt zwei Mannschaften zu je zwei Jungs. Wollten zwei andere spielen, klopften sie an den Tisch und sagten: »Gefordert!« Dann durften sie im nächsten Spiel gegen die Siegermannschaft antreten. Die beiden besten Spieler blieben also so lange am Kicker, bis sie geschlagen wurden.

Es gab zwanzig Bälle, die neueren waren weiß lackiert und hart, mit denen konnte man schnell spielen, die älteren waren bereits aufgeraut und grau, sie waren langsamer, aber man konnte sie vorne mit einer Stürmerfigur besser packen und führen.

Paul übte wie besessen.

Wenn sie allein im Wohnzimmer waren und über Musik oder immer öfter auch über Mädchen redeten und der Kicker frei war, stellte er erst die Abwehrkette zurecht, legte sich einen Ball vor und versuchte ihn mit einer schnellen

Bewegung der Stürmerreihe ins gegnerische Tor zu schießen. Er hatte sich einen besonderen Trick ausgedacht: Mit dem linken Angreifer schoss er den Ball in einem speziellen Winkel gegen die Bande, sodass er von dort genau ins gegnerische Tor sprang. Diese Schusstechnik erforderte viel Übung, und Alexander sah seinem Freund zu, wie er diese Technik von Woche zu Woche verbesserte.
Eigentlich hielt Alexander Tischfußball für ein Proletenspiel. Passend zum Waisenhaus, aber nicht zu ihm. Schließlich ging er zwei-, dreimal in der Woche zum Handballtraining. Trotzdem: Es war faszinierend, Paul beim Spielen zuzusehen. Paul spielte meist vorne, Stürmer also, hielt in der linken Hand die Stange mit den fünf Mittelfeldfiguren, und mit der rechten Hand führte er drei Angreifer.
Sobald Paul spielte, ging eine Veränderung in ihm vor. Er stand vornübergebeugt, der Blick folgte dem Ball, er wirkte dann so konzentriert, dass Alexander an einen jagenden Hund denken musste, alle Sinne geschärft und nur auf das Wild fixiert. Das Spiel war schnell, und Alexander verstand nicht, wie Paul so flink eine Lücke wahrnehmen, den Ball in Position bringen und dann abziehen konnte. Er hatte doch keine Zeit zu überlegen. Es war eine einzige fließende Bewegung. Insbesondere, wenn Paul einen Ball vorne mit der Dreierreihe stoppte, ihn zwischen den drei Figuren zirkulieren ließ, um den Verteidiger zu irritieren, um dann plötzlich mit einer kaum wahrnehmbaren Bewegung zu schießen. Tischfußball war doch komplexer, als er angenommen hatte. Ihn faszinierte das Instinkthafte an Paul, die schlafwandlerische Sicherheit, das automatisch richtige Handeln, scheinbar ohne zu denken, die überbordende Freude, wenn ein Tor gelang, die Enttäuschung, wenn ein Spielzug misslang, kurz, die Leidenschaft und Hingabe, mit der Paul dieses Spiel betrieb. Und wieder wusste Alexander, dass sein Freund ihm etwas Entscheidendes voraushatte.

Er bat ihn, mit ihm zu trainieren.
Paul stimmte zu. »Ich dachte, Tischfußball wäre zu primitiv für dich.«
»Quatsch.«
»Ein Vorschlag: Ich kann eigentlich nur vorne spielen. Was hältst du davon, wenn du dich auf die Verteidigung konzentrierst?«
»Einverstanden.«
Die Kunst der Verteidigung bestand darin, mögliche Schussbahnen des Gegners mit den eigenen drei Figuren zuzustellen. Erforderlich war ein gutes Auge, schnelle Reaktion und die Bereitschaft, den Ball schnell wieder nach vorne zu spielen.
»Ich bin es gewöhnt, bei allem nachzudenken, was ich mache. Ich lese erst die Gebrauchsanweisung, bevor ich eine Glühlampe einschraube.«
»Das kannst du beim Kickern vergessen. Üben. Dann klappt's irgendwann.«
Alexander wurde besser, aber ein instinktiver Spieler wie Paul wurde er nie. Sie übten, wenn niemand anderes spielen wollte. Am besten lief es, wenn Alexander den Plattenspieler mitbrachte. Dann krachten die Bälle zu Keith Richards' Riffs ins Tor. *19th Nervous Breakdown*. Zack. Alexander hörte zu, wenn Paul ihm die nicht gedeckten freien Schussbahnen erläuterte, wurde schneller im Wechsel mit der Verteidigerreihe, hielt den Ball nur kurz hinten und schoss ihn zügig nach vorne zu Paul. Er sah sich dessen Bandentrick ab, stoppte den Ball und schoss mit einem seiner beiden Verteidiger gegen die Bande etwa in der Mitte der Platte, sodass er von dort Kurs aufs gegnerische Tor nahm. Paul und Alexander ergänzten sich perfekt. Sie wurden ein richtig gutes Team.

Sonntags fuhren sie zusammen auf den *place,* wie sie den Münsterplatz nannten. Den *Plääs,* wie Paul sagte. Alexander fuhr nun ein Mofa, das ihm seine Eltern für das beste Klassenzeugnis geschenkt hatten. Paul saß auf dem Gepäckträger. Auf dem *place* war nicht besonders viel los, andere Jugendliche standen rum, man redete, trank etwas. Anschließend ging's ins Feierling. In dem großen Saal spielten die *G-Men.* Soul von Otis Redding, Wilson Pickett, Solomon Burke, *In the Midnight Hour,* schnelle Sachen eben. Aufbruchsstimmung herrschte, aber niemand hätte das so genannt.

Auf dem Rückweg blieben sie manchmal an dem alten Haus in der Habsburgerstraße 87 stehen. Es stand zwischen der Jacobistraße und dem SPD-Büro und sah anders aus als alle anderen Häuser drum herum. Nicht frisch gestrichen, sondern grau und hässlich und interessant, das Gartentor immer offen, der Garten nicht gepflegt, sondern wild mit wucherndem Gras und Blumen, aus den Treppenritzen wuchs Löwenzahn. Das Beste war, die Fenster standen meist offen, und niemals sahen sie Gardinen. Das einzige Haus in dieser langen Straße, das sich nicht mit Vorhängen vor fremden Blicken schützte! Angeblich lebten Studenten dort, die den Keller vermieteten, das hatte Alexander in der Schule gehört. Aus diesem Keller des Hauses drang die beste Musik, die man sich denken konnte: John Mayall, *Don't Let Me Be Misunderstood* von den Animals, *Subterranean Homesick Blues* von Bob Dylan, *In The Midnight Hour.*

Wahnsinn.

»Die feiern hier Partys«, sagte Alexander.

»Wenn wir Geld hätten, könnten wir den Keller auch mal mieten«, sagte Paul.

Wortlos fuhren sie weiter.

19. Alexander

Auch mit Karin traf Alexander sich häufig. Er lud sie ins Kino ein. Sie sahen sich den Eddie-Constantine-Film an, den Paul ihm empfohlen hatte. Paul kannte alle Eddie-Constantine-Filme. Er sah sie mehrmals und konnte die Dialoge mitsprechen. Um Karin zu imponieren, machte Alexander es genauso wie Paul. Er schaute sich den Film drei Mal an, bevor er mit Karin vor der Kinokasse stand und die Karten kaufte.
Der Trick war einfach. »Eddie, dreh dich um«, brüllte er, und Eddie Constantine drehte sich um. Kurz bevor Eddie sich die Krawatte band, rief Paul: »Eddie, bind dir den Schlips um!« »Eddie – hinter dir«, schrie er, und Eddie drehte sich um und schlug den Gangster, der sich angeschlichen hatte, mit einem Kinnhaken nieder.
Alexander fand sich großartig, und er war fest davon überzeugt, Karin beeindruckt zu haben. Nach dem Kino ging er mit ihr in die Eisdiele in der Herrenstraße. Während sie einen Banana split löffelte, fragte er sie, wie ihr der Film gefallen habe (was meinte: Wie fandest du mich?). Völlig überraschend für ihn sagte sie, der Film sei o. k. gewesen, aber das nächste Mal wolle sie lieber *Angélique* sehen. Alexander erstarrte, als habe ihm jemand einen Kälteschock versetzt. Seine Mutter hatte die *Angélique*-Romane auf ihrem Nachttisch liegen. Also verachtete er *Angélique*-Romane. Es

dauerte einige Sekunden, bis er wieder klar denken konnte: Vielleicht war das die Gelegenheit, ihr einmal länger als eine Sekunde an die Brust zu fassen.

So saß Alexander eine Woche später mit ihr im Friedrichsbau. Paul hatte er nicht erzählt, welchen Film sie sich anschauen wollten, und von dem Film bekam er kaum etwas mit. Während der Werbung, *4711 immer dabei* und *Wir alle brauchen Höhensonne*, drückte er seine Schulter leicht an die ihre. Sie rückte nicht weg. Nach der Wochenschau legte er ihr den Arm um die Schulter. Sie ließ es zu. Kaum flimmerten die ersten Bilder des Hauptfilms über die Leinwand, kroch sein Arm langsam über die Jacke an ihrer Seite abwärts. Er hielt den Atem an. Der Mund war trocken.

Noch ein Zentimeter.

Und noch einer.

Sie schob seine Hand nicht weg.

Noch ein Zentimeter.

Und dann – da war ihr Busen. Langsam, millimeterweise arbeitete er sich vor und sah dabei angestrengt auf die Leinwand. Er hielt den Atem an. Sein Herz raste.

Noch ein Millimeter.

Und schließlich umfasste er mit seiner rechten Hand ihren Busen.

Welch ein herrliches Gefühl.

Welch ein Triumph.

Sie ließ es geschehen. Unfassbar: Sie ließ es geschehen.

Nur ein wenig enttäuschend war es schon. Denn erstaunlicherweise lag ihre Brust nicht weich und warm in seiner Hand, so wie er es sich vorgestellt hatte, sondern hart und steif. Das musste der Büstenhalter sein. Egal.

Er hielt ihre rechte Brust und verhielt sich völlig ruhig, damit sie nicht auf die Idee kam, seine Hand wegzunehmen.

Beide taten so, als schauten sie den Film. Nur einmal setzte sie sich zurecht, und Alexander hielt die Luft an. Den Rest des Films rührte er sich nicht mehr, sondern spürte nur ihre Brust in seiner Hand.

Er hatte es geschafft, den Busen einer Frau zu berühren, ohne dass sie ihn zurückstieß. Er war stolz, auch wenn sein rechter Arm einschlief und tausend Ameisen auf ihm auf und ab liefen. Das Kribbeln steigerte sich zu einem Schmerz, aber er hielt durch. Er fluchte, dass sein rechter Arm ausgerechnet in dieser Situation einschlafen musste.

Dann war der Film zu Ende, das Licht ging an, und als sie sich aufrichtete, drückte sie mit ihrem Ellbogen in seine Handfläche. Für einen Augenblick verstand er nichts. Aber dann wurde ihm klar, dass es ihr Ellbogen gewesen war, den er während des Films mit der Hand umklammert hatte. Er fühlte sich betrogen. Er war wütend und verabschiedete sich von der überraschten Karin sofort am Kinoausgang.

20. Alexander

Paul zeigte Alexander seine Erfindungen. Aus einer Stopfnadel und Wollfäden fertigte er Geschosse für die Luftdruckpistole. Auch den zugespitzten Stiel eines Dauerlutschers konnte er in Munition verwandeln.
Es war aufregend: Der groß gewachsene, schlaksige Junge mit den langen Haaren, einer der friedlichsten Typen, die Alexander kannte, bastelte unentwegt an Pistolen und Munition. Alexander dachte damals nicht weiter darüber nach. Er kümmerte sich auch nicht besonders um die Typen, die sich nach und nach zu ihnen gesellten. Einer klaute nachts Mopeds, die er an einen festen Abnehmer in Haslach verkaufte. Es gab einen dicken Jungen, der auf Baustellen die Buden aufbrach, das Leergut stahl, um es beim Gottlieb gegen das Pfandgeld einzutauschen. Paul zeigte ihm, wie man Zigarettenautomaten knackte.
»Heute stehst du Schmiere. Sobald jemand kommt, pfeifst du.«
»Ich weiß nicht ...«
»Stell dich nicht so an. Wir können dann den Keller mieten.«
Sie suchten einen abgelegenen Zigarettenautomaten. Alexanders Magen grummelte. Hoffentlich musste er nicht kotzen. Er stellte sich mit dem Mofa so, dass er die Straße beobachten konnte. Stofflappen vor dem kleinen grünen

Nummernschild. Paul schlenderte zu dem Automaten, zog einen Schraubenzieher aus der Hose. Das Schloss auf der rechten Seite knackte. Er zog den vorderen Teil auf, als wäre es eine angelehnte Tür. In einer Metallschale lagen silberne Markstücke. Paul stopfte sie in die Hosentasche. Er pfiff zweimal. Alexander fuhr vor. Paul schwang sich auf den Gepäckträger. Nichts wie weg.
Sie vergruben das Geld in der Heimwiese.
»Kennst du die *Schatzinsel*?«
Alexander schüttelte den Kopf.
»Musst du lesen. Den Schatz gibt es wirklich. Ich hol ihn mir später einmal.«

Hätte er damals nicht vorsichtig werden sollen? Alexander hatte sich die Frage oft gestellt.

21. Paul

Paul beendete die Hauptschule mit einer Drei im Rechnen, einer Fünf in Aufsatz, einer Zwei in Raumlehre und einer Vier in Rechtschreiben, einer Vier in Religion und einer Drei in Naturkunde.
»Das ist ein merkwürdiges Zeugnis«, sagte die »O«. »Wie sollen wir denn mit diesem Zeugnis eine Lehrstelle für dich finden? Eigentlich bist du zu nichts zu gebrauchen.«
Sie war berüchtigt für ihre Methode, mit der sie für die Zöglinge einen Lehrberuf aussuchte. Waren die Noten einigermaßen, wurden Jungs Elektromechaniker, die Mädchen irgendetwas im Büro, waren sie besser, wurden die Jungs Radio- und Fernsehtechniker. Hatten sie jedoch zwei linke Hände, kam nur eine kaufmännische Lehre in Betracht. Je nach den Noten wurden sie dann Einzelhandelskaufmann, die etwas besseren Großhandelskaufmann und die Guten durften eine Industrie- oder Versicherungskaufmannslehre antreten. Bei Paul funktionierte ihr Schema nicht.
»Ich weiß nicht, was zu dir passt.«
»Ich will Erfinder werden«, sagte er.
»Du möchtest also mit den Händen arbeiten?«
Sie überlegte, stand dann auf und schritt zu dem Büroschrank, schloss ihn auf, öffnete eine Tür, die den Blick auf einen eingebauten Safe freigab, schloss auch diesen auf und zog von ganz hinten Pauls Revolver hervor, legte ihn vor

dem überraschten Jungen auf den Tisch und sah ihm fragend ins Gesicht.
Paul rutschte auf dem Stuhl hin und her. Dann griff er nach der Waffe und baute sie in wenigen Handgriffen auseinander. Die »O« nickte, als sie die Einzelteile vor sich liegen sah.
»Und das Ganze jetzt wieder zurück«, sagte sie.
Zack, zack, zack, und die Pistole lag wieder da, wie aus einem Stück.
»Prima«, sagte sie und hakte seinen Namen auf der Liste ab.
»Du wirst Feinmechaniker.«
Dann legte sie die Pistole zurück in den Safe und griff zum Telefon.

Lehrling zu werden bedeutete auch, Abschied von der Gruppe Wackenhut zu nehmen. Er gehörte nun zu den Großen. Endlich zog er von der Kindergruppe in eine Jugendgruppe. Zimmer nicht mehr mit dreizehn anderen Kindern, sondern Zweibettzimmer. Eigene Plattenspieler waren erlaubt. Es bedeutete, nicht nur einmal in der Woche sonntagnachmittags Ausgang zu haben, sondern auch abends bis um zehn und einmal im Monat bis um Mitternacht rauszudürfen. Die Regenrinne brauchte er nun nur noch im Ausnahmefall zu benutzen.
Es war das Jahr 1965. Ein unentschiedenes Jahr. Es geschahen schreckliche Dinge, und am schlimmsten fand Paul, dass Roy Black die *Bravo*-Hitparade mit *Ganz in weiß* wochenlang anführte. Aber immerhin: Die Beatles brachten *Help* raus. Pauls Hit des Jahres war *My Generation* von The Who. Samstags sah er den Beat-Club mit Uschi Nerke im Fernsehen. Moppel blamierte sich, weil er Udo Jürgens' *Siebzehn Jahr, blondes Haar* grölte. Drafi Deutscher wurde mit *Marmor, Stein und Eisen bricht* unvergesslich. Fräulein

Wackenhut verließ den Eisenbahn-Waisenhort und heiratete. Muhammad Ali, wie Cassius Clay jetzt hieß, besiegte Karl Mildenberger. In der Schubertstraße zog eine Familie mit einer blonden Tochter namens Ingrid ein, die Paul gut gefiel. Sie trafen sie zwei-, dreimal auf dem Münsterplatz und redeten, aber nur ein paar Worte. Alexander konnte sie nicht leiden. Doch Paul kundschaftete mit seiner Hilfe aus, dass sie die Realschule in der Weiherhofstraße besuchte. Pauls Mutter schrieb, dass sie vielleicht noch einmal heiraten würde.

Alexander »ging« jetzt offiziell mit Karin. Sonntags gingen sie nun zu dritt ins Kino. Sie sahen *Dr. Schiwago,* und nach dem Kino heulten Alexander und Paul wie Wölfe, bis Karin sich die Ohren zuhielt. Bevor das Licht wieder anging, war Paul rettungslos in Geraldine Chaplin verliebt. Alexander fand Julie Christie besser, und Karin seufzte dann und flüsterte, nur um Alexander zu ärgern, »Omar Sharif« auf eine Art, dass Paul ganz komisch zumute wurde.
Sie verabschiedeten sich am Anfang der Händelstraße. Dort standen einige Wohnblocks, und Alexander und Karin gingen zu der kleinen Grünfläche in der Mitte. Karin lehnte sich an einen Baumstamm. Paul schaute zu ihnen rüber. Er wollte es nicht sehen, aber auch wenn es schon dunkel war, sah er trotzdem, wie sich Alexanders Hände unter Karins Bluse bewegten, wie sie sich von ihrem Knie aufwärts unter ihren Rock schoben. Aber das Unglaublichste war ihre Körperhaltung. Paul kam es vor, als flösse sie Alexander entgegen, die Arme um ihn gelegt, die Schenkel leicht geöffnet, den Kopf zurückgeworfen. Diese Haltung ... er musste schlucken. Ob irgendwann einmal eine Frau auch ihn so umarmen würde? Er hielt es für unwahrscheinlich und war maßlos traurig.

Als Karin dann die letzten Schritte zum Heim hinunterging, zog sie den Rock glatt, ihre Schritte wurden energisch, als habe sie soeben etwas Wichtiges erledigt.

Paul packte für den Umzug in die Jugendgruppe seine Kleider in denselben braunen Koffer, mit dem er vor Jahren ins Waisenhaus eingezogen war. Zwei Schränke weiter packte auch Moppel seine Sachen. Die »O« hatte für ihn eine Lehrstelle als Anstreicher gefunden. Auch Moppel zog nun in eine Jugendgruppe um, eine andere.
Paul kniete auf seinem Koffer und versuchte vergeblich, ihn mit seinem Gewicht zuzudrücken.
»Lass mich mal«, sagte Moppel und ließ sich auf Pauls Koffer fallen. Sofort schloss er einwandfrei.
Moppel schien einen guten Tag zu haben, vielleicht, dachte Paul, freut er sich auf sein neues Leben als Anstreicher.
In diesem Augenblick kam Alexander zur Türe herein. Er balancierte den Dual auf dem Arm.
»Nagelneu. Eine neue Platte von den Stones!«
Die beiden Freunde verließen den Schlafsaal. Dann dröhnten in dem Wohnzimmer der ehemaligen Gruppe Wackenhut die Riffs von Keith Richards und Brian Jones aus den Boxen von Alexanders Dual-Plattenspieler.
I Can't Get No Satisfaction.
»Weißt du, was das auf Deutsch heißt?«
Paul zuckte unbestimmt mit der Schulter.
»Ich werde nicht befriedigt.«
»Wahnsinn.«

Paul lieh sich von einem Jungen aus der Gruppe Schneider dessen blaues Fahrrad. Schmale Rennreifen. Zehngangschaltung! Er überlegte sich jedes Wort, das er sagen wollte. Er erwog jede mögliche oder wahrscheinliche Antwort. Und sprach sich leise seine Antwort vor. Er berechnete das Gespräch wie ein Schachspieler seine Züge. Als er glaubte, alle Varianten bedacht zu haben – Action!
Ingrid lief wie immer nach der Schule die Okenstraße hinunter, als Paul auf Höhe des Herz-Jesu-Klosters mit einem eleganten Bremsmanöver neben ihr hielt, der Fahrradversion von quietschenden Reifen im Kino gewissermaßen.
»Hallo Ingrid, wir haben offenbar den gleichen Weg.«
Ein Satz wie von Steve McQueen.
»Leg doch deine Schultasche auf meinen Gepäckträger.« Er stieg mit einer einzigen, oft geübten Bewegung aus dem Sattel.
»Ich trag die Tasche lieber selbst«, sagte Ingrid und ging weiter.
Diese Reaktion war in seiner Planung nicht vorgesehen gewesen. Also improvisieren: »Die sieht schwer aus. Brauchste doch nicht zu schleppen, wenn ich schon mal mit den Fahrrad vorbeikomme.«
Jetzt blieb sie stehen. Läuft also doch alles nach Plan.
Aber sie funkelte ihn an: »Verstehst du kein Deutsch oder was. Ich trag meine Tasche lieber selbst. Wie sieht das denn aus, wenn ich sie mir von einem Heimkerl schleppen lasse.«
Sie drehte sich um und ging weiter.
Paul schaute ihr nach. Als sie um die Ecke in die nächste Seitenstraße einbog, setzte er sich aufs Rad und fuhr langsam zurück in den Waisenhort.

22. Alexander

»Alexander! Wir haben gehört, du pflegst Umgang mit den Kindern vom Waisenhaus?« Die Mutter setzte ihre Brille auf und fixierte ihn über die komplette Länge des Mittagstischs hinweg. Maximilian stocherte mit der Gabel im Gemüse und tat so, als habe er ihr nicht zugehört. Dieser Verräter. Er hasste seinen Bruder, diese Petze.
Obwohl Alexander die Haare nun länger trug, mit Mädchen ausging, abends nicht mehr so früh ins Bett musste, hatte sich daheim eigentlich nichts verändert. Er hasste diese gemeinsamen Essen.
Er versuchte auf Zeit zu spielen und gab erst mal den Ahnungslosen: »Wie kommst du denn auf so was?«
»Lüg mich nicht an.«
»Ich hab doch gar nichts gesagt.«
»Aber jetzt wirst du mir etwas sagen. Pflegst du Umgang mit Kindern vom Waisenhaus?«
Er nagte am Griff des Messers und überlegte. »Ich pflege keinen Umgang. Ich kenne Kinder von drüben. Klar. Schließlich haben wir den gleichen Schulweg.«
»Hör auf damit. Wir würden deinen Freund gern kennenlernen. Lade ihn am Samstag zum Essen ein.«
»Muss das sein?«

»Mmh, o. k., das ist nett.«
»Meine Mutter ist nicht nett.«
»Warum lädt sie mich dann zum Essen ein?«
»Weil sie nicht nett ist.«

»Das Besteck musst du von außen nach innen benutzen. Siehst du, so. Beim ersten Gang nimmst du das Messer und die Gabel, die ganz außen liegen. Und immer so weiter.«
Alexander hatte die in Handtücher eingewickelten Essteller aus seiner Schultasche gepackt und auf einem Tisch ausgelegt. Aus einem anderen Handtuch zog er ein in sich verschlungenes Gewirr von Gabeln, großen und kleinen Löffeln, Messern und ordnete sie neben den Tellern an. Zwei Stoffservietten wanderten aus seiner Jackentasche auf den Tisch, und aus einer Umhängetasche beförderte er acht Gläser hervor.
»He, wie viele Leute kommen denn da?«
»Das sind die Gläser für uns zwei.«
»Spinnst du? So viel kann ich gar nicht saufen. Was soll das? Findest du nicht, dass du übertreibst?«
»Setz dich.«
»O. k.«
»So nicht.«
»Ich sitz immer so.«
»Beim Essen musst du aufrecht sitzen.«
»Ich sitz aber immer so.«
»Du hängst im Stuhl wie ein nasser Sack.« Alexander machte vor, wie es richtig ging.
»Sieht beschissen aus«, sagte Paul.
»Ich weiß. Aber meine Eltern legen Wert auf so was.«
Paul zog die Schultern hoch und setzte sich widerwillig aufrecht in den Stuhl.

»Du darfst nicht mit dem Rücken an die Stuhllehne kommen. Du musst aufrecht sitzen, ohne dich anzulehnen.«
»So?«
»Ja, aber nimm die Unterarme vom Tisch. Die Hände dürfen nur bis zu den Handgelenken auf dem Tisch liegen.«
»Das ist nicht dein Ernst. Sag mal, spinnen deine Eltern oder was?«
»Das ist mein Ernst. Und: Nein, sie spinnen nicht. Oder vielleicht doch. Aber anders … Egal. Hey, es muss sein. Diesen Triumph will ich ihnen nicht gönnen. Wir schlagen sie mit ihren Waffen.«
»Ist ja schon o. k.«
»Und stell die Beine zusammen. Man kann nicht so breitbeinig dasitzen.«
»Warum nicht?«
»Es ist einfach die Regel.«
»Bei euch zu Hause?«
»Ja. Und jetzt nimm die Serviette – stopp, nicht so! Nicht schütteln, bis sie aufgeht. Du musst sie so halb geöffnet auf den Schoß legen.«
Er machte es vor. Paul tat es ihm nach.
»Wenn du den Mund abwischen willst, darfst du mit der Serviette nur tupfen. So.«
»So einen Scheiß mach ich nicht. Warum kann ich bei euch nicht essen, wie ich es will?«
»Darum geht es doch. Meine Mutter will mir zeigen, dass du die Regeln nicht kennst. Sie wird mir sagen, dass du dich nicht benehmen kannst.«
»Sitze ich gut so?«
»Ja. Dann nimmst du die Serviette. Aber erst, wenn meine Mutter ihre genommen hat.«
»O. k.«
»Bevor du einen Schluck trinkst, tupfst du dir die Lippen ab.«
»Warum?«

»Damit keine Fettflecken auf die Gläser kommen.«
»Damit deine Mutter weniger Arbeit beim Spülen hat?«
»Meine Mutter spült nicht.«
»Wer spült bei euch?«
»Frau Ebersbach, die macht bei uns den Haushalt. Was ist los, Paul?«
»Meine Mutter arbeitet auch im Haushalt bei jemandem. Kein Mensch kümmert sich darum, ob die Gläser schmutzig sind oder nicht.«
»Es ist halt eine Regel.«
»Scheißregel.«

23. Maximilian

Maximilian drückte das schlechte Gewissen. Er hatte seinen kleinen Bruder verpfiffen. Richtig schmierig. Nicht fair. Er hatte in seinem Bett gelegen und lange nachgedacht. Und dann hatte er entschieden, dass Alexander eine Strafe verdient hatte. Mehr als verdient. Er hatte die Schnauze voll, wie sich Alexander bei den Schulaufgaben vordrängte, sich wichtigmachte und die Lösungen rausplärrte, die ihm selbst gerade nicht einfielen. So verhält sich ein kleiner Bruder einfach nicht. Es wird Zeit, dass er das lernt.
»Gott sei Dank hat Alexander ja jetzt einen besten Freund«, sagte er wie beiläufig zur Mutter.
Sie zog die Augenbrauen hoch und wollte wissen, wer das ist.
»Ach, so ein Junge aus dem Waisenhaus. Mit dem geht er jeden Morgen gemeinsam ins Kepler. Mir ist das recht, da muss ich mich nicht um ihn kümmern.«
Er wusste genau, wie wichtig der Mutter der richtige *Umgang* ihrer Söhne war. Und ein Bastard aus dem Waisenhaus war nun ganz sicher nicht das, was sie sich für ihren Lieblingssohn vorstellte.
Sie reagierte, wie er es sich ausgerechnet hatte. Während des Verhörs beim Mittagessen tat er so, als ginge ihn das alles nichts an.
Als die Mutter sagte, Alexander solle seinen Freund doch mal zum Essen mitbringen, begriff Maximilian sofort ihren

Plan. Sie wollte Alexander vorführen, dass der Bastard sich nicht richtig zu benehmen wusste. Bestimmt konnten die da drüben nicht einmal richtig mit Messer und Gabel essen. Sie wollte den Bastard fertigmachen, Alexander vor Augen führen, dass ein Heimkind *kein Umgang* für ihn war.
Und dann kam der Tag, und Paul erschien. Es klingelte an der Tür, und Frau Ebersbach öffnete. Da stand ein Junge mit Haaren, die über die Ohren und über den Kragen eines weißen Nyltesthemdes ragten.
In der Hand hielt er einen Wiesenstrauß. »Die habe ich für Sie gepflückt«, sagte er und reichte den Strauß Alexanders Mutter.
Als Maximilian sah, wie seine Mutter plötzlich verlegen wurde, ahnte er schon, dass etwas schieflaufen könnte an diesem Abend. Seine Mutter war *nie* verlegen.
Es lief alles irgendwie anders, als er es sich gedacht hatte. Der Bastard tupfte sich die Lippen mit der Serviette ab, er goss Weißwein nach. Er war schüchtern, am Anfang. Als die Mutter ihn aber fragte, warum er in einem Waisenhaus wohne, legte er los. Seine Eltern hätten ein großes Hotel besessen, er sei in Damast und Seide groß geworden, aber dann sei sein Vater gestorben. Die Mutter habe den Fehler gemacht, einem entfernten Onkel zu vertrauen, der innerhalb kürzester Zeit alles ruiniert habe. Die Mutter sei darüber zerbrochen. »Die Nerven, wissen Sie«, sagte er und führte die Serviette an die Augen und tupfte auch sie leicht damit ab.
»Aber dann kommen Sie ja aus einem guten Stall«, flüsterte Mutter.
»Weiß Gott«, sagte der Kerl, »aus einem guten Stall.«
»Ich bring ihn rüber«, sagte Alexander später. Der Bastard verbeugte sich vor den Eltern.
»Sie sind uns jederzeit willkommen«, sagte Mutter.
Maximilian rannte hoch in sein Zimmer. Er gab ihm nicht

die Hand. Ich bin der Einzige, der nicht auf den Schwindel reinfällt, dachte er.

Er stand hinter der Gardine, als Alexander mit dem Bastard das Haus verließ. Sie gingen ein paar Meter, und dann blieben sie stehen und lachten. Sie lachten und wollten gar nicht mehr aufhören.

»Damast und Seide, das war Klasse«, schrie Alexander.

»Ich komm aus einem guten Stall«, schrie der andere. Dann lachten sie, als hätten sie den Verstand verloren.

Der Mercedes des Vaters stand auf der Straße. Alexander machte den Anfang. Er stellte sich vor die Fahrertür und pisste auf den Griff. Maximilian stand hinter dem Fenster und sah es. Der verhasste kleine Bruder pisste auf den Griff, den Vater morgen in die Hand nehmen würde.

Und dann der Bastard. Der pisste direkt auf die Kühlerhaube. »*I wanna see it painted black, painted black*«, schrie er.

Maximilian beobachtete noch eine besondere Gemeinheit seines Bruders. Alexander hielt inne, unterbrach das Pissen und ging mit raushängendem Schwanz *in ihrer Wohnstraße* auf die andere Seite des Mercedes und pisste auch noch auf den Griff der Beifahrerseite, wo, wie er genau wusste, Maximilian morgen einsteigen würde, um mit dem Vater in die Fabrik zu fahren.

Dann hakten sich die beiden unter wie beste Freunde, und er hörte sie noch lachen, als er sie schon nicht mehr sah.

Maximilian erinnerte sich oft an diese Szene. Bei allem, was er später erleiden musste, rief er sich immer diese Szene ins Gedächtnis. So war mein Bruder damals. Und später war er nicht viel anders.

24. Alexander heute

Endlich öffnete sich die Praxistür, und Toni kam strahlend auf ihn zu, umarmte und küsste ihn. Er kannte keine Ehefrau, die nach so vielen Jahren ihren Mann immer noch küsste wie sie. Keine dieser ehelichen Babyküsse, keine dieser schmallippigen Sachen: Ihm wurde immer noch schummerig.
Zweimal hatte er es schon erlebt, dass er durch die Stadt ging, und vor ihm schälte sich die Kontur einer schönen Frau aus der Masse der Fußgänger. Er fokussierte den Blick auf diese Figur, und dann, wenn sie näher kam, erkannte er, dass die schöne Frau seine eigene war. Es gab kein besseres Gefühl. Alles, was er immer gewollt hatte, war diese Frau. Und als sie nun die Umarmung löste und ihn lächelnd betrachtete, schwemmte irgendein unbekanntes Hormon all seine Sorgen davon.
Ich bin Realist. Paul war der Träumer. Aber der Realist hat immer schlechte Karten, dachte er. Der Realist ist immer dem Träumer unterlegen. Der Träumer, der von einer besseren Welt träumt, hat die besseren Karten. Träumer sind sexy. Realisten sind grob.
Auch Toni dachte so. Sie warf ihm vor, dass er in dieser Welt funktionierte, seinen Nutzen daraus zog. Sie hatten lang nicht mehr über dieses Thema gesprochen. Sehr lange nicht mehr. Aber ihre Haltung war eindeutig. Sie war die Hei-

lige in der Familie. Sie kümmerte sich um diese Verrückten, diese Kinder, die sich zu Tode hungerten, sich die Arme aufschlitzten, die kotzten und würgten. Warum? Sie hatte es nicht nötig. Aber er akzeptierte es. Er hatte eine eigenständige Frau. Er hatte eine starke Frau. Sie hatte ihre Ideen, ihre eigene Vorstellung von der Welt, die nicht immer seinen Gedanken entsprach, aber ein Weibchen, das ihrem Mann immer nur zustimmte, hätte er unerträglich gefunden.

Ihr zuliebe hatte er in der Helmholtz-Gruppe ein Frauenförderprogramm eingeführt. Er hätte das auch ohne die Fördergelder des Landes getan. Ihr zuliebe. Er hatte eine Auszeichnung bekommen. Die Firma war unter den zehn frauenfreundlichsten Unternehmen des Landes. Bei gleicher Qualifikation wurde die Bewerberin dem Bewerber vorgezogen. Es gab jährlich einen Girls-Day im Unternehmen, an dem sich Mädchen über die beruflichen Aussichten in einem technischen Umfeld informieren konnten, er hatte eine GenderChanceManagerin eingestellt, von der er nicht wusste, was sie den ganzen Tag tat.

Aber das alles war Toni nicht genug.

»In eurem Vorstand gibt es keine einzige Frau«, hatte sie gesagt.

Gemeinsames Merkmal der Träumer war, dass sie keine Ahnung von den Dingen haben, die sie ändern wollen; an diesem Punkt glich Toni Paul. Was wusste sie schon von der Arbeit des Vorstands? Aber den Träumern ging es nicht um die Menschen, nicht um das Konkrete, nicht ums Detail, nicht um die Realisierung. Ihnen ging es ums Prinzip.

Manchmal erzwang die Natur der Dinge reine Männergruppen. Jawohl, Männergruppen, nicht Männerbünde, wie Toni sie nannte. Davon war Alexander überzeugt. Als er um den Auftrag für zwölf neue Maschinen in Odessa kämpfte, nach harten Verhandlungen und einem ebenso harten Dinner mit Unmengen Wodka und unbekannten Fisch- und

Gemüsespeisen, hatten die ukrainischen Kunden sie in die Sauna eingeladen. Es war ein Puff, natürlich. Gregor, der Chef der Pultinowa-Maschinenfabrik, sein neuer Kunde und nun sein neuer Freund, unterschrieb hier einen Auftrag von vier Millionen Euro, nackt und behaart, als trüge er einen schwarzen Tarnanzug. Danach vögelte er vor seinen Augen im Stehen eine hinreißende Frau, die seine Enkelin hätte sein können.
»Komm her.« Er winkte Alexander herbei und zog seinen riesigen Kolben aus der Frau. »Mach weiter.«
Was hätte er tun sollen? Es war ein archaisches Ritual. Indem sie beide ihren Samen in dieses unbekannte Mädchen ergossen, festigten sie ihre Geschäftsverbindung. Sie war nun auf sichererem Boden gebaut als durch die bloße Unterschrift unter einen zwanzigseitigen Vertrag. Nun waren sie persönlich verbunden, und zwar enger, als eine Blutsbrüderschaft es je vermocht hätte.
Was wissen die Feministinnen, die ahnungslos eine Quotierung in den Chefetagen verlangen, von den Geheimnissen des Vertriebs. Den Ritualen. Nichts! Ist ihnen nicht klar, dass bei jedem Abschluss von gewisser Größe dezent ein zweiter Hotelschlüssel auf den Kunden wartet?
Die Nutte ist ein wirksames *incentive*. Effektiver als eine Finnlandreise. Und billiger. Das Ficken auf Spesenrechnung ist ein normales, ein erprobtes Geschäftsmodell. Nutten werden in Hundertschaften zur Automobilmesse eingeflogen, werden von Betriebsärzten untersucht, über internationale Agenturen gebucht und von Vertriebsprofis ausgesucht. Es ist Routine.
Das alles müsste Toni wissen. Sie hatte doch gelesen, dass Volkswagen über die Mösen von brasilianischen Nutten Einfluss auf die Entscheidungen ihres Betriebsrats nahm. Sie kannte den Namen des Personalvorstands, der dem Betriebsratsvorsitzenden die Nutten zugeführt hatte. Sie hatte

ihn doch damals gefragt, mit der aufgeschlagenen *Süddeutschen* in der Hand.

»Alexander, wie nennt man eine Person, die anderen Männern Huren zuführt?«

»Zuhälter«, hatte er gesagt und nicht einmal von den Papieren aufgeschaut, die er gerade las.

»Und warum nennt die Regierung dieses schreckliche Programm dann nicht Zuhälter IV?«

Er wollte nicht mit ihr diskutieren. Also schwieg er.

»Oder Hurenbock IV«, schlug sie vor.

Er mochte diese Gespräche nicht. Überideologisierte Gespräche mochte er nicht mehr. Er war Realist. Er regte sich nicht über Dinge auf, die er nicht ändern konnte. Aber der Realist hat schlechte Karten. Sollte er sie fragen, wie mit Frauen im Vorstand ein Bordellbesuch in Odessa ablaufen würde? Hätte sie den Auftrag bekommen? Hätte sie die vier Millionen mit ihrem Feminismus reingeholt?

Frauen im Vorstand ruinieren ein eingefahrenes Geschäftsmodell. Sie machen die Firma kaputt. Immerhin, er hatte aus dem Odessa-Auftrag gelernt, Konsequenzen gezogen. Er hatte keine Lust mehr auf geschäftliche Bordellbesuche. Er war Toni treu. Er stellte für diese Art von Verhandlungen einen Vertriebsvorstand ein.

So ist das Leben. Ich habe es nicht erfunden, Toni. Ich kann es auch nicht ändern.

Und, Paul, ich habe viel geändert, aber für manches reichen meine Kräfte nicht. Ich renne nicht mehr gegen Dinge an, die außerhalb meiner Möglichkeiten liegen. Wir wollten die Gesellschaft einmal umstülpen. Das haben wir nicht geschafft. Zum Glück nicht. Aber immerhin: Wir haben die Bigotterie zum Aussterben gebracht. Wir haben Luft in eine Gesellschaft gebracht, die uns diese Luft zum Atmen nehmen wollte. Wir haben uns selbst vor dem Ersticken gerettet. Und viele andere mit. Ist das gar nichts? Wir haben unseren Kampf gewonnen. Er ist vorbei. Ich hab das gewusst, als ich einmal in einem Aufzug das James-Last-Orchester hörte, wie sie *I Can't Get No Satisfaction* nachspielten. Kann man es dabei nicht belassen? Muss man weiter träumen und immer weiter träumen und mehr verlangen? Und müsst ihr, Toni und Paul, immer ausgerechnet die Dinge revolutionieren, von denen ihr keine Ahnung habt?

25. Toni

Alexander mag meine Praxis nicht. Ich glaube, sie ist ihm zu licht. Zu viel Holz, zu viel Stoff, zu viele Blumen, zu wenig Metall und zu wenig Leder. Er liebt es kühler. Außerdem verabscheut er die Mädchen, die hier ein und aus gehen. Magersüchtige sind nicht schön anzusehen, aber ich bin ihre Therapeutin. Ich helfe ihnen. Falls sie sich helfen lassen. Das ist mein Beruf. Mehr noch: Das bin ich.
Julia, mein größtes Sorgenkind, lag gerade auf dem Boden des Therapieraums, als Sonja mir die Meldung aufs Handy schickte, Alexander sitze im Wartezimmer. Ziemlich ungeduldig sei er. Julia, sechzehn Jahre alt und 41 Kilo leicht, lag auf einer großen Papierbahn, dem Rest einer Zeitungspapierrolle, die ich mir regelmäßig von der *Badischen Zeitung* besorge. Ich bat Julia, mit einem schwarzen Filzstift die Konturen ihres Körpers nachzufahren. Sie konnte es nicht. Als wäre sie von außen gesteuert, ließ sie mehr als eine Handbreit Raum zwischen sich und der Linie, die sie zeichnete. Sie malte sich gesund. Ich zeigte ihr den Unterschied, um ihr zu verdeutlichen, dass sie das Gefühl für ihren eigenen Körper verloren hatte. Für einen kleinen Augenblick gelang es mir, sie zum Nachdenken zu bringen. Dann aber schaute sie auf den Umriss, den sie gemalt hatte, und sagte: »Ich bin viel zu fett.« Alles zerstob. Ich muss Julia einweisen lassen, sie wird zwangsernährt werden oder sterben.

Nun also sitzt mein Mann im Wartezimmer, das Gesicht zerknautscht, Stirn in Falten, und klopft mit dem Fuß einen unbestimmten Rhythmus. Wie immer trägt er einen der blauen Anzüge, in denen er nun schon so lange lebt.
Ich küsse ihn auf die Wange und freue mich, dass er da ist. Und ich freue mich, dass er sich freut. Sonja bringt ihm einen doppelten Espresso, mir einen grünen Tee. Ich rühre in der Tasse, obwohl ich niemals Zucker nehme. Dann warte ich. Es ist schön zu sehen, wie sein Gesicht sich glättet, der Fuß zur Ruhe kommt und seine Augen lebendig werden.
Doch er redet nicht. Was immer ihn bedrückt, er erzählt es mir nicht. Für einen Augenblick denke ich, er hätte etwas mitgekriegt – von Joaquin, und ich wappne mich. Aber das ist es nicht. Er redet unwichtiges Zeug. Dr. Esser will, dass er Präsident im rotarischen Klub wird. Er weiß, dass seine Rotarier mich kreuzweise können. Aber ich höre zu. Dann denke ich, dass er mir eine kleine außereheliche Affäre gestehen will. Aber das tut er auch nicht. Er redet, und es geht offensichtlich nur darum, dass er bei mir ist. Er will sein Geheimnis wahren. Falls es überhaupt eines gibt.
Nach zehn Minuten steht er auf und umarmt mich. Dann geht er. Auf mich wartet die nächste Patientin.

26. Paul

Die Fabrikationsräume der Firma Heppeler befanden sich damals noch in einem Ensemble roter Backsteingebäude im Norden der Stadt, geschützt von einer mehr als mannshohen Steinmauer. Pauls morgendlicher Weg zur Arbeit unterschied sich völlig von seinem früheren Schulweg, er ging zu Fuß zum Komturplatz und stieg dort in den Bus, was ihn freute, denn es war ein Indiz dafür, dass der Umbruch in seinem Leben tatsächlich stattgefunden hatte.
Die Lehrwerkstatt war in dem zweigeschossigen Seitenflügel der Industrieanlage untergebracht. Zwanzig Werkbänke standen im vorderen Teil, dahinter vier Drehbänke, einige Bohrmaschinen und zwei neue Schleifmaschinen. Es gab einen großen Umkleideraum mit einem Spind für jeden Lehrling, dahinter eine gekachelte Dusche. Es sah ein bisschen so aus, wie Paul sich einen Sportverein vorstellte. Er fand es beruhigend, dass seine neuen Kollegen nicht älter waren als er. Er würde nicht mehr der Jüngste sein.
Es würde nicht so sein wie im Heim.
Am ersten Arbeitstag erfuhr er den Plan für seine Lehrzeit: Das gesamte erste Lehrjahr würde er in der Lehrwerkstatt verbringen. Dort würde er die Grundlagen des Feinmechanikers lernen: feilen, fräsen, drehen, bohren, senken. Im zweiten und dritten Lehrjahr wanderten die Lehrlinge dann von Abteilung zu Abteilung, immer einem Meister zugeordnet.

Der Meister der Lehrwerkstatt hieß Eislinger. Es war ein mittelgroßer Mann, dünn, etwa fünfzig Jahre alt, leicht vornübergebeugt, nur an den Seiten seines ansonsten kahlen Schädels waren zwei Streifen grauer Haare zu sehen, womit Eislinger Paul an ein schlaues Eichhörnchen erinnerte. Eislinger trug stets einen grauen Meisterkittel mit Firmenemblem, darunter immer ein weißes Hemd mit einer braunen Strickkrawatte. Das Besondere an ihm aber war, dass an seiner rechten Hand zwei Fingerkuppen fehlten: an Daumen und Zeigefinger.

Eislingers Büro, ein mit großen Glasscheiben abgegrenzter Quader, stand mitten in der Werkstatt. Von seinem Schreibtisch aus konnte er jeden Winkel der Lehrwerkstatt beobachten. Am zweiten Schreibtisch saß Anita Böhmer, die Eislingers Schreibkram auf einer nagelneuen IBM-Kugelkopfschreibmaschine erledigte, die Urlaubskartei führte, morgens die Werkzeuge an die Lehrlinge ausgab und abends wieder einsammelte. Frau Böhmer hatte, niemand konnte es übersehen, eine enorme Oberweite, die sie unter hochgeschlossenen Pullovern und Wollwesten und mit leicht vorgebeugten Schultern vergeblich zu verdecken suchte. Strunz, ein Lehrling aus dem zweiten Lehrjahr, setzte die Neuen von ihrem Spitznamen in Kenntnis, der allen sofort einleuchtete, und so wurde Frau Böhmer auch von dem neusten Jahrgang nur »Miss Titty« genannt.

»Disziplin«, sagte Eislinger am ersten Tag, nachdem er alle vierzehn neuen Lehrlinge um sich herum versammelt hatte, »Disziplin ist das Wichtigste, was ihr bei mir lernen werdet. Einen Metallberuf kann man nicht ausüben ohne Disziplin. Man kann nicht arbeiten ohne Disziplin. Man kann nicht leben ohne Disziplin. Ihr werdet bei mir alles lernen, was ein Metaller braucht. Und der braucht in erster Linie Disziplin. Das könnt ihr euch heute schon merken: Metall lehrt Disziplin.«

Paul starrte hinüber zu den Drehbänken, die wie urtümliche Geschöpfe aussahen, und ihm war es, als warteten sie auf ihn.
»Und noch etwas«, sagte Eislinger. »Metaller tragen kurze Haare. Ich will nicht, dass eine Beatlesmähne in eine Drehbank kommt und euch skalpiert. Morgen will ich euch alle mit kurzen Haaren hier sehen.«
Das fing ja gut an. Paul war wütend. Aber nach Feierabend ging er zum Friseur – wie die anderen Lehrlinge auch.
Doch zunächst gab Eislinger jedem von ihnen ein Stück Stahl in Form eines U.
»Zehn Zentimeter abfeilen.«
Es gibt unterschiedliche Arten von Feilen. Schruppfeilen fürs Grobe. Schlichtfeilen für die Feinarbeit. Jetzt brauchten sie die Erstere. Eine Woche lang feilten sie, täglich acht Stunden, und nur hundertstel um hundertstel Zentimeter nahm der Stahl ab. Am Daumenballen, dort wo die Schruppfeile auflag, bildete sich an Pauls Hand die erste Blase, groß wie ein Groschen.
Eislinger war zufrieden. »Metall lehrt Disziplin.«

Nach Feierabend trafen sie sich. Paul schwang sich dann auf den Gepäcksitz von Alexanders Mofa, und sie fuhren auf Schleichwegen zum Münsterplatz, aßen ein Eis oder eine heiße rote Wurst. Hin und wieder stoppten sie vor dem geheimnisvollen Haus Habsburgerstraße 87. Immer, wenn dort eine Party stattfand, standen Dutzende von Mofas in dem verwilderten Garten.
»Kannst du von deinen Alten nicht ein bisschen Geld abzocken, damit wir den Keller mal mieten können?«, fragte Paul.
»Du ahnst nicht, wie geizig die sind. Lass uns erst mal fragen, was es kostet.«

Einmal sahen sie, wie Strunz, der Lehrling aus dem zweiten Jahr, aus dem Haus kam und sich auf den Rücksitz eines Motorrads zwängte, das sofort losfuhr.

»Den kenn ich. Der schafft auch beim Heppeler.« Paul nahm sich vor, ihn wegen des Kellers mal anzusprechen.

27. Alexander heute

Als Alexander Tonis Praxis verließ und wieder auf die Kaiser-Joseph-Straße trat, sah er auf die Uhr: 14 Uhr 23. Er hatte wieder einmal nichts gesagt. Da steht er vor ihr, der wichtigsten Person in seinem Leben, und er redet nur Unsinn. Fünfzehn Minuten Unsinn. Sie wird sich fragen, was er gewollt hat, dachte er. Aber wie sollte er anfangen? Und wo? Noch zweieinhalb Stunden bis zu dem Termin in Essers Kanzlei. Er würde nicht mehr ins Büro gehen. In einer Viertelstunde würde der Produktionsleiter mit Beschaffungswünschen vor der Tür stehen, und danach hatte der Einkaufschef sich angemeldet. Mit beiden konnte er auch später reden.
Alexander zog das Blackberry aus der Tasche und rief Frau Ballhaus an. Während er die Straße hinaufging, besprach er mit ihr die Terminverschiebung. Sie reagierte professionell wie immer. Er beschloss, ihr einen Strauß Frühlingsblumen zu kaufen, und vergaß es sofort wieder.
Kurz darauf lenkte er den Porsche aus der Tiefgarage des Colombi und ließ sich vom Verkehr treiben. An der Ampel vor dem Stadttheater stoppte neben ihm ein silberner Polo, hinter dem Steuer eine junge Frau, blond, hübsch, jung, eine Studentin vermutlich. Das Fenster hatte sie heruntergekurbelt, er hörte die helle Stimme von Katie Melua oder Norah Jones zu sich herüberwehen, sah, wie die junge Frau mit beiden Daumen den Takt auf dem Lenkrad schlug. Sie schaute

zu ihm herüber. Sah wieder weg. Wendete den Kopf noch einmal. Einen Herzschlag lang sahen sie sich in die Augen, dann wandte die Frau den Blick wieder nach vorne, und Alexander schien es, als lächelte sie.
Was mag die Frau gesehen haben, als sie ihn anschaute?
Die Ampel schaltete auf Grün. Er gab Gas. Der Porsche schoss an dem Polo vorbei, und als er an der nächsten roten Ampel bremste, war es nicht mehr die junge Blonde, die neben ihm hielt, sondern der weiße Transporter einer Installationsfirma.
Er steuerte seinen Wagen in Richtung Günterstal, dann die breite Straße hinauf zum Schauinsland. Mit der linken Hand kramte er im Ablagefach der Fahrertür nach einer CD. Er fand eine, die seiner Frau gehörte: Leonard Cohen, natürlich. Er steckte sie zurück, suchte weiter und fand die richtige: *Stripped* von den Stones. Mit der Linken steuerte er den Wagen, mit der Rechten fingerte er die Silberscheibe aus der Plastikhülle, schob sie in den Schlitz der Anlage, schlug mit dem Fuß den zu erwartenden Takt und fühlte sich nach dem ersten rauen Akkord von Keith Richards tatsächlich ruhiger. Entschlossener.

*Everywhere I hear the sound of marching,
charging feet, boy*

Klarer.

*'Cause summer's here and the time is right
for fighting in the street, boy*

Auf vertrautem Terrain.
Den Stones bin ich treu geblieben.
Ein Fetzen von Erinnerung an den Vater und dessen Monologe über die Negermusik.

Die Stones verdankte er Paul. Wie gierig sie die Musik gehört hatten. Hungrig.
Was für eine Zeit! Innerhalb von Monaten hatte die Musik den Sprung von Doris Day zu den Stones gemacht. Mit einem Schlag brachte diese Zeit zwanzigjährige Genies hervor. Nicht einen, nicht zwei, Hunderte. Nie zuvor und nie danach hatte die Musikwelt eine solche Explosion von Talenten erlebt: Alexis Korner, Bob Dylan, Keith Richards, Mick Jagger, Charlie Watts, John Lennon, Paul McCartney, John Mayall, Keith Moon, Eric Clapton, Van Morrison, Jack Bruce, Ginger Baker, Ray Davies, John Entwistle, Jimi Hendrix, Jim Morrison, Janis Joplin, alles Genies mit zwanzig. Verrückte Zeit. Er musste lächeln.

But were I live the game to play
is compromise solution

Lang her. Verdammt lang.

Jetzt schickte Paul seinen Sohn.

Well now what can a poor boy do
Except to sing for a rock & roll band?

Alexander wurde ruhig. Er würde gewinnen.

There's no place for a street fighting man

Die Bekanntschaft mit den Stones hatte sein *standing* am Kepler-Gymnasium in kürzester Zeit verbessert. Es gab damals einen Schüler in der Parallelklasse. Alexander Helmholtz musste eine Weile überlegen, ihm fiel zuerst ein Bild ein, der Name fehlte noch. Ein smarter, blonder Typ, der erste, der weiße Tennisschuhe am Kepler trug. Der Papa war Chefarzt an der Uniklinik oder irgendetwas anderes Medizinisches. Liebling der Lehrer. Leider auch der Mädchen, als diese endlich auf dem vormaligen Jungengymnasium zugelassen wurden. Beatles-Fan. Schlimm. Paul-McCartney-Fan. Noch schlimmer. Konnte *Michelle* auf dem Klavier in der Aula spielen.

Alexander trumpfte mit den Stones auf. Mit Mick Jagger, Keith Richards, Charlie Watts (den die Mädchen am meisten mochten) rekrutierte er seine eigene Anhängerschaft, und bald tobte der Kampf: Die angepassten Spießer lobten die Musikalität der Beatles, die Aufrechten den ehrlichen Blues der Stones. Unversöhnliche Gegensätze.

Dem Bild folgt der Name: Stefan Dreyer. Klassensprecher. Natürlich. Alexander war nur stellvertretender Klassensprecher.

Die Holzschlägermatte rauf ließ er den 911er vom Zügel. Er schoss an einem Passat vorbei, der wütend mit der Lichthupe antwortete.

The time is right for fighting in the street, boy

Er erinnerte sich, wie er gefroren hatte, damals im Januar 2003. Der Wintermantel hielt die beißende Kälte nicht ab, als er, den Kragen hochgestellt, den Schal fest um Hals und Mund gewickelt, die behandschuhten Hände tief in den Manteltaschen vergraben, in langen Schritten durch den Central Park geeilt war. Er pflegte seine Rituale, und eines davon war, dass er bei jedem Besuch in New York John Lennon durch einen Besuch an den *Strawberry Fields* seine Reverenz erwies. Irgendwann hatte ja auch er seine Meinung über diesen Beatle geändert. Eine halbe Stunde Fußmarsch durch den Park bei der klirrenden New Yorker Winterkälte, das war er John Lennon schuldig. Ein Dutzend gefrorener Blumensträuße lag auf dem kreisrunden Mosaik, und durch die blattlosen Bäume sah er das steil in den Himmel wachsende Dakota Building.

Zurück in der Park Avenue, verschob er seinen Rückflug. Das Internet informierte ihn, dass die Stones in zwei Tagen in Phoenix spielten. Er rief Toni an und bat sie mitzukommen. Doch sie lachte: »Wie stellst du dir das vor. Ich habe Patientinnen. Die verhungern ohne mich.« Er buchte ein Ticket für sich allein, und nach sechs Stunden Flug fuhr ihn ein livrierter Hoteldiener in einem Caddy über einen frisch besprühten Rasen zu seinem Apartmenthaus.

Die America West Arena ist über die Interstate 10 normalerweise gut zu erreichen, doch in den letzten zwanzig Minuten seiner Fahrt kam das Taxi nur im Schritttempo voran. Zwanzigtausend strömten zu den Stones, und keiner davon ging zu Fuß.

Ladies and Gentlemen, the Rolling Stones. Die Band stürmte auf die Bühne. Keith Richards im weißen, bis zum Gürtel offenen Hemd und mit schwarzem Kopfband griff sich die Gitarre. Nach zwei Akkorden riss es Alexander aus dem Schalensitz: *Street Fighting Man.* Großartig.

Vor ihm erhob sich ein gewaltiger Schatten, ein Amerikaner in kurzen Hosen, und ging zum Ausgang. Bei *Start Me Up* kam er zurück und balancierte einen Eimer Popcorn durch die Reihen. Alexanders Nebenmann stand nun auf und kam mit einem Bier zurück, andere verschwanden, um sich Würste zu kaufen. Bis die Stones mit *Jumpin' Jack Flash,* der einzigen Zugabe, schlossen, liefen fette Männer auf und ab, schleppten Bier und Würste umher; während des ganzen Konzerts ein unbegreifliches Kommen und Gehen. Ein Verbrechen! Hier spielten die Stones. Das war kein Baseballspiel.

Immerhin kam Toni dann im Juni mit zu dem Konzert auf dem Hockenheimring. AC/DC waren die Vorgruppe, und Angus Young spielte wie angestochen. Die Zuschauer, von denen die meisten zwanzig oder dreißig Jahre Stones-Erfahrung im Lebensgepäck mit sich herumtrugen, verlangten Zugaben, und AC/DC gaben sie gerne und laut. Ganz anders als beim Auftritt der Stones im Stuttgarter Neckarstadion, als die Simple Minds eröffneten und doch jeder froh war, als sie den letzten Song gespielt hatten. Oder München. Die Stones wollten wohl mit dem erfolgreichsten deutschen *Rock Act* zusammen spielen, und weiß der Herrgott, wer ihnen gesagt hatte, dies sei Peter Maffay. Er wurde ausgepfiffen. Aber in Hockenheim war alles gut, AC/DC, die Fans, Mick Jagger in einem pinkfarbenen Jackett. Dann jammten die Stones zusammen mit Angus Young eine gute Viertelstunde zu *Rock Me Baby*.

I want you to rock me, baby, rock me all night long
I want you to rock me, baby, rock me all night long
Well I want you to rock me, baby, like my back ain't got no bone

Alexander sprang auf, klatschte, sang mit, küsste Toni, hob sie hoch und hätte sie am liebsten auf seine Schultern gesetzt. Als die Band dann direkt vor ihnen auf dem Plateau am Ende des Laufstegs Muddy Waters' *I Just Want to Make Love to You* anstimmten, direkt vor ihnen, konnte er Keith Richards mit bloßem Auge bei der Arbeit zusehen. Was für ein Abend!
Und dann Paris. Paris war der absolute Höhepunkt. Toni und die Kinder standen mit ihm auf dem Rasen des Stade de France, dem größten und schönsten Stadion Frankreichs. Erbaut für die Fußballweltmeisterschaft 1998. Fünf UEFA-Sterne. Achtzigtausend Stones-Fans. Großartige Stimmung.

Nun, die Setlist kannte er mittlerweile, und er versuchte seiner Frau zu imponieren, indem er vor Mick Jagger die Songs ansagte. Toni lachte, die Kinder auch, und er war glücklich. Achtzigtausend, die mitsangen und mitfeierten, und ein großartiger Ronnie Wood, der mehrmals mit langen Soli brillierte.
Ja, die Stones verdankte er Paul. Vielleicht überhaupt diese Liebe zur Musik, zum Blues, die ihm so oft im Leben Schutz geboten hatte.
Aber jetzt ging es um etwas anderes. Jetzt wurde das letzte Gefecht ausgetragen.
Jetzt schickst du mir deinen Sohn.
Vielleicht war es gut so. Vielleicht würde er dann endlich diesen Traum los. Nicht oft, aber immerhin ein-, zweimal im Monat träumte er von Paul. Immer der gleiche Traum. Es war kein guter Traum, oft las er zu lange im Bett, obwohl er müde war, nur weil er sich vor diesem Traum fürchtete.
Manchmal weckte ihn Toni, und er sah ihr schlaftrunkenes, erschrockenes Gesicht über sich. Manchmal versuchte er sich selbst aus den Träumen zu befreien, und dann strampelte er und stöhnte im Schlaf. Die Träume von Paul wollten ihm auf eine besonders perfide Weise vorgaukeln, sie seien keine Träume. Du bist tot, Paul, sagte er zu ihm. Du bist tot, und deshalb träume ich nur von dir. Paul lachte dann: Sehe ich aus wie ein Gespenst? Sieh mich an, sehe ich aus wie ein Gespenst? Nein, Paul, das siehst du nicht. Also lebe ich, dies alles ist wahr. Und das glaubte Alexander dann.
Diese Träume waren eine Art Polizeiverhör. Paul gab den Inquisitor. Den weichen Verhörspezialisten, nicht den *bad cop*, sondern den *good cop*. Haben wir nicht um den Baum der Freiheit getanzt, Alexander, fragte er. Und: Was hast du daraus gemacht?
Er senkte den Kopf. Schuldig. Im Traum war er immer schuldig.

Es ist ein Irrglaube, sage ich dir, dass man an den Idealen der Jugend festhalten muss. Seit Dieter Henrich wissen wir, dass Hölderlin, Hegel und Schelling in Tübingen nie einen Baum der Freiheit errichtet haben. Das ist eine erfundene Geschichte, gut erfunden, meinetwegen, und sie hält sich hartnäckig, aber sie ist doch erfunden. Mehr nicht.
Aber sie haben die Revolution gefeiert, sagte Paul. Sie feierten die Französische Revolution. Hölderlin blieb seinen Idealen treu. Hegel nicht, und du auch nicht.
Hegel blieb nicht stehen, Paul. Er entwickelte sich weiter. Er nahm einen Beruf an. Er meisterte diesen Beruf. Er begann kein Verhältnis mit der Frau seines Brötchengebers. Er wurde nicht aus jedem Brotberuf wieder gefeuert – wie Hölderlin. Und du.
Er hat alles verraten, Alexander. Wie du.
Und der andere, brüllte Alexander, der andere, der seinen Idealen treu blieb, so wie du, der wurde verrückt. Der starb früh. So wie du. Der meisterte das Leben nicht.
Im Traum wollte er Paul töten, schlagen zumindest, doch der entzog sich. Lächelnd und leicht den Kopf schüttelnd. Paul lächelte, er lächelte auf seine stille, einsame, auf seine unerträglich vermessene Art. Auf seine wunderbar verführerische Art. An einen Baum gelehnt, die Kippe in der hohlen Hand.
»In Untertänigkeit Scardanelli«, sagte er und verschwand.

Alexander gab Gas und drehte die Boxen auf.

Like a rolling stone

28. Paul

Zehntelmillimeter für Zehntelmillimeter gab der U-Stahl nach. Feinste Späne fielen auf den Boden, versteckten sich in den Falten von Pauls Blaumann, Metallstaub puderte seine Hände; ein harter Kampf, der Pauls Händen nach den Blasen Schwielen einbrachte.
Es ging nicht nur darum, das Metall abzufeilen. Die Kanten mussten exakt in einem Winkel von 90 Grad zueinander stehen, und die Flächen des Stahls mussten gerade und plan werden. Der unerbittliche Haarwinkel zeigte Paul jede Unebenheit, jede schief abfallende Fläche. Er legte die spitz geschliffene Messkante auf das Werkstück, und der Winkel lag nun wie ein Haar auf der Fläche des U-Stahls. Dann hob er beides gegen eines der Fenster, und im Gegenlicht zeigte ihm ein Lichtspalt zwischen Werkstück und Haarwinkel jede noch so kleine Unebenheit.
Jeden Nachmittag um vier Uhr, eine Stunde vor Feierabend, ging Eislinger von Werkbank zu Werkbank, prüfte die Ebenheit des Stahls, die Geradwinkeligkeit der Kanten, wies die Lehrlinge auf Fehler hin, legte das Arbeitspensum für den nächsten Tag fest, lobte nie und tadelte selten. Dann wurden die Maschinen, die Werkbank, der Boden der Werkstatt und die Toiletten geputzt.
Dazu gab es ein Wundermittel: Tri. Die beschauliche Abkürzung für Trichlorethylen, ein hochwirksames Lösungsmit-

tel, das jede Ölspur wegwischte. Mit Tri wurden die Futterbacken der Drehmaschinen gesäubert, die Halterungen der Bohrmaschinen; einer der Lehrlinge hielt seine mit Öl und Metallsplittern versaute Arbeitshose in einen Tri-Behälter und zog sie sauber wieder heraus, als habe seine Mutter sie im Bottich geschrubbt.

Dann endlich, um 17 Uhr, trötete laut eine Hupe. Für die meisten Lehrlinge klang es besser als Rockmusik. Feierabend. Paul gefiel es in der Lehrwerkstatt. Das Feilen war anstrengend, aber am Abend konnte er sein Tagewerk in Zehntelmillimetern abmessen. Er arbeitete sorgsam, und der Lichtstreifen unter dem Haarwinkel blieb nach vierzehn Tagen gleichmäßig und dünn.

Doch: Was sollte er nach Feierabend machen?

Keine Lust auf Waisenhaus.

So ging er durch den Stadtpark oder verlängerte den Heimweg durch einen Umweg über den Schlossberg. In der vierten Woche ging er einfach zurück in die Lehrwerkstatt. Eislinger und Miss Titty saßen in dem Glasverschlag.

Der Meister trug Zahlen in eine Tabelle ein und sah ihn erstaunt an. »Was willst du denn hier?«

»Hast du etwas vergessen?«, fragte Miss Titty.

»Ich würde gerne ein bisschen weiterfeilen.«

Eislinger sah auf und sagte: »Meinetwegen. Aber mach deine Werkbank hinterher sauber. Tipptopp.«

Um halb sechs ging Miss Titty nach Hause. Er hörte, wie sie ihr VW Cabrio unten im Hof startete. Eislinger kam zu ihm, prüfte sein Werkstück und gab es ihm kommentarlos zurück. Der Meister brachte ihn am Abend in seinem majestätisch schaukelnden Opel Kapitän nach Hause. Als er vor dem großen Turm des Waisenhauses hielt, gab er ihm zum Abschied sogar die Hand mit den fehlenden Fingerkuppen. Seitdem kam Paul fast jeden Abend in die Lehrwerkstatt zurück.

Nach drei Monaten lernten sie Gewinde drehen und Boh-

rer schleifen, und dann – endlich – durften sie an die Drehmaschinen, zunächst allerdings nur an die beiden kleineren. Mit einem Handstichel drehte er den Stuttgarter Fernsehturm aus einem 20 Zentimeter langen Rundstahl. Eislinger gab jedem ein Foto des Turms, dann wurde vermessen, eine technische Zeichnung erstellt, der Rundstahl eingespannt, und unter Eislingers kritischem Blick durfte dann jeder an die Maschine.
»Und? Wem schenkst du deinen Turm?«, fragte Miss Titty ihn am Abend.
Paul zuckte mit den Schultern.

Das erste Lehrjahr war schon fast zu Ende, Feierabend war schon vorüber, Paul polierte ein Werkstück an der Schleifmaschine, Miss Titty hatte Urlaub, Eislinger erledigte Schreibarbeit in seinem Büro, als jemand die Tür aufriss und hereintrat: Erwin Heppeler, der Chef der Chefs, Eigentümer der Firma, gerade fünfundvierzig Jahre alt. Er ging zunächst zu Eislinger, der aufsprang, sprach kurz mit ihm, dann kamen die beiden Männer zu Paul. Eislinger gab ihm schon von Weitem ein Zeichen, und Paul stellte die Maschine ab.
»Du bist also der eifrige Stift aus dem ersten Lehrjahr. Wir haben schon viel von dir gehört. Gefällt es dir bei uns?«
»Ja, schon.«
»Du kommst aus dem Eisenbahn-Waisenhort?«
Paul nickte.
»Weiter so, mein Junge, dann wirst du es noch weit bringen in unserer Firma.« Er gab ihm die Hand, und Paul schlug ein.
Eislinger reichte dem Chef schnell ein Handtuch, damit er das Gemisch aus Maschinenöl und Kühlmittel abwischen konnte.

Seit diesem Tag behandelten ihn die Meister in der Firma anders, Paul konnte den Unterschied nicht genau benennen, aber er spürte, etwas hatte sich verändert.

»Sag mal«, sagte Miss Titty, als er abends alleine an der Werkbank stand und feilte. »Was macht ihr vom Waisenhaus eigentlich samstags?«
»Nichts Besonderes. Mal ins Kino gehen oder so.«
»Ich plane eine Spritztour zum Titisee. Willst du mitkommen?«
Paul sah überrascht auf: »Gern.«
Sie holte ihn um zwölf Uhr mit ihrem offenen Cabriolet an der Pforte ab. Sie fuhren zum Siegesdenkmal, verließen die Stadt hinter Littenweiler, und am Himmelreich fuhr sie auf den Parkplatz eines Restaurants. Sie lud ihn zum Mittagessen ein. Dann fuhren sie nach Titisee, liefen den See entlang, tranken Kaffee, und am Nachmittag setzte sie ihn wieder vor dem Waisenhaus ab.
Am folgenden Samstag fuhren sie nach Ihringen, tranken Grauburgunder bei einem Winzer, in der nächsten Woche zeigte sie ihm das Breisacher Münster, sie besuchten das Eisenbahnmuseum in Mühlhausen, und wieder eine Woche später radelten sie am Alten Rhein entlang. Wenn es regnete, nahm sie ihn mit in ihre Wohnung, er konnte dann im Fernsehen den Beat-Club ansehen, während sie kochte. Miss Titty kümmerte sich um ihn, und Paul gefiel es. Nachts träumte er von ihrem Busen.

Zu seinem neuen Leben gehörte auch die Berufsschule. Montags und mittwochs fuhr er mit der Straßenbahn bis

zum Bahnhof und lief dann die wenigen Meter hinüber zur Gewerbeschule II, einem großen, neu erbauten Gebäudekomplex, in dem die technische Berufs- und Oberschule untergebracht waren. Schade, dass sie am Nachmittag noch einmal in den Betrieb mussten, sonst wären es zwei bequeme Tage zum Ausruhen gewesen. Aber so musste er am Nachmittag um halb drei wieder bei Heppeler antreten. Montags sah er Strunz vom zweiten Lehrjahr in der Pause. Das zweite Lehrjahr ging montags und donnerstags zum Unterricht.
Strunz war größer als Paul, ging immer leicht vornübergebeugt, hatte lockige, fast krause Haare, ein schmales Gesicht, braune, aufmerksame Augen und eine leicht olivfarbene Hautfarbe. Paul hatte einmal gehört, wie ein älterer Arbeiter aus der Versuchsabteilung behauptete, bei dem Strunz hätte wohl auch ein französischer Besatzungssoldat mitgemischt.
Strunz stand auf der obersten Treppenstufe des Haupteingangs der Berufsschule. Um ihn herum standen sechs seiner Mitschüler und hörten ihm zu. Er hatte beide Hände vor sein Gesicht gehoben und formte mit Daumen und Zeigefingern ein »O«, ein ziemlich großes »O«, das größte, das man auf diese Weise darstellen kann. Paul stellte sich zu ihnen.
»So eine Möse hatte die«, sagte Strunz. »War richtig langweilig. Da hätte ich den Schwanz auch gleich in der Unterhose lassen können. War das gleiche Gefühl. Ich mag lieber die engen, wo man was spürt.«
Seine Kumpels nickten, einer sagte fachmännisch: »Also mir sind die engen auch lieber.«
Paul zuckte zurück. Blieb stehen.
Alle hatten offenbar schon eine Möse gesehen. Nur er nicht. Aber er sehnte sich doch so danach. Im Grunde dachte er an nichts anderes. Als Einziger konnte er *da* nicht mitreden. Und wie konnte man *so* darüber reden wie Strunz? So als

würde es sich bei Frauen um Sportwagen handeln, bei denen eben einige getunt sind, andere nicht, einige mit Lederlenkrad, andere nicht.

Nichts wünschte er sich so sehr, als wirklich einmal eine Frau nackt zu sehen, sie anzufassen, sie ... Was wusste er schon? Er wusste nichts. So viel stand fest. Und es sah nicht so aus, als würde sich das ändern. Mit hängenden Schultern ging er zurück ins Klassenzimmer.

Immerhin fand Paul bei Miss Titty Ruhe, fast eine neue Art von Zuhause, zumindest samstags. Wenn er nicht in der Werkstatt blieb, streifte er an den Wochentagen mit Alexander durch die Stadt. Sein Lehrlingslohn betrug im ersten Jahr 145 Mark, davon bekam er 25 Mark Taschengeld ausbezahlt, der Rest wurde auf ein Sperrkonto einbezahlt, das er frühestens am Tag seiner Gesellenprüfung plündern konnte. Wie sollte man mit so wenig Geld den Keller in der Habsburgerstraße mieten?

»Wir gehen jetzt einfach mal hin und fragen nach dem Preis«, sagte Alexander.

29. Paul

Am nächsten Samstag sagte er Miss Titty ab, Alexander ließ sich für seine Familie eine Ausrede einfallen, und so standen sie nachmittags vor der Tür des Hauses Habsburgerstraße 87. Alexander hatte eine dunkelrote Samthose angezogen, Paul eine Bluejeans und schwarze Beatlesstiefel. Vor dem Klingelschild zögerten sie.
Auf dem unteren Klingelschild stand kein Name. Und auf dem mittleren stand »Dr. Groß«.
»Komm, wir hauen ab«, sagte Paul.
Alexander klingelte.
Nichts rührte sich. Alexander klingelte ein zweites Mal. Nichts.
Gerade als sie sich umdrehten, öffnete sich die Tür. Ein alter Mann stand vor ihnen, kleiner als sie, zurückgebürstete, schüttere weiße Haare, länger, als sie sonst Männer in diesem Alter trugen, sie kringelten sich in seinem Nacken. Kleine Hände, rund und weich, Hände, denen Paul ansah, dass das Härteste, was sie je geleistet hatten, das Umblättern von Buchseiten gewesen war, eine große eckige Brille hinter grauen, skeptisch blickenden Augen, graue Hose, weit und altmodisch, und ein ausgeleierter Pullover.
»Was wollt ihr?«, fragte der Alte freundlich.
Paul fasste sich als Erster: »Wir wollen uns mal nach dem Partykeller erkundigen.«

»Auf welche Schule geht ihr?«
»Kepler«, sagte Alexander.
»Ich habe schon so viele Anfragen. Ich weiß gar nicht, wann der Keller wieder frei ist.«
Er betrachtete Paul. »Und auf welches Gymnasium gehst du?«
Ein Lehrer, der Kerl ist ein verdammter Lehrer. Er will mich reinlegen. Wenn ich jetzt auch Kepler sage, dann stellt er mir eine beschissene Lehrerfrage, die ich nicht beantworten kann.
»Ich bin Lehrling.«
Der Alte sah Paul freundlich an. »Ich kann euch den Keller mal zeigen«, sagte er.
Er drehte sich um und ging wenige Schritte durch den Flur, fingerte einen großen Schlüsselbund aus der Tasche seiner zerbeulten Hose, schloss eine Holztür auf und winkte den beiden zu. »Kommt mit.«
Es dauerte eine Weile, bis sich ihre Augen an die Dunkelheit gewöhnt hatten, aber was sie dann sahen, übertraf all ihre Erwartungen. Auf dem Boden lagen Matratzen, bespannt mit gebatikten Tüchern in psychedelischen Farben. An der Decke klebten Eierkartons, deren Prägungen wie Stalaktiten nach unten wuchsen und Paul an eine Tropfsteinhöhle erinnerten. Auf dem Boden und auf kleinen Tischen standen Korbflaschen, aus denen irgendwann mal Lambrusco und Chianti ausgeschenkt worden waren. Jede dieser Flaschen trug eine Kerze, und verschiedenfarbiger Wachs bedeckte die Flaschenbäuche. In der Ecke standen zwei riesige Boxen und ein Thorens-Plattenspieler.
»Wow«, sagte Alexander, »das ist perfekt.«
»Setzt euch doch.«
Alexander und Paul setzten sich vorsichtig auf den Rand einer der Matratzen.
»Nennt mich Doc«, sagte der Mann. »Hier im Haus heiße

ich bei allen Doc. Ich wohne im zweiten Stock. Im ersten Stock wohnen Studenten. Was lernst du für einen Beruf?«
Doc wandte sich Paul zu.
»Ich werde Feinmechaniker. In der Heppeler-Maschinenfabrik.«
»Mechaniker! Die Elite der Arbeiterklasse.«
»Was würde das denn kosten, wenn wir den Keller an einem Samstag mieten würden?«, fragte Alexander.
»Hast du schon mal den Namen Karl Marx gehört?«
Alexander wollte etwas sagen, aber Docs Frage war an Paul gerichtet.
Ein Lehrer, ich wusste es, es ist ein Scheiß-Lehrer. Wenn ich jetzt etwas Falsches sage, dann kriegen wir den Keller nie. Paul kramte hektisch in seinem Gedächtnis. Karl Marx – den Namen hatte er schon einmal gehört, wahrscheinlich war es ein Dichter, dessen Werke er kennen sollte.
»Wir haben Schiller in der Schule gehabt. Die Glocke. Das mussten wir auswendig lernen. Und Goethe, so ein Gedicht, irgendwas mit einer Rose, glaub ich ...«
»Karl Marx hat sich sehr für die Arbeiter eingesetzt.«
»Also die Miete ...«, sagte Alexander.
»Möchtest du etwas mehr über Karl Marx erfahren?«, fragte der Doc freundlich.
Paul suchte den Blick von Alexander. Wenn ich jetzt Nein sage, bekommen wir den Keller nicht. »Ja, wirklich gerne«, sagte er und verzog keine Miene.
Alexander rutschte auf der Matratze hin und her. Wieso behandelte ihn dieser Typ, der wie ein Pauker redete, wie Luft? Wieso interessiert der sich nur für Paul? Doc redete mit Paul, als habe der irgendeine Ahnung von Karl Marx. Er hatte zwar auch keine, aber dass Marx nicht gerade auf der Linie von Schiller und Goethe lag, war ihm immerhin klar. Trotzdem irritierte ihn das auffällige Interesse an Paul. In ihrer Freundschaft gab es keinen Chef, das nicht gerade, aber

Alexander war der Tonangebende. Er saß auf seinem Mofa und Paul auf dem Gepäckständer. Die Mädchen orientierten sich an ihm. Wenn sie hörten, dass Paul aus dem Waisenhaus kam, übersahen sie ihn. Diesmal, im Keller vom Doc, war es anders.

Hinterher saßen sie im Botanischen Garten, und Paul rauchte.

Alexander machte Paul Vorhaltungen. »Was willst du denn mit diesem Marx?«

»Das war ein Lehrer. Der will einem halt was beibringen. So sind die drauf. Bin nur deshalb drauf eingegangen, damit er uns nicht wieder rausschmeißt. Schließlich wollen wir doch den Keller mieten, oder?«

Paul hatte recht.

30. Paul

Heppeler, kein Zweifel, hatte die beste Lehrlingsausbildung in der Stadt. Die Firma legte nicht nur Wert auf die Vermittlung von technischen Fertigkeiten, sondern auch auf die Allgemeinbildung der Lehrlinge. Paul hatte der Anruf der »O« die Aufnahmeprüfung erspart. Strunz erzählte von dieser Prüfung. Auf dem Fragebogen habe die folgende Frage gestanden: »Ist die Straße von Gibraltar geteert oder gepflastert?«
»Und was hast du angekreuzt?«
Strunz lachte ihn aus, alle anderen lachten auch, und Paul wusste nicht, warum.
Zweimal in der Woche versammelten sich die Lehrlinge des ersten Lehrjahres im Konferenzsaal des Hauptgebäudes zum theoretischen Unterricht. Meister der Firma sprachen dann über »Grundlagen der Mechanik«, über »Die Feile« oder »Das Gewinde«. Heppeler legte jedoch auch Wert auf andere Themen. Deshalb wurde alle vierzehn Tage ein Journalist der *Badischen Zeitung* eingeladen, der über wichtige politische Ereignisse berichtete, manchmal wurde dieser Unterricht auch von leitenden Angestellten gehalten. »Schlafstunden« nannten es die Lehrlinge.
Reinhold Schmidt war Chef der Buchhaltung, ein Mann in den Vierzigern, von Siemens abgeworben, ganz von sich überzeugt, immer in weißem Hemd und Krawatte, die Hemdsärmel hochgekrempelt. Agil und zupackend.

»Na«, sagte er und blickte in die Runde, »wer von euch liest denn eigentlich eine Zeitung?«
Blöde Frage. Peinliches Schweigen. Jeder stierte auf den Tisch.
Schmidt ließ nicht locker: »In ein paar Jahren dürft ihr wählen. Wie wollt ihr überhaupt entscheiden, was ihr wählen wollt? Also, wer hat jemals von euch eine Zeitung gelesen?«
Noch drückenderes Schweigen.
Paul ärgerte sich. Schmidt hielt sie für Idioten. Wie er dastand, den Kopf erhoben, mit diesem überheblichen Lächeln, und die schweigende Meute musterte. Er war kein Idiot, und die anderen Lehrlinge waren es auch nicht.
Weiß der Teufel, was ihn ritt: Er hob die Hand.
Strunz sah ihn erstaunt an, jemand prustete hinter vorgehaltener Hand.
Schmidt fixierte ihn. »Ach, Paul. Ausgerechnet der Paul. Dann verrate uns doch allen mal, wie die Zeitung heißt, die du liest?«
Panisch durchforstete Paul sein Gehirn nach irgendeinem Zeitungstitel. Er hatte noch nie eine gelesen, aber Schmidts Abfälligkeit passte ihm nicht. Außerdem wollte er sich wichtigmachen; die Straße von Gibraltar ausbügeln.
»Paul, wir warten alle.«
Die anderen Lehrlinge sahen ihn an, einige erwartungsvoll, andere dachten, da habe er sich in etwas hineingeritten, und waren neugierig, wie er da wieder rauskam. Aber Pauls Kopf war leer. Er verfluchte seine Voreiligkeit. Hätte er nur die Schnauze gehalten!
»Wir warten immer noch! Alle sind gespannt zu erfahren, welche Zeitung Paul liest.« Schmidt beugte sich nach vorne, stützte sich mit den Fäusten auf die vordere Bank, seines Sieges sicher.
Da fiel ihm ein Titel ein. Er sah Schmidt fest in die Augen und sagte: »Den *Spiegel*.«

Aufatmen bei den anderen Lehrlingen, Freude bei Paul, dass ihm ein Zeitungstitel eingefallen war, und Hoffnung, dass nun ein Lob fällig war oder dass Schmidt zumindest die Sache auf sich beruhen ließ.

Doch der Prokurist lief rot an und schien plötzlich keine Luft mehr zu bekommen. »Das Kommunistenblatt! Du liest dieses Kommunistenblatt!«, schrie er. Dann: »Raus! Ich will dich hier nicht sehen.«

Etwas war schiefgelaufen. Gründlich.

Alle anderen Lehrlinge zogen die Köpfe ein. Keiner wusste, was geschehen war.

Paul stand auf und ging.

Das nächste Mal würde er nicht mehr so voreilig sein.

Aber am nächsten Tag kaufte er sich den *Spiegel*, obwohl er eine Mark und fünfzig Pfennige kostete. Wenn der Schmidt sich so darüber aufregte, musste doch irgendwas dran sein. Er verstand beileibe nicht alles, musste sich oft ein Wort von Alexander erklären lassen, aber von nun an kaufte er Woche für Woche den *Spiegel*.

31. Alexander

1966 wählte die UIa Alexander zum Klassensprecher. Einige Wochen später sollten sich alle Klassensprecher in der Aula treffen, um den neuen Schulsprecher zu wählen. Alexander wusste, dass Stefan Dreyer, der blonde Mädchenschwarm aus der Parallelklasse, kandidieren wollte.
Ein Paul-McCartney-Fan sollte das Kepler-Gymnasium nicht vertreten, fand er.
»Das sollte besser ein Stones-Fan machen«, sagte Paul.
»Genau.«
Außerdem fand Alexander das Verfahren undemokratisch. Warum wählten die Klassensprecher und nicht alle Schüler den Schulsprecher?
Er überlegte zwei Tage und schrieb dann für die Jubiläumsausgabe des *Keplerturms,* der Schülerzeitung des Gymnasiums, einen Artikel.

```
            Der Schulsprecher, Person und Amt
                   Kritik und Vorschlag
                 Alexander Helmholtz, UIa

        Ein Schulsprecher ist nach landläufiger Ansicht
        der Vertreter der Schülergemeinde, gewählt vom
        Schülerparlament. Es ist daher bedenklich, daß -
        nach meiner Schätzung - etwa 1/3 aller Schüler
```

des KG von seiner Wahl nie etwas erfährt und ihn nicht mit Namen kennt. Die restlichen 2/3 haben kein engeres Verhältnis zu ihm, sie wissen nicht Bescheid, was er tun und lassen kann - obwohl er doch ihr Wortführer ist.

Daraus folgt Vorschlag Nr. 1: Der Schulsprecher sollte über die Klassensprecher eine gewisse Kontaktpflege mit seinem »Fußvolk« betreiben, sei es durch hektographierte Anschläge, sei es durch persönliches Auftreten vor verschiedenen Klassen. Eine derartige Publikumsarbeit würde sicher dazu beitragen, obige Mängel zu beheben.
Während sich das vorige allein auf die Person des Schulsprechers bezog, betrifft das Folgende die Institution. Bisher war es üblich, daß die Klassensprecher in der SMV den Schulsprecher und seinen Stellvertreter wählen. Diese gaben ihre ganz persönliche Stimme ab, die durch die Klassenmeinung - falls eine solche überhaupt vorhanden war - nicht entscheidend beeinflußt wurde. Man erkundigte sich weder nach ihr, noch wurden irgendwelche Vorwahlen abgehalten.

Vorschlag Nr. 2: Die Schüler aller Klassen des KG wählen ihren obersten Vertreter in einer Abstimmung, die nicht einmal geheim zu sein braucht. Jeder einzelne kann sich dabei frei äußern und entscheiden. Durch diese Wahl würde auch ein größeres Interesse an der Person des Schulsprechers geweckt, bei mehreren Kandidaten könnte eine Art Wahlkampf entstehen.
Unvermeidlich ist natürlich, daß eine derartige Wahl einen größeren Aufwand erfordert. Seit Jahr

und Tag wurde der Schulsprecher zu Beginn eines
neuen Schuljahres gekürt; bis aber die erste SMV
nach Tertialanfang zusammentritt, verstreicht
erfahrungsgemäß geraume Zeit; ist aber der Ge-
wählte dann wirklich eingearbeitet, d.h., er kennt
seine Rechte und Pflichten genau und entwickelt
in Glücksfällen etwas Eigeninitiative, ist seine
Amtszeit abgelaufen.
Wie gesagt, eine Wahl nach meinem Vorschlag
bedarf eines größeren Aufwands - und der wäre
in diesem Fall nutzlos vertan.

Daraus folgt Vorschlag Nr. 3: Der Schulsprecher
wird auf drei Jahre gewählt, um ihm eine ange-
messene Arbeitszeit zu gewähren. Hieraus ergibt
sich die Konsequenz, daß die »Mindestbefähigungs-
grenze« nicht mehr bei OII, sondern bei UII liegt,
da sich Primaner ja nicht mehr zur Wahl stellen
können.
Dies könnte einen Ansatzpunkt für Schwierigkeiten bilden, denn es ist sehr fraglich, ob bei
einem derart ausgeprägten Klassen- und Stufen-
bewußtsein wie auf den Gymnasien sich beispiels-
weise ein Oberprimaner von einem Untersekundaner
Anweisungen geben ließe. In einem solchen Fall
scheinen auch der Vernunft der »Elite« Schranken
gesetzt. Doch sollten diese Bedenken kein ernsthaftes Hindernis für die vorgeschlagenen Umstel-
lungen bilden.

Die Zeitung erschien zwei Wochen vor der Wahl des Schulsprechers. Alexanders Artikel wurde von den Schülern heiß
diskutiert. In der großen Pause erntete er Schulterklopfen
und stand plötzlich im Mittelpunkt. Er war jetzt selbst ein

ernst zu nehmender Kandidat. Stefan Dreyer, so wurde ihm aus der Parallelklasse zugetragen, war wütend.
Am Abend sagte der Vater, er müsse mit ihm reden. In seinem Arbeitszimmer – das hieß, es ging um eine ernste Sache.
Der Vater setzte sich hinter den Schreibtisch, wies Alexander den Besucherstuhl davor zu, die Mutter setzte sich in den schweren englischen Ledersessel.
»Wir erhielten heute einen Anruf vom Rektor deines Gymnasiums«, eröffnete der Vater das Gespräch.
Die Mutter wurde unruhig und steckte sich eine Zigarette an.
Alexander blätterte in Gedanken durch die Klassenarbeiten der letzten Zeit. Alle Noten bewegten sich knapp um eine Eins, und selbst in Kunst, seinem schlechtesten Fach, hatte er eine Zwei.
»Kannst du dir denken, warum er mit uns reden wollte?«
»Keine Ahnung.«
»Er sagte uns, wir sollten besser auf dich aufpassen. Du würdest rätekommunistisches Gedankengut an der Schule verbreiten.«
»Ich? Rätekommunistisch?«
»Streitest du es ab?«
»Papa, das ist Unsinn.«
»Hast du den Artikel zur Schulsprecherwahl geschrieben?«
»Ja, schon, aber da steht nichts ...«
»Rufst du dazu auf, dass die Versammlung der Schüler den Schulsprecher wählen soll und nicht die Versammlung der Klassensprecher?«
»Ja.«
»Hat dir jemand vorgesagt, was du in der Schülerzeitung schreiben sollst? Ein Referendar vielleicht?«
»Niemand, das ist mein Artikel. Ich hab ihn allein geschrieben.«

»Umso schlimmer. Alle Macht geht vom Volke aus und wird durch Parlamente ausgeübt. Das genau sollt ihr auch in der Schule lernen und einüben. Der Rektor macht sich Sorgen um deine Zukunft.«

»Aber niemand kennt den Schulsprecher, das jetzige Verfahren hat den großen Nachteil ...«

»Schluss jetzt, Alexander. Wir wünschen keine Anrufe vom Rektor der Schule unseres Sohnes. Hast du das verstanden?«

»Ja, Mama.«

Die Klassensprecherversammlung wählte Stefan Dreyer mit einer Zweidrittelmehrheit zum Schulsprecher.

»Dass der Dreyer das geschafft hat, stinkt mir«, sagte Alexander zu Paul am selben Abend. Er war vor dem Abendessen ins Heim gekommen, und die beiden Freunde spielten eine Runde Tischfußball gegeneinander.

Es war das erste Spiel, das Alexander gewann.

32. Paul

Schrubben und schlichten, körnen und bohren, senken und entgraten, schleifen und schmirgeln, drehen und fräsen, ein Jahr lang – Metall lehrt Disziplin, Metall lässt dir Hornhäute an den Händen wachsen, Metall macht dich fertig, du denkst, du formst Metall, in Wirklichkeit formt es dich.
Aber es war in Ordnung. Er wollte Erfinder werden. Er wollte dem Waisenhaus entfliehen. Metall war der Schlüssel, und deshalb arbeitete er wie besessen, kam nach Feierabend in die Werkstatt zurück, und Eislinger stellte sich neben seine Werkbank, gab ihm Tipps, als sei er sein verdammter Privatlehrling.
Auch am Wochenende floh er aus dem Heim. Auf dem Beifahrersitz von Miss Tittys Cabriolet entdeckte er das Freiburger Umland, den Kaiserstuhl, den Feldberg, Hinterzarten, das Markgräflerland, sie fuhren ins Elsass und nach Basel, sie tranken Graubrugunder, Silvaner und Müller-Thurgau und pflückten Kirschen von den Bäumen in Wasenweiler.
Hinter dem Steuer ihres offenen Käfers saß sie aufrecht, lehnte sich niemals entspannt im Sitz zurück; sie fuhr so konzentriert, dass sie nicht merkte, wie sich die Zungenspitze zwischen ihrer kleinen Zahnlücke hindurch den Weg ins Freie suchte. Das Autofahren forderte ihre Aufmerksamkeit so vollständig, dass Paul vom Beifahrersitz ungeniert ihren Busen betrachten konnte, der sich erstaunlicher-

weise wie eine massive Burgmauer vor ihr auftürmte und nicht aussah, als würden sich dort zwei aufregende lebendige Brüste befinden.

Manchmal wäre es ihm recht gewesen, sie hätte seine Erektion bemerkt, den schmerzhaft hart gewordenen Schwanz, der sich am Stoff der Cordhose rieb und der eigentlich nicht zu übersehen war, aber Miss Titty war nicht empfänglich für diese Dinge. Sie saß aufrecht und konzentriert hinter dem Steuer, und das Einzige, was sie interessierte, war, wie sie heil um die nächste Kurve kam.

Das Ende des ersten Lehrjahres bedeutete auch Abschied von der Lehrwerkstatt und Abschied von Eislinger. Am letzten Tag arbeiteten sie wie gewöhnlich, putzten dann aber eine Stunde früher die Werkbänke und Drehmaschinen, schrubbten Toiletten und Waschräume, zogen die Arbeitskleidung aus und versammelten sich zum letzten Mal an ihren Werkbänken. Heppeler junior erschien, der Obermeister und sogar der Prokurist Schmidt. Eislinger hielt eine kleine Ansprache, dass sie nun den ersten Schritt in ihrer Ausbildung zum deutschen Facharbeiter geschafft hätten. Der deutsche Facharbeiter sei das Rückgrat der Wirtschaft, und sie könnten stolz sein dazuzugehören, insbesondere bei der Firma Heppeler, die zu den besten Unternehmen in Freiburg gehöre. Jetzt sei aber auch die Schonzeit vorbei, denn ab Montag würden sie in den ganz normalen Abteilungen des Werkes ihren Mann zu stehen haben.

Dann sprach Herr Heppeler von den Gefahren, die von den überzogenen Forderungen der Gewerkschaft für unser aller Wohlstand ausgingen, und davon, dass er hoffe, sie alle würden auch in dieser Hinsicht verantwortungsvolle, wertvolle deutsche Arbeitskräfte.

Eislinger gab jedem die Hand, und der Obermeister las nun vor, in welcher Abteilung sich jeder am Montag einzufinden habe.

Paul hielt die Luft an. Den Strunz vom zweiten Lehrjahr hatten sie nach dem ersten Jahr acht Wochen lang in die Fräserei gesteckt. Montage, Fräserei und Dreherei waren die langweiligsten Abteilungen. Dort, so hatte Strunz ihm erzählt, werde in Serie produziert, die Arbeiter schufteten nach Vorgabezeiten im Akkord, und es gehe nur darum, hohe Stückzahlen zu erreichen. Immer die gleiche Arbeit, monoton, du glaubst, der Tag geht niemals rum. Mit Ausbildung habe das nichts mehr zu tun.
Die Versuchswerkstatt sei prima, dort würden neue Teile entwickelt und zur Serienreife gebracht, da käme es noch aufs genaue Schaffen an, man könne ein Werkstück von Anfang bis Ende bearbeiten, und es gebe keine Zeitvorgaben, auch der Werkzeugbau sei in Ordnung, auch da gebe es keinen Akkord. Schlosserei und Betriebselektrik seien nicht schlecht, aber die Versuchswerkstatt stehe eindeutig ganz oben auf der Hitliste, sei gewissermaßen die Beatles der Abteilungen. Du meinst die Stones, verbesserte Paul.
Paul wurde dem Werkzeugbau zugewiesen.

Hier war alles anders.
Der Meister hieß Hans Hartenberger, ein hochgewachsener Mann mit Backenbart, der Paul ein bisschen an Kapitän Ahab, den Jäger des weißen Wals aus dem Film, erinnerte. Hartenberger wies ihm seine ersten Aufgaben zu. Jeden Morgen um halb zehn Uhr in die Kantine gehen, um Brötchen, Milch, Zigaretten für alle Kollegen der Abteilung einzukaufen. Am Abend die Werkstatt fegen.
»Jeden Abend«, sagte Hartenberger.
Dann gab er ihm auf, mehrere Paletten mit neuen Werkzeugen mit Tri zu säubern. Paul füllte das Lösungsmittel in einen Eimer und wanderte von Palette zu Palette und wusch

Öl, Kühl- und Schmiermittel ab. Das farblose Zeug stank und machte ihn todmüde. Nach zwei Tagen bemerkte er, dass er wankte. Ein Arbeiter winkte ihm mit dem Zeigefinger und sagte, dass Lehrlinge während der Arbeitszeit kein Bier trinken dürften.

Erstaunlich, dass sie die großen Zeichen der Veränderung nicht lesen konnten, die mit riesigen Buchstaben bereits an der Wand geschrieben standen. Dass in Berlin ein Student erschossen worden war, las Paul im *Spiegel,* aber er dachte nicht darüber nach. Berlin war weit weg. Benno Ohnesorg wurde nie ein Gesprächsthema zwischen ihm und Alexander.
Aber die kleinen Zeichen verstand er sehr wohl. Miss Titty sagte, jetzt, wo er nicht mehr in der Lehrwerkstatt sei, solle er sie Anita nennen. Paul saß in ihrem Wohnzimmer auf der Couch und schaute den Beat-Club, als der Gott der Rebellion seinen Erzengel auf die Erde und – der modernen Zeit entsprechend – gleich ins Fernsehen schickte. Jimi Hendrix trat auf und spielte *Hey Joe.*
Er spielte Gitarre, als sei sie eine Maschine oder besser: ein Elektrowerkzeug. Er schwenkte sie zum Verstärker, provozierte so absichtlich pfeifende Rückkopplungen, hob das Instrument hoch und spielte mit den Zähnen.
Mit den Zähnen!
Paul kniete sich vor den Fernseher.
Hendrix spielte mit der Zunge und den Zähnen und verzog dabei keine Miene.
Als sei das alles normal!
»Das ist aber ein hübscher Bursche«, sagte Miss Titty, die Beatmusik nicht mochte.
Sie verstand nichts. Und sah nichts. Sah nicht, dass Hen-

drix *mit links* spielte, sah nicht, wie er mit dem Daumen der rechten Hand in die Saiten griff und deshalb seine Musik so klang, als würden zwei Gitarristen spielen.

Sie hörte nicht, dass dies ein völlig neuer Sound war, wild, frei und doch bis in jede Rückkopplung genau überlegt, unbeherrscht und technisch perfekt. Hendrix' Musik kündigte an, dass die Dinge sich ändern würden. Dass jeder so leben könne, wie er es wolle.

Aber wann?

»Mich kotzt das total an, dass die Firma uns vorschreibt, wie wir die Haare zu tragen haben«, sagte Strunz, als sie in der Berufsschule in der Raucherecke zusammenstanden.

»Mich auch. Ist doch auch ein total sinnloses Verbot.«

»Gehst du mit zum Betriebsrat?«

Paul schluckte. Betriebsrat, Gewerkschaft, nicht gerade die Freunde von Heppeler junior.

Zwei Tage später waren sie da. Strunz ging voran. Er war schließlich der Ältere.

Der freigestellte Betriebsrat hieß Horst Wagner. Er saß in einem blauen Arbeitskittel hinter dem Schreibtisch und telefonierte. Sein Büro lag im gleichen Flur wie das des Personalchefs, nur zwei Türen entfernt. Er wedelte mit der freien Hand, was wohl bedeuten sollte, dass er das Gespräch gleich beenden würde.

»Sieh mal an, hoher Besuch von unseren Lehrlingen. Was wollt ihr denn?«

Paul und Strunz standen vor dem Schreibtisch des Betriebsratschefs. Durch eine offene Tür sahen sie in einem zweiten Raum einen langen Besprechungstisch, in einem weiteren kleineren Büro tippte die Halbtagssekretärin auf einer Kugelkopfschreibmaschine.

»Es geht um unsere Haare. Wir wollen sie wachsen lassen, wie wir wollen.«

Horst Wagner seufzte. »Ich versteh euch. Aber das ist nicht so einfach. Es geht ja auch um rechtliche Bestimmungen. Um den Arbeitsschutz. Da können wir als Betriebsrat auch nicht gegen an. Wir müssen im Gegenteil dafür sorgen, dass die arbeitsrechtlichen Vorschriften und die zum Arbeitsschutz eingehalten werden. Es geht ja letztlich um eure Gesundheit. Versteht ihr?«

»Nicht ganz«, sagte Paul.

»Ich will mir nicht länger vorschreiben lassen, wie ich mich zu frisieren habe«, sagte Strunz.

Wagner seufzte zum zweiten Mal. »Was versteht ihr nicht?«

»Warum diese Vorschriften nur für Lehrlinge gelten sollen. Die Ausgelernten dürfen sich die Haare wachsen lassen, wie sie wollen. Was ist da mit dem Arbeitsschutz?«

»Die Erwachsenen sollen auch nicht rumlaufen wie Gammler.«

»Also, ich will das mal sehen, wo das steht mit dem Arbeitsschutz«, sagte Strunz.

Wagner erhob sich. »Ein Vorschlag zur Güte. Wir diskutieren das mal im gesamten Betriebsrat. Danach werden wir Herrn Heppeler auf euer Anliegen ansprechen. Ihr hört von mir.«

Kurz danach standen sie wieder auf dem Flur.

»Von dem hören wir nix mehr«, sagte Strunz.

Er hatte recht.

Sie verabredeten sich nach Feierabend auf ein Bier im Tennenbacher Hof. Paul brachte Papier mit und einen Kugelschreiber.

»Beim Schreiben bin ich nicht so gut«, sagte Strunz.

»Ich auch nicht.«

»Und jetzt?«

»Ich hab einen Kumpel. Der geht aufs Kepler. Der kann uns das aufschreiben.«

Zwei Tage später saßen sie zu dritt im Tennenbacher Hof. Alexander schrieb ihren Brief.
»Das ist höflich. Aber es ist auch ganz klar, was ihr wollt.« Er las vor:

```
Sehr geehrter Herr Heppeler,
wir, die unterzeichnenden Lehrlinge, möchten
nicht mehr gezwungen werden, die Haare kurz zu
tragen. Wir betrachten unseren Haarschnitt als
Teil der eigenen Persönlichkeit. Deshalb schlagen
wir vor, es jedem einzelnen von uns zu überlassen,
wie er in Zukunft seine Haare tragen will.
Hochachtungsvoll
```

Paul suchte seine in verschiedene Abteilungen versprengten Kollegen des ersten Lehrjahres auf. Außer dem dicken Peter, der wegen seiner schlechten Noten in der Berufsschule auf der Kippe stand, unterschrieben alle. Strunz trug den Brief dann zu seinen Kollegen des dritten Lehrjahres, die alle unterschrieben bis auf zwei, und die kaufmännischen Lehrlinge weigerten sich alle bis auf einen.
»Auf diese Pfeifen können wir verzichten«, meinte Strunz.
Vierzehn Tage später wurden alle Lehrlinge ins große Konferenzzimmer bestellt. Mulmige Atmosphäre. Sie warteten. Dann ging die Tür auf, und Heppeler junior stürmte herein. Alle hielten die Luft an. Ihm folgten der Obermeister, Eislinger und zum Schluss der Betriebsratschef Wagner.
»Wir haben Ihren Brief erhalten.«
Strunz stieß Paul an. Sie wurden nicht mehr geduzt.
»Es gibt Gründe des Arbeitsschutzes, die kurze Haare verlangen. Niemand will, dass Sie mit den Haaren in ein drehendes Teil geraten. Anderseits ist Ihr Wunsch, mit der Mode zu gehen, verständlich, wenngleich die heutige Mode scheußlich ist und ein Mann nicht aussehen sollte wie eine

Frau. Gähnen Sie nicht, Strunz. Wir haben uns die Sache überlegt und sind zu einem Entschluss gekommen. Wer bei Heppeler Haare trägt, die auf den Ohren anliegen oder gar länger sind, muss ab sofort ein Haarnetz tragen.«
Er winkte mit der rechten Hand, und der Obermeister reichte ihm mit angewidertem Gesicht ein Haarnetz, das Heppeler junior auseinanderfaltete und sich über den Kopf zog. »So ist das zu tragen. Wir haben mit dem Betriebsrat über die Kosten verhandelt.«
Wagner lächelte vor sich hin.
»Diese Dinger können Sie ab heute in der Werkzeugausgabe erhalten, jeder ein Exemplar. Wenn es verloren geht, müssen Sie es von Ihrem Lehrlingsgehalt ersetzen. Vielen Dank.« Er rannte zur Tür hinaus, immer noch mit dem Netz auf dem Kopf.
Rauschender Beifall. Sogar die kaufmännischen Lehrlinge klatschten.
Strunz stand auf und hob die Hände wie Muhammad Ali nach einem gewonnenen Kampf.

33. Paul

Der Fahrtwind ließ den grünen Seidenschal lustig flattern, den Anita sich locker um den Hals geschlungen hatte. Und er wehte auch gegen ihren Pullover, drückte ihn an ihren Körper, und heute, zum ersten Mal, trug sie einen BH, der ihre Brüste nicht in eine unförmige Barriere verwandelte. Was würde passieren, wenn er sie einfach anfasste? Sie würde anhalten und ihn rausschmeißen. Hier irgendwo auf offener Landstraße würde er stehen und konnte dann per Anhalter nach Freiburg zurückfahren.
Aber vielleicht war es das wert.
Er hob die linke Hand und bewegte sie ein Stück nach links. Anita drehte den Kopf zu ihm herüber, und mit einer schnellen Bewegung kratzte er sich am Kopf.
Schließlich hielt sie vor dem Waisenhaus. Sie schaltete den Motor aus.
»Na, willst du nicht aussteigen?«
»Nein.«
»Was willst du denn?«
»Ich will mit dir schlafen.«
Anita Böhmer sah sofort wieder nach vorne, wartete eine Sekunde, drehte den Zündschlüssel im Schloss, schaltete und startete den VW. Sie hatte den falschen Gang erwischt, und so schoss der Wagen ruckelnd nach vorne, bevor er sich beruhigte. Anita sah streng nach vorne und gab Gas.

Keiner sprach.

In der Gießenstraße hielt sie genau vor ihrer Wohnung und stieg aus, ohne Paul noch einmal anzuschauen. Er verließ ebenfalls den Wagen, unsicher, drückte den Verriegelungsknopf. Anita schloss bereits die Haustür auf. Er folgte ihr mit weichen Knien. Ohne sich um ihn zu kümmern, ging sie die Treppen hinauf, Paul einige Schritte hinter ihr, nun schon etwas sicherer. Vor ihrer Wohnung angelangt, schloss sie die Wohnungstür auf, trat ein und ließ die Tür offen stehen. Also würde es jetzt passieren. Mit einem schnellen Schritt trat er ein.

»Geh ins Schlafzimmer. Ich muss noch ins Bad.«

Pauls Mund war trocken. Er ging nach links in Anitas Schlafzimmer. Da war ein großes französisches Bett mit einem goldfarbenen Kopfteil und einer breiten weißen Tagesdecke. Er ging zurück an die Tür. Aus dem Bad hörte er, wie der Wasserhahn aufgedreht wurde.

Was erwartete sie von ihm? Paul zog an den Schnürsenkeln und öffnete die Schuhe, zog sie aus, schnippte sie in die Nähe des Schranks. Der harte Schwanz pulsierte und drückte gegen den Stoff der Hose. Aber noch deutlicher spürte er, wie es in seinem Magen rumorte. Er hatte Angst.

Sollte er sie nackt auf ihrem Bett liegend empfangen, das war irgendwie Kino. Wahrscheinlich war es so richtig. Langsam öffnete er den obersten Knopf seiner Hose und zog den Reißverschluss herunter. Im Bad plätscherte immer noch Wasser. Er atmete zweimal kräftig ein und aus. Jetzt würde *es* geschehen. Endlich. Er unterdrückte den Fluchtreflex und zog die Hose aus, dann Unterhose, Hemd und Unterhemd. Er legte alles ordentlich auf einen Stuhl, denn er wollte nicht, dass sie, wenn sie gleich nackt aus dem Bad kam, erst mal seine Kleider aufräumte. Er stellte seine Schuhe vor den Stuhl, akkurat nebeneinander. Dann legte er sich auf die Tagesdecke und wartete.

Was trieb sie so lange im Bad? Wasser lief schon lange keines mehr, aber er hörte andere Geräusche, Geräusche, die wie schmatzen klangen, wie reiben, wie klopfen. Warum dauerte das so lange?
Er probierte unterschiedliche Posen. Verschränkte die Arme unter dem Kopf. Spreizte die Beine, legte sie geradeaus, tat so, als schliefe er. Legte sich auf den Bauch, auf den Rücken, auf die Seite. Was, um Himmels willen, machte Anita so lange im Bad? Wenn nur die verdammte Angst nicht wäre!
Endlich hörte er, wie sie die Tür aufschloss. Er genierte sich wegen seiner steil in die Luft ragenden Erektion und drehte sich schnell auf den Bauch. Unter dem linken Arm hindurch schielte er zur Tür. Er sah zunächst ihren Schatten, dann sie selbst, und die Enttäuschung ließ seinen Schwanz schlapp werden, fast jedenfalls.
Sie war nicht nackt! Sie kam nicht splitternackt zu ihm, wie er erwartet, gehofft und auch befürchtet hatte. Sie trug eine Art Nachthemd, kurz immerhin und fast durchsichtig, aber durch den Stoff hindurch war die schwarze Fläche des Slips und des BHs gut zu erkennen.
Was bedeutete das?
Doch bevor er einen klaren Gedanken fassen konnte, lag sie schon halb auf ihm, ihr rechtes Bein über seinem Hintern, zog mit beiden Händen seinen Kopf unter dem Arm hervor und presste ihren Mund auf seinen. Fest und hart, die Lippen ganz dünn. Paul bekam keine Luft mehr, versuchte durch die Nase zu atmen. Dazu musste er den Kopf heben, was jedoch wegen Anitas Haltegriff nicht gelang, und so öffnete er den Mund, um nicht zu ersticken, und spürte sofort, wie sich statt des lebensnotwendigen Sauerstoffs Anitas nasse, harte, erstaunlich große Zunge in den Zwischenraum schob. Er riss sich los und atmete heftig ein und aus. Anita antwortete mit einem stöhnend-gurgelnden Geräusch, drehte sich auf den Rücken. Sie umfasste ihn, riss und zog an ihm, bis er auf ihr lag.

Mit der rechten Hand drückte sie gegen seinen Hintern, presste ihn gegen ihren Unterleib und bewegte sich dabei schnell hin und her. Was wurde von ihm verlangt? Anita ruckte und zuckte, bis sein Schwanz auf dem Stoff des Negligés und des schwarzen Slips lag. Sie musste sich doch ausziehen! Irgendetwas stimmte hier nicht! Doch Anita ruckte weiterhin, Schweißtropen bildeten sich auf ihrer Stirn, liefen Nase und Schläfe entlang. Sein Schwanz rieb auf dem Stoff hin und her, es tat weh, und es war entschieden nicht das, was er sich vorgestellt hatte.

Er sah zu Anita hinunter, um möglicherweise etwas mehr über ihre Absichten zu erfahren, aber sie hatte die Augen zusammengekniffen und schwitzte. Wieder sah er einzelne Schweißtropfen, die sich auf ihrer Stirn sammelten, sich vereinigten und dann in einem Strom die Schläfe hinunterflossen, schneller wurden, den Hals entlangschossen, um sich dann unter ihrem Negligé zu ergießen.

Er legte eine Hand auf ihren Busen, drückte erst leicht, dann etwas fester. Sie schien es nicht zu spüren. Der BH war hart wie ein Felsbrocken. Er schob eine Hand unter das Nachthemd und weiter unter den Rand des BHs. Aber das verfluchte Ding saß so fest, dass er nur einen Zentimeter weit kam. Er wollte ihren Busen sehen. Er wollte ihn in der Hand halten. Paul schob das Nachthemd auseinander, während Anita unter ihm ruckelte, als wolle sie ihn abwerfen. Einen kurzen Augenblick dachte er an einen Rodeoreiter, bevor er erneut den Ausschnitt weiter auseinanderzog und dann an dem BH zerrte. Er saß wie angewachsen. Paul zog fester. Ohne Erfolg. Miss Titty schnaubte nun, hielt die Augen immer noch geschlossen. Auf sein Ziehen reagierte sie nicht; er wusste nicht, ob sie es überhaupt bemerkte oder ob es ihr egal war.

Er griff mit beiden Händen nach unten, suchte und fand den Saum des Negligés, zog daran, und zu seiner Erleichte-

rung gab der Stoff nach. Er zog weiter und weiter, über ihren Bauch, ihre Brust bis zum Hals. Er wollte es auch über ihren Kopf ziehen, aber dazu hätte sie die Arme heben müssen, und das tat sie nicht, sodass er das zusammengerollte Negligé unter ihrem Kinn liegen ließ. Dann packte er den unteren Rand des BHs und zog nach oben. Er bewegte sich nicht. Er fühlte sich wie ein Ringkämpfer in einem aussichtslosen Kampf. Unter ihm wurden die Bewegungen heftiger, Anitas Schnauben wurde lauter, und da packte ihn eine Wut. Mit beiden Händen griff er unter den BH und zog ihn mit aller Kraft nach oben.
Und es gelang.
Vor ihm lagen für einen Augenblick zwei große, weiße, weiche Brüste, die ersten Brüste seines Lebens, echte, wirkliche, keine aus den Heftchen, die im Heim von Hand zu Hand gingen, Brüste, geschmückt mit zwei untertassengroßen rotbraunen Kreisen. Für eine Sekunde nur sah er diese Herrlichkeit, dann kippten sie zur Seite weg, als wollten sie vor ihm unter Anitas Achseln flüchten. Eine Hand griff von hinten nach seinem Kopf, drückte ihn nach unten und vergrub ihn in einer Wolke von Schweiß und Kölnisch Wasser. In diesem Augenblick bäumte sie sich auf, die Hand gab seinen Kopf frei und legte sich stattdessen vor ihren Mund. Anita zuckte noch etwas und lag dann still.
Und nun?
Anitas Hände wanderten nach unten. Mit der Linken schob sie den Slip zur Seite, mit der anderen Hand fischte sie seinen Schwanz und schob ihn dorthin, wo es warm und nass war.
»Mach«, sagte sie halblaut.
Das tat er. Er kam sofort, kurz und flach.
Anita drückte ihn zur Seite und sprang auf. Die Dusche rauschte.
Paul, der noch nicht wusste, wie fatal die Kombination von

Geilheit und Verklemmtheit war, hob den Kopf und versuchte zu verstehen, was gerade geschehen war.
Später brachte sie ihn zum Heim zurück. Während der Fahrt sprach keiner von beiden, doch als sie das Cabriolet neben dem Eingang anhielt, sagte sie leise: »Das war sehr schön.«
Paul stieg aus und sah, wie ihr Auto auf der Händelstraße immer kleiner wurde.
»Wenn Sex so ist«, sagte er laut zu sich selbst, »dann will ich nichts damit zu tun haben.«

34. Paul

Im Dezember 1967 beschloss der Freiburger Stadtrat eine Erhöhung der Preise für Straßenbahnen und Busse. Drastische Erhöhungen. Fast um die Hälfte würde das Fahren mit öffentlichen Verkehrsmitteln teurer werden. Paul rechnete. Alexander rechnete. Strunz rechnete. Alle rechneten. Und fluchten.
Dann kam Weihnachten, und Paul fuhr mit dem braun-weißen Freifahrtschein der Bahn zu seiner Mutter und ihrem neuen Mann. Der neue Mann musterte ihn misstrauisch. Mama war anders als sonst, sie war ganz klein und ganz still, wenn *er* etwas sagte. Paul mochte das nicht. Immerhin brutzelte sie ihm, was er am liebsten aß: Bratkartoffeln. Mit Zwiebeln. Vor allem aber: Sie schenkte ihm zu Weihnachten ein Uher-Tonbandgerät. Das war große Klasse. Jetzt konnte er die Hits aus dem Radio und dem Beat-Club aufnehmen und Alexander vorspielen.
Aber die Mutter wollte ihm das Gerät nicht mitgeben, es sollte bei ihr bleiben für die Tage, wenn er sie besuchte. »In Freiburg kommt es doch nur weg«, sagte sie.
Paul protestierte. Er bettelte. Er fluchte. Vergebens.
Er war fast froh, als er wieder im Zug nach Freiburg saß. Er hatte das Abteil schon verlassen und stand an der Tür des Schnellzuges, als dieser langsamer wurde, an Herdern vorbeifuhr. Durch das Fenster sah er das Heim an sich vorbei-

ziehen. Plötzlich brach er in Tränen aus. Er wollte das nicht, aber er konnte nicht anders. Er heulte, bis die Rotze floss. Eine Frau, die ebenfalls in Freiburg aussteigen wollte, reichte ihm ein Taschentuch, mit dem er sich die Augen wischte und die Nase schnäuzte. Was ist denn mit *dem*, wollte ein Mann von ihr wissen. Ich weiß es nicht, sagte sie. Vielleicht hat er Liebeskummer, in *dem* Alter.
Da musste Paul lachen. Das Heulen schlug plötzlich um, er lachte und heulte gleichzeitig, bis der Zug im Freiburger Bahnhof hielt.

Auch Alexander fluchte über die Fahrpreiserhöhungen. Seine Mutter hatte es abgelehnt, das Taschengeld entsprechend zu erhöhen. Sie wollte nur die Hälfte beisteuern.
Sie saßen auf Pauls Bett und hörten zum wiederholten Mal *Toad*, Ginger Bakers endloses Schlagzeugsolo.
»Guck mal hier«, sagte Paul und zog den neuesten *Spiegel* vom Tisch.
Er las ihm vor: *Was Gewerkschaftstrotz und Hausfrauenproteste in der Bundesrepublik nicht zuwege bringen, haben Pennäler und Lehrlinge in Bremen erreicht: Preissenkung.*
Nach Demonstrationen, Tumulten und Knüppelaktionen, wie sie sich im kleinsten deutschen Bundesland noch nie ereignet hatten, beugte sich letzte Woche in Bremen die Staatsgewalt dem Schülerstreich: Der Regierungschef der Hansestadt, Bürgermeister Hans Koschnick, 38, trat am Mittwoch auf dem Domshof hinter dem Rathaus vor das junge Volk und versicherte, die eben erhöhten Straßenbahntarife würden wieder gesenkt.
Wieso gerade dort, wo die Linke regiert, ein jugendlicher Sturm losbrach, der nicht von rechts kam, scheint rätselhaft. Bremen hat nicht einmal eine Universität, in der sich – wie andernorts – die Unruhe hätte entzünden können. Auf dem

Gelände, auf dem dereinst eine Hochschule errichtet werden soll, grasen noch die Kühe.
»Pennäler und Lehrlinge«, sagte Paul.
»Das läuft in Freiburg nicht. Hier ist doch alles schon scheintot.«
Und doch – es lag etwas in der Luft.
Zunächst nur ein Geflüster.
Dann ein Raunen.
Ein Gerücht. Es ging von Mund zu Mund.
Dann schließlich Gewissheit: Am Montag, dem 1. Februar 1968, kursierte in der großen Pause ein Flugblatt in der Gewerbeschule:

```
Wir sind nicht machtlos!
Kommt alle! Heute!
Um 13 Uhr. Am Bertoldsbrunnen.
```

Das war das Zeichen.
Darauf hatten sie gewartet!
Davon sangen die Chambers Brothers: *The time has come today.*
Das meinte Jimi: *But first, are you experienced?*
Jetzt geht's los!
Jetzt wehren wir uns.
Hier steht es: Wir sind nicht machtlos.
Wir sind gegen so vieles.
In der Berufsschule rutschte er auf seinem Stuhl umher, sah verträumt zum Fenster hinaus, merkte nicht, dass der Fachkundelehrer ihn aufrief, bis endlich um eins die Schulglocke läutete. Er wartete am Eingang auf Strunz, und dann rannten sie von der Gewerbeschule II am Bahnhof in die Innenstadt. In rekordverdächtigen sechs Minuten waren sie da und standen atemlos am Bertoldsbrunnen.
Hier war die zentrale Kreuzung der Stadt. Salz- und Ber-

toldstraße schnitten sich hier mit der Kaiser-Joseph-Straße. Hier trafen sich alle Straßenbahnlinien. Ampeln steuerten den Fluss der Autos auf der Nord-Süd-Achse vom Siegesdenkmal durch das Martinstor, darüber führten vier Zebrastreifen. Wenn der Bertoldsbrunnen blockiert wurde, stand die Stadt.

Vor den Ampeln warteten dicht zusammengedrängt Jugendliche auf dem Bürgersteig, zumeist Schüler, einige Studenten. Die Fußgängerampel stand auf Rot.

»Gleich wird's grün«, riefen einige.

»Gleich wird's grün«, antworteten andere von der gegenüberliegenden Straßenseite.

Jemand lachte.

»Gleich wird's grün!«

Dann schaltete die Ampel, das grüne Männchen leuchtete.

Langsam, im Schlenderschritt, gingen die Jugendlichen auf die Straße. Manche kehrten um, als hätten sie es sich anders überlegt, kehrten erneut um und überquerten im Schneckentempo die Straße. Als die Ampel auf Rot schaltete, waren noch viele auf der Straße. Autos hupten, die Straßenbahn bimmelte.

»Gleich wird's grün!«

Es wurde grün.

Wieder schoben sich mehrere Hundert Jungs und Mädchen auf die Straße. Langsam. Sehr langsam. Der Fahrer eines lindfarbenen Opel Kadetts schob den hochroten Kopf aus dem Fahrerfenster und schrie, dass man sie alle vergasen sollte.

»Gleich wird's grün«, rief ihm Paul zu.

»Aber nicht für dich«, schrie Strunz.

Alexander kam ihm mit drei seiner Klassenkameraden entgegen.

Die Ampel schaltete auf Rot, und noch immer drängten sich dreißig oder vierzig Schüler auf der Straße. Die Stra-

ßenbahn bimmelte noch immer, zwei weitere standen dicht hinter ihr.
Polizisten standen plötzlich an den Ecken.
»Gleich wird's grün« – nun war es schon ein Chor.
Ein ziemlich lauter Chor.
Der Kadett-Fahrer passierte fluchend die Kreuzung. Hinter ihm versuchte ein VW Käfer ebenfalls durchzukommen.
»Gleich wird's grün!«
Dann wälzte sich erneut eine Menschenmenge auf die Straße.
Fünf Jugendliche setzten sich auf die Fahrbahn. Der Käfer stand mittendrin. Am Steuer ein Mann mit Hut, der stur geradeaus sah.
Ein Student mit Brille und leuchtend rotem Haar sprach durch ein Megafon: »Gleich wird's grün. Und wer müde ist, setzt sich auf die Straße.«
»Gleich wird's grün«, antworteten ihm die Leute, und bei der nächsten Ampelschaltung setzten sich auch Paul, Strunz, Alexander und dessen Klassenkameraden auf den Zebrastreifen.
Die Straßenbahnen standen. Die Autos standen.
Wir sind nicht machtlos!
Heute ändert sich alles.
Es geht los.

MITTE

Die Eskalation des Engagements

Ich war immer ein Rebell,
weil ich ständig geladen bin.
Andererseits aber möchte ich geliebt
und anerkannt werden.

John Lennon

35. Toni

Meine erste große Liebe galt uneingeschränkt dem lieben Gott. Morgens, sobald ich die Augen aufschlug, noch bevor ich die Zähne geputzt hatte, kniete ich als Kind vor meinem Bett nieder, hob den Blick und die gefalteten Hände zum Gekreuzigten, der im Dunkeln über mich gewacht hatte, und ich dankte ihm, dass ich in der Nacht nicht gestorben war. Ich dankte ihm, dass meine Mutter, die bereits unten in der Küche rumorte, gesund geblieben war. Dann betete ich für meinen Vater und – mit zunehmendem Alter allerdings immer unwilliger – auch für meine beiden Brüder.
Wenn je jemand katholisch erzogen worden ist, dann ich. Stockkatholisch.
Meine Eltern wohnten in einem kleinen Dorf im Westerwald. Mein Vater schuftete am Ofen in der Glasherstellung in Höhr-Grenzhausen und brachte als ungelernter Arbeiter wenig Geld nach Hause. Meine Mutter war immer Hausfrau, und bis heute weiß ich nicht, wie die beiden es geschafft haben, drei Kinder großzuziehen. Wurst gab es nur einmal in der Woche, Fleisch selten und wenn, nur am Sonntag. Vater achtete darauf, dass seine Kinder Butter und Marmelade nur dünn aufs Brot strichen und nie beides zusammen. Vater und Mutter waren tief gläubig, auf eine archaische Art, sie glaubten an den strafenden Gott, an die Hölle, sie versuchten das Fegefeuer zu vermeiden, indem sie den Lehren

der Heiligen Mutter Kirche entsprechend lebten, und so erzogen sie auch ihre Kinder. Die Belohnung für eine gute Tat war selten ein gutes Wort, meist bekam ich ein Heiligenbildchen.

Wahrscheinlich hat meine tiefe Kindsfrömmigkeit dazu geführt, dass ich, seit ich denken kann, mein Leben einem hohen Ziel widmen wollte. Als junges Mädchen wollte ich unbedingt Messdiener werden, wie meine Brüder, aber das war damals nur Jungs erlaubt. Und so blieb ein Ziel: Ich wollte Nonne werden, in ein Kloster gehen, mein Leben den Armen widmen.

Im Dorf lebten einige Nonnen. Sie erteilten uns Jüngeren Seelsorgeunterricht, für die älteren Kinder veranstalteten sie im Pfarrhaus Nachmittage, bei denen sie »Benimmregeln« erklärten, sie besuchten die Alten und Bettlägerigen, beteten mit ihnen und halfen im Garten und Haushalt des Pfarrers, vielleicht auch in dessen Bett.

Mir gefiel ihr Leben, die Vorstellung, nur für Gott da zu sein, mir gefiel die radikale Idee der lebenslangen Armut und dabei doch in einer Gemeinschaft von Gleichen verwurzelt und aufgehoben zu sein und gemeinsam einer sozialen Idee zu folgen: den Armen zu helfen. So wollte ich leben. Ich wollte Franziskanerin werden.

Meiner Mutter hat dieser Wunsch gefallen. Wer damals drei, vier oder noch mehr Kinder geboren hatte, gab oft eines in den Schoß der Heiligen Mutter Kirche. Das entlastete den Haushalt, bei einem Mädchen ersparte es die Mitgift, und es vergrößerte gleichzeitig die Chance, Hölle und Fegefeuer zu entgehen.

Ich erinnere mich noch, dass Mutter lächelte, als ich ihr abends meinen Wunsch vortrug, während wir Vaters Arbeitskleider bügelten. Noch in der gleichen Woche suchte sie den Pfarrer auf und besprach alles mit ihm. So steckte sie mich zu Beginn der großen Ferien in mein bestes Kleid,

nahm mich früh an der Hand, wir fuhren gemeinsam mit der Eisenbahn erst hinunter nach Koblenz, wo wir umstiegen. Am frühen Abend erreichten wir ein Franziskanerinnenkloster in Bayern.
Wie glücklich ich war, als ich noch am gleichen Abend in der Klosterkirche niederknien und meinem Herrgott danken konnte, dass er es mir erlaubte, nun den Armen zu dienen. Zunächst zwar nur während der großen Ferien, aber ich würde bestimmt wiederkommen und den Rest meines Lebens hier in der Gemeinschaft mit den anderen Nonnen verbringen. Ich schlug das Kreuz, kniete vor dem Altar nieder und eilte leicht und in erhobener Stimmung zu Schwester Hedwig, die sich um mich zu kümmern hatte.
Das Kloster wurde die erste große Enttäuschung meines Lebens.
Die Nonnen aßen jeden Tag Wurst. Jeden Tag, außer freitags! Die Butter durfte ich so dick auftragen, wie ich wollte. Sonntags gab es Braten – jeden Sonntag! Überall lagen dicke Teppiche, im Büro der Äbtissin sogar mehrere aufeinander. Die Nonnen besaßen einen Fernsehraum mit einem Farbfernseher, während bei uns zu Hause nur ein klappriges Schwarz-Weiß-Gerät stand. Das Leben im Kloster war nicht radikal arm, es war gemütlich. Gemütlicher als bei uns zu Hause im Westerwald.
Schwester Hedwig spürte meine Enttäuschung. Sie versuchte mir das Klosterleben auf ihre Art schmackhaft zu machen. Lustig sei es hier. Es werde viel gelacht. Neulich erst hätten sie der Äbtissin einen Streich gespielt und einen mit Wasser gefüllten Zahnputzbecher oben auf die angelehnte Tür gestellt. Als die Äbtissin die Tür geöffnet habe, sei der Becher heruntergefallen und die Äbtissin sei ganz nass gewesen. Schwester Hedwig, die bestimmt die vierzig schon überschritten hatte, schlug die Hände vor dem Ge-

sicht zusammen und lachte ein Jungmädchenlachen, das ich kindisch fand.
Die Nonnen hier lebten nicht für eine Idee. Sie lebten nicht für die Armen.
Nach vierzehn Tagen reiste ich ab.
Es dauerte ein paar Wochen, bis mir klar wurde, dass die Idee, mein Leben einer sinnvollen Sache zu widmen, nicht falsch war. Das Kloster war nur der falsche Ort. Ich war erst dreizehn. Ich musste weitersuchen.

Ich sah nicht ein, warum ich nicht Messdiener werden konnte. Ich wollte das unbedingt, erstens weil ich Gott dienen wollte. Aber da waren zweitens auch die Geschichten, die meine Brüder erzählten, die beide schon mit neun Jahren Messdiener geworden waren. Sie erzählten, auf Beerdigungen könnten sie so viel essen, wie sie wollten. Joachim, der Ältere, hatte sogar schon mal einen Schnaps getrunken. Und sie zeigten mir das Geld, das ihnen der Bräutigam nach einer Hochzeit zugesteckt hatte. Aber abgeben wollten sie mir nichts.
Ich wollte wie meine Brüder sein.
Meine Mutter sagte: »Setz dich, mein Kind. Schau her, das ist so: Männer werden leicht abgelenkt, wenn eine Frau unter ihnen ist. Der Pfarrer und die Messdiener sind dann nicht so nahe bei Gott, wie sie sein sollten. Sie wollen aber ihre ganze Liebe Gott schenken. Sie möchten sich doch ganz auf unseren Herrn konzentrieren. Und das willst du doch auch.«
Dass der Pfarrer und meine Brüder sich *meinetwegen* nicht auf Gott konzentrieren konnten, fand ich absurd. Nur weil ich ein Mädchen war, wurde ich zurückgesetzt, und alle fanden das normal. Es war ungerecht. Empörend!

Als die erste monatliche Regel einsetzte, nahm mich meine Mutter zur Seite und schenkte mir ein Bildchen von der Heiligen Mutter Gottes. »Setz dich, mein Kind. Ich muss mit dir reden. Du weißt doch sicher, dass Eva das Gebot unseres Herrn gebrochen und den Apfel gegessen hat.«
Natürlich wusste ich das. »Sie hat vom Baum der Erkenntnis gegessen.«
»Ja, vom Baum der Erkenntnis. Und als Strafe für diese Sünde von Eva gebären wir Frauen unter Schmerzen. Und ab jetzt erinnert dich der Herr Jesus einmal im Monat mit kleineren Schmerzen an die Sünde der Eva.«
Diesmal wurde ich richtig wütend, und zum ersten Mal in meinem Leben schrie ich Mama an: »Schmerz, weil Eva die Sache mit dem Apfel nicht hingekriegt hat? Nicht Messdiener werden können, weil die Männer sich nicht konzentrieren können?«
»Kind, Gott liebt dich. Er hat sich schon etwas dabei gedacht, als er es so eingerichtet hat. Du kannst doch zur katholischen Jugend gehen.«

Noch etwas gehört zu mir. Seit ich denken kann, wollte ich immer wissen, wollte immer verstehen. Ich traute mir nie zu, die Dinge im Großen und Grundsätzlichen zu ändern, wie Alexander und Paul es wollten. In meinem Umfeld, in dem Radius, den ich übersehe, habe ich Kraft und Energie zur Veränderung, bin ich hartnäckig und wohl auch ehrgeizig, aber eine Umstürzlerin im großen Sinn bin ich nie gewesen.
Als Kind ahnte ich wohl eher, als dass ich es wirklich wusste, dass es außerhalb unserer Familie und unseres Dorfes viel zu entdecken gab. Klar würde ich auf der Volksschule bleiben. Das war der Normalfall.

Aber: Ich ging gern in die Schule. Und ich war gut.

»Kommt nicht infrage«, meinte der Vater, als ich ihm sagte, ich wolle aufs Gymnasium. »Irgendwann heiratest du und kriegst Kinder.«

»Ich heirate nicht.«

»Ach Kind«, sagte die Mutter.

»Das wirst du schon sehen«, sagte der Vater.

Immerhin ging meine Mutter eines Nachmittags in die Schule und redete mit der Lehrerin.

»Du bist ja die beste Schülerin«, sagte sie erstaunt, als sie zurückkam.

»Ich will aufs Gymnasium.«

»In deinem Alter war ich auch sehr gut in der Schule.«

»Ich schaffe das. Bitte!«

»Jetzt ist aber Schluss mit dem Unsinn«, sagte der Vater.

Was meine Mutter sagte, war immer vorhersehbar. Sie redete nach, was in der Bibel stand, und befolgte das, was der Pfarrer sagte. Doch zweimal überraschte sie mich. Zweimal in ihrem ganzen Leben wich sie von diesem Prinzip ab.

Vielleicht hing die erste Überraschung mit ihrer eigenen Kindheit zusammen. Sie war die jüngste Tochter meiner Großeltern, und ich weiß, dass sie sehr gerne selbst aufs Gymnasium gegangen wäre. Meine Großeltern erlaubten es nur zweien ihrer Brüder. Sie musste auf der Volksschule bleiben, weil sie ein Mädchen war.

»Ich rede mit dem Pfarrer«, sagte sie.

Sie kam wütend aus dem Pfarrhaus zurück. Dann meldete sie mich im Görres-Gymnasium in Koblenz an. »Ich kann dir nicht helfen«, sagte sie. »Du musst es alleine schaffen.«

Sie konnte mir wirklich nicht helfen. Wenn ich sie bat, meine Englischvokabeln abzuhören, wusste sie nicht, wie man die Wörter aussprach. In Mathe – Totalausfall schon im ersten Jahr. Physik, Chemie, Bio – ich war ganz auf mich gestellt.

Mutter achtete darauf, dass meine Hefte sauber geführt

wurden, meine Schrift leserlich blieb, solche Dinge. Wenn ich eine Klassenarbeit schrieb, betete sie am Vorabend. Bekam ich eine gute Note, teilte sie mir freudestrahlend mit, dass der Herr ihr Flehen erhört habe. Ich ärgerte mich und wurde wütend, denn ich wusste, dass ich die gute Note meinen eigenen Anstrengungen zu verdanken hatte.
Sie war stolz auf ihre Tochter, aber sie wusste auch, dass das Gymnasium mich ihr entfremden würde. Ich würde ihr entwachsen. Davor hatte sie Angst. Wie oft habe ich mir anhören müssen, es sei keine Schande, auf die Hauptschule ins Dorf zurückzukehren. In der 10. Klasse wollte sie mir einreden, dass Büroarbeit ideal für mich sei. Büros seien doch heute so sauber, ich würde mich da sicher wohlfühlen.
»Ich werde studieren, Mama.«
»Ach Kind, versündige dich nicht.«
Rückwirkend betrachtet hat es mir geholfen, schon früh ganz auf mich gestellt gewesen zu sein. Es brachte mir Disziplin bei. Aus unserem Dorf gingen neun Kinder in die Schule in der Stadt. Die Lehrer mochten uns nicht. Wir waren Bauerntrampel für sie. Immer mussten wir vortreten, die mündlichen Prüfungen vor der Klasse waren quälend. Sarkastische Bemerkungen, die uns sturmreif schießen sollten. Fünf von uns gingen wieder zurück ins Dorf auf die Hauptschule, darunter Edith, damals meine beste Freundin. Drei Tage habe ich geheult. Aber nur am Nachmittag. Keiner der Lehrer sollte eine Träne von mir sehen. Nur den erhobenen Kopf.

Ein Trost war die katholische Jugendgemeinde. Wir haben Kinderfreizeiten organisiert, besuchten den Speyerer Dom, pilgerten zum Heiligen Rock nach Trier, eine Woche lang befassten wir uns mit den verschmutzten Flüssen

unserer Umgebung, der Lahn, der Mosel, der Nahe und dem Rhein. Wir schrieben Wandzeitungen über die bedrohten Fischarten und verfassten einen Antrag an die Hauptversammlung des Bundes der Katholischen Jugend. Es war Demokratie im Kleinen und vor allem die einzige Gelegenheit, bei der sich die Jugendlichen im Dorf treffen konnten. Es gefiel mir.
Bis der Weihbischof kam.
Er habe unseren Antrag an die Hauptversammlung zum Umweltschutz gelesen. Das sei ein marxistischer Text. Er fragte, wer den verfasst habe. Zögernd streckten Edith und ich die Hände in die Höhe.
»Nein«, sagte der Weihbischof, »wer diesen Text *wirklich* geschrieben hat. Ihr seid doch nur vorgeschickt.«
»Niemand. Wir haben uns das alles selbst überlegt.« Und wir erzählten ihm von dem vielen Müll und den Giften, die in die Lahn gekippt werden.
Der Weihbischof seufzte und sagte, wir dürften die marxistischen Rädelsführer nicht decken. Und den Antrag müssten wir zurückziehen.
Wir sahen es nicht ein.
Und taten es doch.

Bei uns zu Hause war es immer so, dass Mutter und ich die Hausarbeit erledigten. Immer. Nur wir beide. Mama hat gekocht, nach dem Essen hat sie das Geschirr gespült, und ich habe abgetrocknet. Ich habe ihr geholfen, die Wäsche auf- und abzuhängen. Ich kann mich nicht erinnern, dass Vater oder einer meiner Brüder jemals gekocht oder abgewaschen oder Wäsche gebügelt oder irgendetwas Nützliches im Haushalt getan hätten. Das ist immer so gewesen, aber was mich wirklich zur Weißglut brachte, war, dass ich das

Zimmer meiner beiden Brüder aufzuräumen hatte. Sie lagen auf ihren Betten und lasen, während ich ihre Socken aufhob, den Boden wischte und ihre versifften Leintücher in die Waschmaschine stopfte.
»Ich putze euer Zimmer nicht mehr!«
»Kind, du versündigst dich«, sagte meine Mutter.
Joachim, der Ältere, rannte zur Kirche und kam mit einer Handvoll Broschüren zurück, die anhand von irgendwelchen Affenhorden beweisen sollten, dass Mann und Frau verschieden seien und daher auch unterschiedliche Aufgaben wahrzunehmen haben. Ich zeigte ihm einen Vogel.
»Kind, wenn du es nicht machst, muss ich auch noch das Zimmer der Buben putzen.«
Also putzte ich weiter das Zimmer meiner Brüder, der Mama zuliebe. Joachim feixte. »Vergiss die Ecken nicht, Schwesterlein.« Ich schäme mich bis heute dafür.

Alles änderte sich an dem Tag, als ich mittags von der Schule nach Hause kam und meine Mutter zum ersten Mal nicht mit dem Essen auf mich wartete. Sie war nicht da. Sie hatte keinen Zettel geschrieben. Ich suchte sie im Wohnzimmer, ich suchte sie im Schlafzimmer, ich suchte sie im Garten und in der Waschküche – vergebens. Dann kam die Nachbarin angerannt. Mutter sei in Koblenz, der Vater habe einen Unfall gehabt, auf der Arbeit, man habe ihn in die Klinik gebracht.
Am Abend kam sie müde zurück. Vater hatte Paletten mit Gläsern verladen, eine Palette sei vom Gabelstapler gestürzt. Gott sei Dank nur auf den Fuß. Aber der sei völlig vermatscht. Ratlos sah sie mich an. »Der Herr prüft die Gerechten. Was soll jetzt aus uns werden?«
Ein Bruder meines Vaters, der in Hamburg lebte, besorgte

ihm einen neuen Job. Seine Firma suche einen Fahrer, Auslieferung von Elektroteilen, keine anstrengende Arbeit, aber sie müsse gewissenhaft ausgeführt werden.
So zogen wir in die große Stadt.
Ich habe tief durchgeatmet wie schon lange nicht mehr.

36. Paul

Um halb drei setzte sich Paul neben Alexander, der mit Gerd, Hans-Jörg, Theo und einigen weiteren Mitschülern mitten auf der Straße saß. Sie klatschten sich ab.
»Pennäler und Lehrlinge«, sagte Paul, »hab ich's dir nicht gesagt?«
Strunz und er mussten dann in den Betrieb zurück. Es war Februar und bitterkalt, doch keiner von ihnen spürte die Kälte. Paul sah, wie Strunz' Augen strahlten, wie er aufrechter ging, nicht mehr so vornübergebeugt, mit größeren Schritten, federnder, freier.
An der Stempeluhr trennten sie sich. Strunz stieg die Treppen zur Schlosserei hinauf, und Paul ging über den Hof zum Gebäude II, der Betriebselektrik, der er seit einem Monat zugeordnet war. Er meldete sich bei Meister Würtele, einem groß gewachsenen, schweigsamen Mann, dem man nachsagte, er kenne jede Steckdose auf dem Werksgelände. Würtele schickte Paul zum Wareneingang, um dort beim Abladen und Einräumen einer Lkw-Ladung neu eingetroffener Kabeltrommeln zu helfen.
Gleich wird's grün. So etwas hatte er noch nie erlebt.
»Träum nicht«, sagte Würtele. »Die Trommeln müssen heute noch ins Lager.«
»Ich soll hier zum Feinmechaniker ausgebildet werden, angeblich.«

»Halt keine Volksreden. Mach, was ich dir sage.«
Sobald um 17 Uhr das Signal für Feierabend hupte, sprintete Paul zum Bus, fuhr bis zum Komturplatz und wollte dort in die Straßenbahn zum Bertoldsbrunnen umsteigen. Aber es fuhr keine Straßenbahn. Er rannte die Habsburgerstraße hinauf, und schon am Siegesdenkmal sah er, dass weder Straßenbahnen noch Autos die Kaiser-Joseph-Straße passierten. Schüler, Studenten, Lehrlinge zogen mitten auf der Straße umher, als sei hier eine Fußgängerzone. Der gesamte Freiburger Durchgangsverkehr war lahmgelegt. Auf dem Bürgersteig standen alte Männer in grauen Blousons und schimpften. Alexander mitten in der Menge. Die beiden Freunde setzten sich mit anderen auf die Straße.
Wahnsinn.
Wir sind nicht machtlos.
Dann machte eine Information die Runde: Der Oberbürgermeister hatte zugesagt, die Fahrpreiserhöhungen erneut zu überprüfen und die Preise erst im April zu erhöhen.
War es so einfach?
Sofort tauchte ein Flugblatt auf:

```
Dieses Versprechen genügt uns nicht.
Wir fordern nicht einen Aufschub der
Preiserhöhung, sondern daß die Preise
überhaupt nicht erhöht werden und für
sozial schwache Gruppen gesenkt wer-
den.

Bis das geschehen ist, demonstrieren
wir weiter.
```

Morgen sind wir wieder da.
Um 13 Uhr am Bertoldsbrunnen!

37. Alexander

Das Abendessen war unerträglich.
So wütend hatte er den Vater noch nie gesehen. Dabei hatte er nur einen kleinen Umweg fahren müssen, wegen der Demonstrationen. Mehr nicht. Einen kleinen Umweg, und darüber regte er sich auf, dass sein Gesicht rot wurde und er keine Luft mehr bekam.
»Das sind die Falken und Jungsozialisten«, keuchte er, und die Mutter sah ihn zustimmend an. »Die stürzen unseren Staat ins Chaos.«
Die Falken?
Alexander stand auf. »Ich muss noch dringend für die Bio-Arbeit lernen.«
Die Mutter nickte, er war entlassen.

Am nächsten Tag hatten sie in der ersten Stunde Latein beim alten Schluchten. In der zweiten Stunde Deutsch bei der Maier. In der großen Pause besprach sich Alexander mit Gerd, Hans-Jörg und Theo, die gestern Mittag mit ihm am Bertoldsbrunnen gewesen waren.
Als die Klasse wieder im Klassenzimmer saß, atmete Alexander tief durch und stand auf. »Alle mal herhören.«
Kurz danach verließen sie geschlossen das Klassenzimmer.

Schluchten unterrichtete jetzt in der Klasse nebenan. Er sah sie erschrocken an, als Alexander die Tür aufriss und »Alle raus!« rief. »Wir ziehen zum Bertoldsbrunnen.«
Als hätten die Schüler auf das Signal gewartet, sprangen sie auf.
Schluchten stammelte irgendwas von der Weimarer Zeit, da hätte das auch so angefangen.
»Völliger Quatsch«, sagte Alexander. »Faktisch und historisch, völliger Quatsch.«
Die Parallelklasse leerte Gerd. Er klopfte höflich an. Alle hatten den Lärm auf dem Flur gehört, und die Köpfe flogen herum, als er eintrat.
»Wir demonstrieren gegen die unsozialen Straßenbahnpreise. Das Kepler geht geschlossen zum Bertoldsbrunnen. Wieso sitzt ihr noch in euren Bänken?«
Stefan Dreyer schnaubte, wollte etwas sagen, aber da standen schon einige seiner Mitschüler auf und gingen mit steifen Schritten zur Tür. Was blieb ihm anderes übrig, als sich selbst mit widerwilligem Gesicht aus der ersten Reihe zu schrauben.
McCartney!
Lächerlich.

The time is right for fighting in the street, boy

Sie zogen um die Ecke zum Rotteck-Gymnasium.
»Rauskommen, rauskommen!«
Auch hier: Sie zogen von Klasse zu Klasse, einmal durch den großen Bau, dann war das Rotteck leer.
Das Highlight, das absolute Highlight, das wirklich Allergrößte war das Goethe-Gymnasium. Die Mädchenschule!
Der Haupteingang am Holzmarkt war verrammelt. Einige

Jungs rüttelten und drückten vergebens an der Tür. Ein paar von ihnen rannten auf den Schulhof, andere die Adelhauser Straße entlang. Sie klapperten die Nebeneingänge ab. Vergebens. Die Lehrer schützten ihre Schäfchen. Alle Türen abgeschlossen.
»Kommt raus! Kommt raus!«
Nur ein Gesicht zeigte sich an einem Fenster. Für ein paar Sekunden. Dann hatte eine Lehrerin die Schülerin wohl an ihren Platz zurückgezerrt. Aber das genügte, um den Chor anschwellen zu lassen: »Kommt raus! Kommt raus!«
Nichts rührte sich. Nicht einmal mehr ein Gesicht am Fenster.
Ein Polizeiwagen fuhr vorbei.
Da rief jemand: »Das Kellerfenster!«
Zu zweit, zu dritt drängten sie sich durch das schmale Fenster wie eine Horde Murmeltiere beim Anflug eines Adlers.
Eine halbe Stunde später war auch das Goethe leer.

Sechs Stunden lang blockierten Jugendliche an diesem Tag die Fahrbahn. Es war nun nicht mehr die überschaubare Menge vom Vortag.
Es waren viele, richtig viele.
»Achtung, Achtung, hier spricht die Polizei! Bitte räumen Sie die Fahrbahn.«
Niemand kümmerte sich darum.
Ein Stadtrat wagte sich an den Bertoldsbrunnen.
Einer! Einer von achtundvierzig.
Stadtrat Fülgraff diskutierte mit dem Studenten mit den roten Haaren und dem Megafon. Alexander stellte sich neben die beiden und hörte zu. Der Stadtrat rief zur Mäßigung auf. Nach der Arbeit tauchte Paul mit einer Gruppe Heppeler-Lehrlinge auf.

»Hast du so etwas schon einmal erlebt?«
Arm in Arm schritten sie die Kaiser-Joseph-Straße ab. Eng verbunden. Beste Freunde.
Morgen würden sie wieder hier sein.

38. Paul

Es war blanker Hass.
Meister Würtele: »Totschlagen sollte man die. Warum setzen die sich wegen ein paar Groschen auf die Straßen?«
Paul: »Mir fehlen die paar Groschen.«
Meister Würtele: »Die werden doch alle aus dem Osten bezahlt.«
Paul: »Das glaub ich nicht.«
Meister Würtele: »Machst du etwa auch da mit, mit deinen langen Haaren? Dann kannst gleich hier deinen Koffer packen.«
Paul zog es vor, die Diskussion jetzt nicht fortzuführen. Sicherheitshalber.
Doch komisch, jeder in der Firma redete davon, dass »die Studenten« (wieso, es waren hauptsächlich Pennäler und Lehrlinge) aus dem Osten bezahlt werden. Sogar Miss Titty, die er nur noch selten sah, erklärte ihm, dass diese ungewaschenen, langhaarigen Gammler alle Geld »von drüben« bekämen.
Ob da doch was dran war? Da jeder bei Heppeler das zu glauben schien, wurde er unsicher. Am dritten Tag war er wieder am Bertoldsbrunnen. Der rothaarige Student verteilte Flugblätter.
»Sag mal ehrlich, wirst du aus dem Osten bezahlt?«
Verblüfft schaute ihn der Student an. »Wart mal«, sagte er,

dann griff er in die Hosentasche und zog einen Groschen hervor und drückte ihn Paul in die Hand. »Kannst du behalten. Den hab ich von Ulbricht persönlich bekommen.« Dann verteilte er weiter seine Zettel.

»Also, Herr Würtele, ich glaub nicht, dass die aus dem Osten bezahlt werden.«
»Gehörst du auch zu denen, die Leute von der Arbeit abhalten und ›Heil Moskau‹ schreien?«
Er hätte gerne gesagt, dass am Bertoldsbrunnen niemand »Heil Moskau« rief, aber der rote Kopf des Meisters signalisierte ihm, dass es sicherer war zu schweigen. Würtele schickte ihn zum Wareneingang.
Aber es war nicht nur der Meister Würtele. Ihm schien, als würde jeder, wirklich jeder Erwachsene die Jugendlichen hassen.
»Totschlagen sollte man die«, hörte er in den Produktionshallen. »Erschießen«, in den Büros. »Alle ab in den Osten, ohne Rückfahrkarte«, hörte er auf der Straße. Noch nie hatte er so viele Gewaltandrohungen gehört, seit er Moppel entronnen war.

»Achtung, Achtung! Hier spricht die Polizei. Räumen Sie die Straße!«
Niemand kümmerte sich darum. Rückte die Polizei an, standen die Demonstranten auf und räumten den Platz. Sie zogen in großen Gruppen durch die Innenstadt und blockierten dann an anderer Stelle. Die Polizei hatte Absperrgitter am Bertoldsbrunnen aufgestellt, aber jeder, der wollte, kam auf die Straße.

Schülerinnen schenkten den Polizisten Blumen und Bonbons. Die Männer wussten nicht genau, wie sie sich verhalten sollten. Mancher kannte die Töchter und Söhne von Nachbarn. Mancher wusste wohl, dass sie Kindern gegenüberstanden, deren Eltern Respektspersonen in der Stadt waren. Also nahmen sie die Blumen und lutschten die Bonbons, auch wenn es den Befehl gab, von Demonstranten nichts anzunehmen.

Nur die Polizisten mit den bellenden Schäferhunden blieben allein. Die Polizeihunde kläfften und knurrten, zogen an der Leine und wirkten gefährlicher als ihre waffentragenden Herrchen. Jedermann machte um sie einen Bogen. Bis Alexander, der sich auf dem Münsterplatz eine heiße Rote Wurst gekauft hatte, einem der Köter den Wurstzipfel hinwarf. Der Hund schnappte ihn noch in der Luft, kaute und vergaß für einen Moment zu bellen. Jemand warf ein zweites Stück Wurst, das ebenfalls sofort verschlungen wurde. Die Umstehenden lachten, jemand lief ins Kaufhaus und kaufte ein Dutzend Wienerle. Die Hunde hatten einen guten Tag, und wahrscheinlich fanden sie die Demonstranten ganz nett. Kein Grund zum Beißen.

Doch die Polizei ließ die Situation eskalieren. Sie ging nun dazu über, »Rädelsführer« zu verhaften. Paul lief die Bertoldstraße hoch, als er sah, wie ein halbes Dutzend Männer über den Studenten mit den roten Haaren herfiel. Einige gezielte Schläge, ein paar Stöße, und er ging zu Boden. Drei zivile Greifer schnappten ihn und schleppten ihn zu einem bereitstehenden Wagen, der mit hohem Tempo anfuhr. Ehe einer der Umstehenden reagieren konnte, war der Rothaarige weg.

Das flexible Konzept der Demonstranten funktionierte trotzdem. Es gab keine straffe Organisation, es gab keine

Anführer. Jemand drückte Paul und Alexander ein Flugblatt in die Hand.

```
Gestern schaffte es die Polizei mit
Mühe und Not, den Bertoldsbrunnen bis
18 Uhr zu räumen. Heute wird sie das-
selbe schneller erreichen wollen. Um
das zu verhindern, müssen wir die fol-
gende Taktik entwickeln:

1. Keine Provokation der Polizei! Damit
   setzen wir uns unnötigerweise ins
   Unrecht!
2. Beweglich bleiben! = Nicht hinter den
   Absperrgittern stehen bleiben, sondern
   sich zerstreuen und sich neu sammeln
   an den folgenden Punkten:
   a. Friedrichsbau, b. Hertie-Baustelle,
   c. Kreuzung Rotteckring-Bertoldstraße
3. Nicht auf die Bürgersteige zurückge-
   hen, sondern langsam auf den Straßen
   rückwärts gehen.
```

Dann kamen zwei Hundertschaften aus Göppingen und zwei Wasserwerfer.

Die Landespolizeidirektion griff ein. Sie erteilte die Weisung:

1. *Der Verkehr ist unter allen Umständen nach allen Richtungen aufrechtzuerhalten.*
2. *Jede Ansammlung von Demonstranten auf der Fahr-*

bahn ist schon im Entstehen zu verhindern. Anführer sind sofort in polizeilichen Gewahrsam zu nehmen.

Zwei Wasserwerfer, solide Wertarbeit der repressionserfahrenen Firma Mercedes-Benz aus Stuttgart, mit je zwei Wasserkanonen rollten die Kaiser-Joseph-Straße hinauf. Sie schossen auch auf die Passanten. Darunter war auch Frau Hartenberger, die halbtags in der Buchhaltung von Heppeler arbeitete, und ein Lagerarbeiter, der gerade von einem Arztbesuch kam. Sie erzählten im Betrieb, was ihnen geschehen war. Langsam drehte sich die Stimmung. Frau Hartenberger erklärte, sie würde nun auch »auf die Straße gehen«.
Am Abend tagte der Studentenrat in der Alten Uni. Was konnte man tun, um die inhaftierten Schüler, Lehrlinge und Studenten freizubekommen?
Es wurde eine große Demonstration vorbereitet. Mitten in der Versammlung erschien plötzlich Polizeirat Meyer in voller Uniform. Er versprach, dass es unter seiner Führung keinen Knüppeleinsatz gäbe, wenn die Demonstrationen friedlich blieben. Zustimmung! Er wurde unter Beifall der versammelten Studenten verabschiedet.
Am nächsten Tag wurde Meyer abgelöst.
Von nun an war alles anders.
Jetzt wurde geknüppelt.
Die Polizisten aus Göppingen, selbst kaum älter als die Jugendlichen auf der Straße, prügelten auf alles ein, was sich bewegte, Demonstranten, Fußgänger, Einkaufende. Paul floh in einer Traube von Schülern vor einem Trupp Bereitschaftspolizisten die Bertoldstraße hinab. Einer seiner Mitschüler, völlig nass, mit zu Eis gefrorenem Pullover, konnte nicht mehr mithalten und stemmte die Tür zur Alten Uni auf. Das war ein Fehler. Die Polizisten waren schneller da, als er gedacht hatte. Zwei schlugen, ein anderer stieß ihn durch die Tür. Paul sah ihn später bewusstlos und blutend

auf einer Bahre liegen, als ein Krankenwagen ihn in die Klinik brachte.

Alexander erwischten sie auf der Kaiser-Joseph-Straße. Er lief mit Gerd und Theo vor dem Wasserwerfer davon, als ihnen eine Kette Bereitschaftspolizisten entgegenkam, den Schlagstock gezogen. Sie flüchteten nach links, sprangen über das Bächle und tauchten unter einer Absperrung hindurch. Vier oder fünf Polizisten stürmten hinter ihnen her auf den Bürgersteig. Drei Rentner, einer auf einen Gehstock gestützt, stürzten sich auf sie.

»Kommunist«, geiferte der eine, während der andere Gerd den Stock auf den Kopf schlug. Theo gelang es, sich zwischen ihnen hindurchzuzwängen und wegzulaufen, aber Alexander hielten sie fest. Vier Greisenhände griffen nach ihm, drei zerrten an seinem Anorak, einer zog ihn an den Haaren. Da waren die Polizisten heran, noch auf der anderen Seite der Absperrung, ein Schlag traf ihn von hinten in die Kniekehlen, und er sackte zu Boden. Einer der Alten trat ihm auf die Hand. Eine harte Hand fasste ihn an der Schulter. Eine andere packte seinen Arm. Eine schnelle Bewegung, und er riss sich los. Seine Hand war wieder frei.

»Herr Wachtmeister, ich hab ihn«, rief einer der Alten, stieß im gleichen Augenblick einen Schmerzensschrei aus und ließ Alexander los.

Paul zog seinen Freund von den Rentnern weg. Sie flohen, von wüsten Beschimpfungen begleitet, in den Eingang des Kaufhauses Werner Blust.

Endlich im Warmen.

»Ich hab eine Idee«, sagte Paul und zeigte ihm einen runden Schminkspiegel, zwei Handteller groß. »Komm mit.«

Sie verließen das Kaufhaus durch den Ausgang, der auf den Bertoldsbrunnen mündete. Vom Westen her ging die Sonne unter, und durch die beißende Februarkälte schickte sie ihre Strahlen auf die aufgewühlte Szenerie.

Als die beiden Wasserwerfer sich spritzend die Straße hinaufarbeiteten, hielt Paul den Spiegel hoch und lenkte das Licht nach rechts auf ein Verkehrsschild, dann weiter, noch weiter nach rechts – wie eine silberne Kugel tanzte der Strahl über die Mauern und Schaufenster der Geschäfte, torkelte in die Straße, spiegelte sich erst dumpf auf dem grünen Körper des Wasserwerfers, explodierte dann zu einer Lichtorgie auf der großen Frontscheibe und blendete Fahrer und Schützen gleichermaßen. Das Fahrzeug fuhr noch ein paar Meter und hielt, die Wasserkanonen auf dem Dach versiegten. Der zweite Wasserwerfer, durch den Ausfall seines Kollegen irritiert, stoppte und mit ihm die grünen Fußtruppen. Alles stockte und geriet durcheinander.
Die Jugendlichen triumphierten und sammelten sich erneut.
Der Wasserwerfer bewegte sich einige Meter nach vorne, doch Paul ließ den gleißenden Lichtball folgen.
Die Menge jubelte.
Da arbeitete sich ein Fünfertrupp Bereitschaftspolizisten durch die Umstehenden auf Pauls Spiegel zu, sich mit dem Knüppel einen Weg bahnend, und die beiden Freunde verschwanden sicherheitshalber im Bauch des Kaufhauses.

39. Alexander

Auf dem Rückweg gingen sie an dem alten Haus in der Habsburgerstraße vorbei. Wieder standen unzählige Mofas und Fahrräder im Hof, dicht aneinandergestellt wie Liebespaare.
Alexander blieb stehen.
»Wir haben kein Geld«, sagte Paul und ging weiter.
Paul drehte sich um und sah, dass Alexander sein Jetzthabe-ich-gerade-eine-Wahnsinnsidee-Gesicht machte.
»Die Falken. Oder die Jungsozialisten. Hier ist das SPD-Büro. Die gehören doch da dazu. Komm, wir gehen rein und melden uns an.«
Jetzt blieb auch Paul stehen. Warum nicht?
Die schwere Holztür war nur angelehnt. Alexander drückte sie entschlossen auf, und dann standen sie im Treppenhaus. Drei abgewetzte Sandsteintreppen, eine weiße Holztür und daneben ein weißes Emailleschild mit schwarzer Schrift: Sozialdemokratische Partei Deutschlands, Unterbezirkssekretariat.
Alexander klingelte, sie hörten Schritte, dann öffnete eine dunkelhaarige, ziemlich gut aussehende Frau die Tür.
»Ja, grüß Gott«, sagte Alexander, und Paul verzog das Gesicht. Manchmal klang Alexander wie ein obereifriger Oberschüler. »Wir beide möchten gern Mitglieder bei den Falken werden.«

»Kommt rein. Der Genosse Müller ist gerade im Büro.«
Alexander stieß Paul den Ellbogen in die Rippen. »Genosse! Hast du gehört? Genosse Müller.«
Sie traten in den erstaunlich großen Vorraum. Links sahen sie ein hohes Regal. In der unteren Ebene reihte sich Aktenordner an Aktenordner. In den Fächern darüber lagen Broschüren, Zeitungen, Infomaterial aller Art. Auf dem Boden wellte sich braun-beiges Linoleum.
Genosse Müller saß hinter seinem Schreibtisch und telefonierte. Er winkte die beiden Freunde heran und deutete auf die Stühle, die um einen kleinen Tisch gruppiert waren. Paul und Alexander setzten sich.
»Was gibt's? Was führt euch zu mir?«, fragte er mit einer angenehm tiefen Stimme, als er den Hörer zurück auf den Apparat geknallt hatte. Er stand auf und setzte sich zu ihnen an den kleinen Tisch.
Müller trug einen blauen Anzug, ein weißes Hemd, eine knallrote Krawatte, im Kragen des Jacketts steckte ein kleines silbernes Parteiabzeichen. Er hatte schwarze kurze Haare, ein akkurat gestutzter Bart wuchs ihm ellipsenförmig um den Mund.
»Genosse Müller«, sagte Alexander und rutschte auf dem Stuhl nach vorne. »Wir beide, mein Freund Paul und ich, möchten bei den Falken mitmachen.«
Müller setzte sich aufrecht. Seine Lippen kräuselten sich, und einige der seitlichen Barthaare schoben sich in den Mund. Paul bemerkte, dass er darauf kaute.
»So, so, bei den Falken. Seid ihr Schüler? Oder was macht ihr?«
»Ich gehe noch aufs Kepler. Nächstes Jahr mache ich Abitur. Paul ist Lehrling bei Heppeler.«
»Zweites Lehrjahr. Nächstes Jahr mache ich die Gesellenprüfung«, sagte Paul. »Wir würden hier gern so einen Mitgliedsantrag unterschreiben. Haben Sie so was da?«

»Heppeler. Da kennst du bestimmt den Kollegen Horst Wagner. Den Betriebsratschef. Der Kollege ist auch ein Genosse.«

Paul verzog leicht das Gesicht.

Genosse Müller glättete mit der rechten Hand den glatten Bart. »Ihr kommt bestimmt vom Bertoldsbrunnen?«

Paul und Alexander nickten gleichzeitig.

Genosse Müller strich schneller über den Bart. »Einen Mitgliedsantrag wollt ihr also? Ja, das ist nicht so einfach. Habt ihr eure Personalausweise dabei?«

»Personalausweise?«

»Ja, so eine Mitgliedschaft muss geprüft werden. Wir müssen ja sicher sein, dass ihr wirklich diejenigen seid, als die ihr euch ausgebt.« Er lachte. »Vorerst könntet ihr Plakate kleben.«

»Plakate kleben?«

»Ja, und dem Kassierer zur Hand gehen. Helfende Hände sind immer willkommen.«

Paul sah Alexander mit einem Lass-uns-hier-verschwinden-Blick an.

Doch Alexander gab noch nicht auf. »Wir wollen eher Aktionen … Sozialismus und so weiter.«

Müller erhob sich. »Kommt doch nächste Woche noch einmal mit euren Ausweisen vorbei.«

Dann standen sie wieder auf der Straße.

»Eins ist sicher«, sagte Paul. »*Die* wollen uns nicht.«

Alexander zog den Kopf ein: »So sieht's aus.«

40. Alexander heute

Seltsam, dass er gerade jetzt an die Schlacht von damals dachte.
Februar 1968; das Jahr vor seinem Abitur.
Er stoppte den Porsche auf dem Standstreifen, starrte aus dem Fenster und dachte nach. Alles war damals wie zwangsläufig geschehen, hatte Bedeutung gewonnen, war groß geworden und wichtig.
Sie hatten versucht, mit dem Spiegel zum zweiten Mal die Besatzung der Wasserwerfer zu blenden. Es gelang, aber der zweite Wasserwerfer richtete dann beide Rohre auf den Spiegel.
Sie kauften einen weiteren Spiegel. Paul fing das Licht mit dem ersten und leitete es zu dem zweiten, den Alexander in beiden Händen hielt und mit dem er versuchte, das Licht auf die große Scheibe des Mercedes zu lenken. Es gelang zweimal, meist jedoch nicht.
Paul lief nach Feierabend in die Lehrwerkstatt hinüber und machte sich mit Erlaubnis von Eislinger, der keine Ahnung hatte, worum es ging, daran, den Rahmen für einen großen Hohlspiegel zu bauen. Doch als er mit seinem Werk zufrieden war, waren die Auseinandersetzungen in der Stadt zu Ende. Aber Paul baute und schraubte weiter. Jetzt interessierte ihn die Frage ganz allgemein, wie Licht von Spiegel zu Spiegel geleitet werden konnte. Er war nun nicht mehr

nur an der demonstrationspraktischen, sondern auch an der technischen Seite der Angelegenheit interessiert.

Alexander merkte, wie er in der Erinnerung an damals den Kopf schüttelte. Falsches Krisenmanagement. Es wäre einfach gewesen, den Konflikt zu entschärfen. Der Oberbürgermeister hätte mit uns reden sollen, der Stadtrat hätte die Jugendlichen als Gesprächspartner ernst nehmen sollen.

Er startete den Porsche.

Aber sie fanden es skandalös, dass Jugendliche, Halbwüchsige für ihre Interessen auf die Straße gingen. Von Minderjährigen wollten sie sich nichts aufzwingen lassen. Krawallmacher nannten sie uns.

Der Stadtrat hat damals alles falsch gemacht.

Als die Polizei prügelte, fühlte sich der Rat stark genug, selbst die wenigen Versprechungen zu kassieren, die sie den Jugendlichen gemacht hatten. Sie setzten den Punkt nicht wieder auf die Tagesordnung ihrer Sitzung, sie übertrugen die Sitzung nicht per Lautsprecher auf den Rathausplatz. Obwohl sie es versprochen hatten.

Erst später diskutierten sie öffentlich, änderten nur Kosmetisches an den neuen Preisen. Es kamen Schulferien und Semesterferien. Sie fühlten sich als Sieger.

Völlig falsches Krisenmanagement.

Denn wir zogen unsere eigenen Schlüsse.

Die Stadt wurde nie wieder wie zuvor.

41. Paul

»Sie wollen nicht mit uns reden«, sagte Alexander. »Ich lehne den Staat ab. Auf ihn können wir nicht bauen. Das habe ich gelernt.«
Sie hatten in der Tagesschau den Bundeskanzler gesehen.
»Wir müssen lernen, mit dieser Bürgerkriegssituation richtig umzugehen«, hatte Kiesinger gesagt, die Faust über das Rednerpult gehoben und zweimal kräftig in die Luft geschlagen.
Paul und Alexander verstanden.
Jeder andere wohl auch.
»Das ist ein alter Nazi«, sagte Alexander. »Alles alte Nazis. Die denken, sie sind im Bürgerkrieg mit uns. Es hat keinen Zweck, mit denen zu reden.«
Sie dachten an die geifernden Rentner in den grauen Blousons und den Stöcken am Rande der Kaiser-Joseph-Straße.
»Wir sollten jetzt die Party im Keller in der Habsburgerstraße organisieren.«
»Und das Geld? Wieder Zigarettenautomaten knacken?«
»Wir haben ja noch die in der Heimwiese vergrabenen Markstücke.«
»Also gut.«
Sie klingelten erneut an der Tür von Dr. Groß. 30 Mark wollte er für den Abend haben, etwa 20 hatten sie.
»Ihr könnt mir auch im Garten helfen, wenn ihr euch etwas dazuverdienen wollt.«

»Das ist mir lieber«, sagte Alexander.
»Wir bringen den Freiburger Kommunen die Äpfel aus meinem Keller«, sagte der Doc.
Kommunen? Das klang gut.
So füllten sie aus den Regalen im Keller Äpfel in Gemüsekisten, die Paul beim Gottlieb besorgt hatte, und stapelten sie auf dem Rücksitz von Docs altem VW Käfer. Dann quetschten sie sich zu zweit auf den Beifahrersitz, der Doc fuhr. Sie belieferten die Kommune am Schwabentor, die Kommune in der Gartenstraße, die Kommune in der Stephanienstraße. Die Studenten freuten sich über die leicht verschrumpelten, aber immerhin kostenlosen Äpfel. Dann zockelten sie die Immentalstraße hinauf. Vor einem großen Gründerzeithaus hielt der Doc und zog die Handbremse an. Noch zwei Kisten standen auf dem Rücksitz, Paul trug die erste und Alexander die zweite. Doc keuchte vor ihnen den Weg zur Tür hinauf und klingelte.
Ein älterer Student, wahrscheinlich schon fünfundzwanzig oder noch älter, mit längeren Haaren und interessantem Bart, öffnete.
»Klaus, ich bringe euch ein paar Äpfel, die könnt ihr sicher brauchen.«
»Stimmt. Kommt rein.« Er nahm Paul die Kiste ab.
Sie betraten eine große Küche. Die Äpfel wurden auf dem Tisch abgestellt.
»Das ist Alexander, Schüler vom Kepler. Und das hier«, der Doc legte einen Arm um Paul, »das ist Paul, ein Feinmechanikerlehrling. Er geht bei Heppeler in die Lehre.«
Schlagartig stellte sich bei Paul das unangenehme Gefühl ein, dass der Doc sich mit ihm wichtigmachte. Er hatte keine Ahnung, warum. Paul trat von einem Fuß auf den anderen; er wollte gehen.
Doch der Student fixierte ihn nun. »Hallo Paul«, sagte er. Dann zum Doc: »Den Lehrling lieferst du aber bei der Betriebsprojektgruppe des SDS ab.«

Dann, jetzt wieder halb zu Paul, halb zu Doc. »Die planen eine Schulungsgruppe für Lehrlinge. Starten mit *Lohnarbeit und Kapital*.«
Alexander stand schon wieder an der Tür.
»Mach ich, Klaus«, sagte der Doc.
Schweigend fuhren sie hinunter in die Stadt.
»Kann ich da auch mit?«, fragte Alexander, als sie in die Habsburgerstraße einbogen.
»Weiß nicht, ich glaub, da dürfen nur Lehrlinge hin.«
»Paul, du nimmst mich doch hoffentlich mit, oder?«
»Ich weiß gar nicht, was ich da soll.«
»Da werden Texte von Karl Marx gelesen«, sagte der Doc.
»Klingt nicht gerade wie Rock 'n' Roll«, meinte Paul.

Am liebsten hätte Paul sich umgedreht und wäre weggerannt.
Mehrere Tische waren zu einem großen Konferenztisch zusammengeschoben. Drum herum saßen Männer mit langen Haaren, Bärten, jeder Bücherstapel vor sich aufgetürmt. Sie waren alt, Paul schätzte, dass einige von ihnen bereits Mitte zwanzig sein mussten. Der Student mit den roten Haaren saß mitten unter ihnen und kaute an einem Bleistift. Alle nannten ihn Mike. Zwischen ihnen saßen Frauen, aufregende Frauen, alle wunderschön, eine mit langen, glatten schwarzen Haaren, eine andere blond mit einer aufregenden länglichen Nase und hellen blauen Augen.
Und alle starrten ihn an.
»Der hat mich gefragt, ob ich aus dem Osten bezahlt werde«, sagte der rothaarige Student.
Alle lachten. Paul wurde es noch ungemütlicher. Alexander stand hinter ihm und schwieg.
»Du bist also Paul, der Lehrling von Heppeler.« Ein bärti-

ger Student in rotem Anorak sah ihn freundlich an. »Weißt du, wir wollen jetzt jeden Dienstag eine Schulungsgruppe für Lehrlinge durchführen. Da lesen wir zusammen Karl Marx.«
»Dienstags hab ich Handballtraining«, flüsterte Alexander.
»Wann kannst du denn?«, flüsterte Paul ihm zu.
»Bei mir geht es nur mittwochs.«
»Ich hab nur am Mittwoch Zeit«, sagte Paul laut.
Unruhe unter den Studenten. Sie redeten nun alle durcheinander.
»Mittwochs tagt die Betriebsprojektgruppe.«
»Den Termin haben wir mit Mühe und Not hingekriegt.«
»Mittwochs geht bei mir gar nicht.«
Paul atmete erleichtert aus.
Alexander flüsterte: »Dann lass ich Handball eben sausen.«
Der Bärtige im roten Anorak sagte: »Genossen, wenn der Lehrling hier Marx lesen will, sollten wir ihm die Gelegenheit dazu geben.«
Stimmengemurmel.
Und dann verschoben all diese wichtigen bärtigen Männer und all die schönen Frauen ihre Termine wegen Paul. Wegen eines Feinmechanikerlehrlings!
Vielleicht wurde das hier doch noch Rock 'n' Roll.

42. Alexander heute

Alexander Helmholtz sah auf die Uhr. Noch eine Stunde. Dann würde er Pauls Sohn treffen.
Er fuhr den Porsche jetzt untertourig. Er mochte das Kraftvolle, das gezähmt Röhrende, das gefährlich Lauernde an diesem Motor. Das vibrierende Chassis übertrug die Kraft der Maschine auf seinen Körper. Es verlieh ihm elementare Kraft und Macht. Das war natürlich Quatsch, eine Illusion, aber eine Illusion, die ihm gefiel. In einem Porsche sitzen nur alte Männer mit unterentwickelten Penissen, hatte Toni gesagt. Sie hatte ihn dann grinsend angeschaut. Immerhin, jung bist du nicht mehr, das musst du zugeben. Mein Gott, er liebte sie. Für einen Augenblick überraschte er sich selbst mit der Idee, Toni zu dem Treffen mit Pauls Sohn mitzunehmen. Aber dann würde alles ... nein, keine gute Idee.
Er steuerte den Wagen aus Günterstal heraus, an dem ehemaligen Institut für Soziologie vorbei, dem Martinstor entgegen weiter in die Stadt. Am Holzmarkt hatte er das seltene Glück, dass direkt vor ihm ein Wagen aus einer Parklücke fuhr. Er stellte den Porsche auf den frei gewordenen Platz und stieg aus.
Er ließ sich von der Menge treiben, den Touristen und Einheimischen, den Zielbewussten und Flaneuren, den Nachdenklichen und Leichtsinnigen, den Alten und Jungen, den Studenten und Schaffern, den Handwerkern und Uni-

angestellten, den Verkäuferinnen und Professorengattinnen, und landete schließlich am Bertoldsbrunnen. Straßenmusikanten aus Südamerika bliesen auf einer Panflöte das unvermeidliche *El condor pasa*, ein Jongleur warf seine Keulen haushoch in die Luft, und einmal glaubte er Toni auf der anderen Straßenseite zu sehen. Er wollte schon zu ihr hinüberlaufen, da merkte er, dass es eine andere, viel jüngere Frau war.

In der Alten Uni residierten nun die betriebswirtschaftlichen Institute, neben den Forstwissenschaftlern, die schon immer hier gewesen waren. Damals gab es hier den kleineren Schulungsraum, und Alexander erinnerte sich noch genau, wie er mit Paul an jenem ersten Mittwochabend als einziger Schüler zwischen fünf Lehrlingen an dem großen Tisch gesessen hatte. Hubert machte eine Lehre als Elektromechaniker bei Hellige, Manni lernte Schriftsetzer bei der *Badischen Zeitung*, Otmar Feinmechaniker bei Hüttinger; ein Lehrling brauste mit einer alten Horex an und nannte sich Ryder. Alle blickten neugierig und unsicher, alle hatte Alexander während der Fahrpreisdemonstrationen gesehen.

Der Student, der immer noch den roten Anorak trug, hieß Mischa. Er studiere Soziologie, sagte er, als er sich vorstellte. Er wolle das »Kommunistische Manifest« mit ihnen lesen, erst dann würde man zu den ökonomischen Schriften von Karl Marx übergehen. Er wuchtete einen Stapel roter Broschüren auf den Tisch.

»Weitergeben«, sagte er.

Ein Gespenst geht um in Europa – das Gespenst des Kommunismus. Alle Mächte des alten Europa haben sich zu einer heiligen Hetzjagd gegen dies Gespenst verbündet, der Papst und der Zar, Metternich und Guizot, französische Radikale und deutsche Polizisten.

Damals wurde ihm klar, *wie* ungebildet Paul war. Der las

den Text langsam und indem er dem Text Wort für Wort mit dem Zeigefinger folgte. Er hatte keine Ahnung, wer Metternich war. Guizot – das hatte allerdings auch Alexander damals nichts gesagt.
Er hatte sich für seinen Freund geschämt. Er erinnerte sich noch genau, wie Mischa etwas über die Weimarer Republik erzählte und plötzlich in das fragende Gesicht von Paul sah. *Weimarer Republik – nie gehört.*
Liebknecht, Bebel, Ebert – sagt mir nichts.
Kurz danach organisierte Mischa eine zweite Schulung. Erhard Lucas, ein Doktorand, unterrichtete die fünf Lehrlinge nun in Geschichte; vor allem in der Geschichte der Arbeiterbewegung. Er besorgte ihnen die Werke von Franz Mehring, sie studierten Friedrich Engels' »Geschichte des Urchristentums«, und Erhard berichtete von seinen Forschungen über den Kapp-Putsch im Ruhrgebiet.
Das »Kommunistische Manifest« mochten sie nicht besonders. Der Ton sei zu angeberisch, sagte Paul; zu pathetisch, sagte Alexander.
Zu viele Fremdwörter, fand Paul.
Aber ein paar starke Passagen hatte es schon: *Die Waffen, womit die Bourgeoisie den Feudalismus zu Boden geschlagen hat, richten sich jetzt gegen die Bourgeoisie selbst.*
Aber die Bourgeoisie hat nicht nur die Waffen geschmiedet, die ihr den Tod bringen; sie hat auch die Männer gezeugt, die diese Waffen führen werden – die modernen Arbeiter, die Proletarier.
Damit seid ihr gemeint, sagte Mischa.
Eine kleine ungemütliche Pause entstand. Fünf Lehrlinge starrten den bärtigen Studenten an, der sie lächelnd ansah.
So langsam dämmerte es Paul. Er stand nicht auf der untersten Sprosse der Leiter. Das Heimkind, das dankbar zu sein hatte, dass es Feinmechaniker werden durfte.
Er war ein Auserwählter.

Vielleicht.

Die Proletarier haben nichts in ihr zu verlieren als ihre Ketten. Sie haben eine Welt zu gewinnen.

Das fanden alle übertrieben. Sie fühlten keine Ketten. Sie wollten aufbrechen. Eine Welt gewinnen – das schon. Mädchen kennenlernen. Etwas Besseres finden, auch wenn sie nicht genau hätten sagen können, was sie damit meinten. Sie fühlten sich frei. Sie fühlten sich nicht mehr klein und schwach.

Sie waren die Auserwählten.

Die Avantgarde, wie Mischa sagte.

Schon wieder so ein Fremdwort.

43. Paul

Mischa riss ein Fenster auf. Ein Fenster, von dem Paul nicht einmal gewusst hatte, dass es existierte.
Sperrangelweit!
Ein Fenster, durch das Licht und Wärme hereinströmten.
Wissen, von dem er nichts geahnt hatte.
Aber es war schwer.
Zum Beispiel einen Satz zu verstehen, der lautete: *Die Waren werden nicht durch das Geld kommensurabel. Umgekehrt. Weil alle Waren als Werte vergegenständlichte menschliche Arbeit, daher an und für sich kommensurabel sind, können sie ihre Werte gemeinschaftlich in derselben spezifischen Ware messen und diese dadurch in ihr gemeinschaftliches Wertmaß oder Geld verwandeln. Geld als Wertmaß ist notwendige Erscheinungsform des immanenten Wertmaßes der Waren, der Arbeitszeit.*
Paul klappte den Band mit dem blauen Umschlag zu.
»Ist nicht so schwer«, sagte Mischa.
Und er erklärte: »Alle Waren bilden Wert durch Arbeit. Arbeit wird gemessen in Zeit.«
»Aber das hieße ja«, wandte Ryder ein, »wenn ich langsam arbeite, schaffe ich mehr Wert als mein Kollege, der doppelt so schnell schafft.«
»Und was ist mit Angebot und Nachfrage?«, fragte Alexander und dachte plötzlich an die Firma Ditzinger.
»Eins nach dem anderen«, sagte Mischa.

Er blätterte in seinem Buch. Band 23 der Marx-Engels-Gesamtausgabe, Dietz-Verlag, Berlin, Ostberlin genauer gesagt. Was Paul und Alexander faszinierte, waren die vielen kleinen weißen Zettel, die aus Mischas Buch lugten. Stichworte standen darauf, Notizen, einzelne Wörter. Außerdem hatte Mischa etliche Passagen unterstrichen und mit Bleistift in einer akkuraten Schrift kurze Bemerkungen an den Rand geschrieben. Sie hatten noch nie jemanden gesehen, der *so* mit einem Buch umging.

Wenn einer der Lehrlinge Mischa etwas fragte, dann kratzte er sich am Kopf und blätterte in dem Buch, als wäre er ein Hund, der nach einem Knochen gräbt. »Da hab ich's doch«, sagte er dann.

»Also, Ryder, hier hab ich die Stelle, da befasst sich Marx genau mit deiner Frage. Ich les mal vor: *Es könnte scheinen, daß, wenn der Wert einer Ware durch das während ihrer Produktion verausgabte Arbeitsquantum bestimmt ist, je fauler oder ungeschickter ein Mann, desto wertvoller seine Ware, weil er desto mehr Zeit zu ihrer Verfertigung braucht. Die Arbeit jedoch, welche die Substanz der Werte bildet, ist gleiche menschliche Arbeit, Verausgabung derselben menschlichen Arbeitskraft. Die gesamte Arbeitskraft der Gesellschaft, die sich in den Werten der Warenwelt darstellt, gilt hier als eine und dieselbe menschliche Arbeitskraft, obgleich sie aus zahllosen individuellen Arbeitskräften besteht. Jede dieser individuellen Arbeitskräfte ist dieselbe menschliche Arbeitskraft wie die andere, soweit sie den Charakter einer gesellschaftlichen Durchschnitts-Arbeitskraft besitzt und als solche gesellschaftliche Durchschnitts-Arbeitskraft wirkt, also in der Produktion einer Ware auch nur die im Durchschnitt notwendige oder gesellschaftlich notwendige Arbeitszeit braucht. Gesellschaftlich notwendige Arbeitszeit ist Arbeitszeit, erheischt, um irgendeinen Gebrauchswert mit den vorhandenen gesellschaftlich-normalen Produktionsbedingungen und dem gesellschaft-*

lichen Durchschnittsgrad von Geschick und Intensität der Arbeit darzustellen. Nach der Einführung des Dampfwebstuhls in England z. B. genügte vielleicht halb so viel Arbeit als vorher, um ein gegebenes Quantum Garn in Gewebe zu verwandeln. Der englische Handweber brauchte zu dieser Verwandlung in der Tat nach wie vor dieselbe Arbeitszeit, aber das Produkt seiner individuellen Arbeitsstunde stellte jetzt nur noch eine halbe gesellschaftliche Arbeitsstunde dar und fiel daher auf die Hälfte seines frühern Werts.«

»Es ist also so«, sagte Alexander, »in den Wert eines Produkts geht nicht die Arbeit ein, die die Arbeiter tatsächlich benötigen, sondern so viel, wie die Arbeiter …«

»Einer Branche …«, schlug Otmar vor.

»Genau«, sagte Mischa.

»Also«, fuhr Alexander fort, »in den Wert einer Ware geht die Arbeit ein, die in einer Branche durchschnittlich gebraucht wird.«

»Verstehe«, sagte Ryder.

»Aber«, fuhr Alexander fort und musste wieder an die Firma Ditzinger denken, »was ist mit Firmen, die schneller produzieren, als die Branche es tut?«

»Dieser Kapitalist streicht dann einen *Extraprofit* ein«, sagte Mischa, »darüber reden wir noch ausführlicher im dritten Band des Kapitals.«

Langsam wurden Paul auch die komplexeren Sätze klarer. Je weiter sie sich in dem Buch vorarbeiteten, desto besser und schneller verstand er. Ihm kam es vor, als würde sich etwas sehr Altes aus seinem Inneren lösen, etwas aus Metall, etwas von Rost Festgefressenes, das ihn bisher umklammert und gefesselt hatte. Jetzt gab es ihn frei.

Ich bin nicht dumm, dachte er.

Dieser Gedanke erschien ihm so kühn, so verwegen, dass er ihn gleich wieder aus seinem Kopf vertrieb. Aber es stimmte. Er konnte es in seinem Kopf förmlich *spüren*. Wie eine Bürste, die sich durch ein nie gereinigtes Rohr zwängte, den Dreck und die Verstopfungen an den Seitenwänden wegriss, wurde durch Mischa und Karl Marx Blut in neue, bisher brachliegende Regionen seines Hirns transportiert. Die Lektüre blies seinen Kopf frei. Die Vorhänge lichteten sich. Das Fenster stand weit offen.

Karl Marx machte hungrig. Nach zwei Stunden Schulung schob Paul größeren Kohldampf als nach zwei Stunden Kabeltrommeln abladen unter Würteles Aufsicht. Hin und wieder lud Mischa sie zu sich nach Hause ein. Er wohnte in einer Wohngemeinschaft in einer alten Villa mit Garten oben auf dem Lorettoberg. Er brutzelte dann Bratkartoffeln und Zwiebeln, schlug ein paar Eier dazu und einige klein geschnittene Tomaten, pfefferte und salzte das Ganze. Und verteilte die Arbeit. Jeder half. Paul schnitt die Zwiebeln; Mischa lieh ihm dazu seine Tauchermaske, damit er wegen der Zwiebeldämpfe nicht weinen musste. Otmar wusch und schnitt die Tomaten, Alexander die Kartoffeln. Hubert deckte den Tisch, nur Ryder war der Ansicht, Hausarbeit sei etwas für Frauen.
Und es gab Rotwein.
Sie saßen dann um den großen Tisch im ersten Stock. Es schmeckte herrlich.
Mischa erzählte aus seinem Leben. Eigentlich sei er Schiffsbauer. Arbeiter wie sie. Sein Vater sei im Krieg geblieben. Seine Mutter und er seien vor den Russen geflüchtet und dann irgendwo zwischen Malente und Kiel gelandet. In einem Dorf, kaum tausend Seelen stark. Er sei immer Außenseiter im Dorf gewesen. Als Letzter beim Völkerball ausgewählt worden, solche Sachen. Volksschule im nächsten, etwas größeren Dorf.

Am Ende der Schulzeit habe es dann im Arbeitsamt in Kiel einen Test gegeben. Mit diesem Test sollte herausgefunden werden, wo seine Neigungen und Stärken lagen. Mischa lachte. »Und der Test brachte ans Tageslicht, dass sich meine Neigungen und Stärken zufällig genau mit dem deckten, was die Industrie an Arbeitskräften brauchte. Ich wurde Schiffsbauerlehrling. Mit vierzehn.«
Immerhin: Er sei viel an der frischen Luft gewesen. Er habe tagein, tagaus auf einem Gerüst gelegen und Metallplatten zusammengeschweißt und zusammengenietet. Im Winter, nur einen halben Meter über dem Wasser – das war ziemlich hart. Einmal habe ein Kollege, der auf dem Gerüst ein paar Meter über ihm arbeitete, einen Fehler gemacht, und flüssiges Metall sei heruntergestürzt. Mischa schob den Pullover hoch und zeigte ihnen eine Narbe auf seinem Bauch. »Da ist das Zeug rein.« Er drehte sich um und zeigte ihnen eine breite Narbe auf dem Rücken. »Da ist es wieder raus.«
Als er wieder aus dem Krankenhaus entlassen worden war, habe ihn ein alter Betriebsrat gefragt, ob er nicht als Jugendvertreter kandidieren wolle. Das habe er gemacht, und er sei gewählt worden. Dann erzählte er von den vielen Kämpfen um die Verbesserung der Ausbildung. Darum, dass Ausbildung überhaupt erst mal stattgefunden habe. Er erzählte von dem großen Streik, mit dem sie die Lohnfortzahlung bei Krankheit errungen hatten.
Es sei dann auch der alte Betriebsrat gewesen, der ihm vorgeschlagen habe, das Abitur nachzumachen. Er habe ihn für einen schlauen Kerl gehalten. Dann Abendschule, sehr hart. Tagsüber schweißen, abends Mathe. Die Kollegen hätten Geld gesammelt, damit er im letzten halben Jahr vor dem Abitur in Ruhe lernen konnte und nicht mehr auf die Werft musste. Er habe es geschafft; 1,6 Notendurchschnitt.
Jetzt studiere er Soziologie, Industriesoziologie. Die Kolle-

gen hatten auch dafür gesorgt, dass er ein Stipendium der Hans-Böckler-Stiftung bekam. Sonst hätte er das Studium nie finanzieren können. Nie würde er den Zusammenhalt auf der Werft vergessen. Niemals.
Die Lehrlinge hörten ihm gern zu. Dann trugen sie das Geschirr in die Küche, Ryder spülte, und Alexander und Paul trockneten ab.

Mischa konnte erzählen!
Er erzählte ihnen von Kuba. Seit der Revolution könne dort jeder lesen und schreiben. Es gebe keinen Hunger mehr. Die medizinische Versorgung sei die beste in ganz Amerika, einschließlich der USA. Dort müsse man beim Arzt bezahlen – oder werde nicht behandelt. Sicher, es sei noch viel zu tun, aber die Richtung stimme.
Er zog ein Buch aus dem Regal. Auf Vorder- und Rückseite waren Muster eines Tarnanzuges abgebildet, schwarz, grün, braun. »Das Verhör von Havanna«. Mischa lieh es Paul aus. Er kam jetzt mit dem Lesen kaum noch nach.
Das offene Fenster ist nur durch einen Stapel von Büchern zu erreichen.
Er las, was er in die Finger bekam.
Der Doc schenkte ihm »Das Buch vom Es«. Er solle sich mit Psychoanalyse auseinandersetzen.
Warum nicht?

Manchmal dachte er sich aus, wie die Revolution sein würde. Aus dem Eisenbahn-Waisenhort wird ein selbstverwaltetes Jugendheim entstehen. Alle werden dort zufrieden leben, es wird keine Moppels mehr geben.

Er kaufte sich im Kaufhaus Werner Blust dicke braune, kartonierte Hefte.

Ab heute schreibe ich Tagebuch. Ich will alles aufschreiben, vom heutigen Tag bis zur Revolution. Ich bin dabei.

In einem zweiten Heft notierte er die Ergebnisse seiner Lichtexperimente.

Manchmal arbeitete er in der Lehrwerkstatt an seiner Lichtmaschine. Bis Eislinger auch nach Hause ging. Lichtmaschine – so hat er den Apparat Eislinger gegenüber genannt. Er konnte ihn schlecht *Wasserwerferblendungmaschine* nennen, obwohl das den Kern der Sache ziemlich genau getroffen hätte.

Er nahm das Licht aus einer gewöhnlichen Glühlampe, bündelte es durch einen Trichter aus schwarzer Pappe und ließ es auf einen Spiegel prallen, der es gegen einen zweiten Spiegel steuerte.

Aber es gab Probleme, und er wusste nicht recht, wie er sie lösen sollte. Erstens musste er das Licht viel besser bündeln. Am besten wäre es gewesen, wenn er es wie Wasser in einer schmalen Röhre hätte zusammenpressen können. So aber war der Streuverlust viel zu groß.

Am Abend ging er, versunken in Gedanken an Lichtbündelung und Streuverluste, über den Hof, als der schwarze Mercedes von Herrn Heppeler an ihm vorbeifuhr. Nach einigen Metern hielt der Wagen des Chefs, die Scheibe surrte wie von Geisterhand gezogen herunter – damals eine technische Sensation –, und der Chef sagte: »Guten Abend, Paul, steig ein. Ich fahr dich ins Waisenhaus.«

»Und was beschäftigt unseren besten Lehrling zurzeit«, fragte Heppeler, als der Wagen durch das Werkstor auf die Straße glitt.
Paul überlegte einen Moment, dann erzählte er ihm, dass er ein tolles Buch gelesen habe. Über Kuba. Von einem gewissen Enzensberger. Da würden riesige Fortschritte gemacht. Schulbildung, medizinische Versorgung, vielleicht noch nicht so gut wie in Deutschland, aber das müsse man im Vergleich zu den anderen Staaten Südamerikas sehen. Wenn das alles so weitergehe, würde das Leben dort wahnsinnig gut werden. Die Amerikaner hätten das verhindern wollen und Soldaten geschickt. Aber die Intervention – dieses Fremdwort ging ihm leicht über die Lippen – sei zurückgeschlagen worden.
Herr Heppeler hörte ihm zu und sagte nichts, bis sie vor dem Turm des Waisenhauses standen. Paul bedankte sich freundlich und stieg aus.
Am nächsten Tag wurde er in die Montage versetzt.
Der Rest des dritten Lehrjahres wurde hart.

44. Toni

Die Zeit mit Paul, ich meine, *diese* Zeit mit Paul, gehört zu den glücklichsten meines Lebens. Ich besuchte ihn oft. Ich stieg aus dem breiten Bett, das alles besser machte, als es zuvor gewesen war, ging nach Hause, spät am Abend, ohne jede Sorge, manchmal tanzte ich noch allein auf der Straße, manchmal blieb ich noch bis zum Morgen, und wir hörten Leonard Cohen die ganze Nacht.
Wehmut ist ein süßer Schmerz. Wenn etwas unwiderruflich gegangen ist, etwas sehr Schönes und Wichtiges, dann stellt Wehmut sich ein. Die Liebe ist für immer verloren, aber es bleibt die Erinnerung.

Trocknet nicht, trocknet nicht,
Tränen der ewigen Liebe!
Ach, nur dem halbgetrockneten Auge
Wie öde, wie tot die Welt ihm erscheint!
Trocknet nicht, trocknet nicht,
Tränen unglücklicher Liebe!

Schön, nicht wahr? Ein bisschen zu glatt, zu geschliffen, wie so vieles von Goethe, aber trotzdem: Hin und wieder lese ich es mir laut vor.

Und dann weine ich. Aber nur, wenn mich niemand sieht.

Ich besaß es doch einmal,
was so köstlich ist!
Daß man doch zu seiner Qual
Nimmer es vergißt!

Wir waren ein so ungleiches Paar. Ein so ungleiches, glückliches Paar. Er musste kurz nach sechs aufstehen, um in dieser scheußlichen Fabrik zu schuften. Seine Straßenbahn fuhr fünf Minuten vor halb sieben an der Schwarzwaldstraße ab. Er wusch sich im Halbschlaf, er trank einen Kaffee im Halbschlaf, er zog sich an im Halbschlaf, und ich, nun ja, wenn ich in der Nacht bei ihm geblieben war, lag ich noch im Bett und sah ihm still zu, wusste, dass ich ihn stören würde, morgens in dieser halb bewussten Routine.

Später stand ich dann auch auf, duschte, steckte meine Zahnbürste wieder in die Handtasche und zog die Tür seiner Wohnung im Tiefparterre hinter mir zu. Ich ging dann meist ins Café Ruef, dort saßen einige meiner Kommilitonen, die bereits Flugblätter an den Werkstoren für die Frühschichten verteilt hatten. Ich hörte mir ihre Erlebnisse an, jedes freundliche Wort eines Arbeiters wurde aufmerksam registriert und im Café Ruef gewogen, ob sich daraus eine Zustimmung zur proletarischen Revolution ableiten ließe. Dann fuhr ich nach Hause, ins Seminar, lebte etwas anderes und war doch immer noch ganz erfüllt – sagt man nicht so? – von diesem Mann.

45. Toni

1969 bestand ich das Abitur am Hansa-Gymnasium in Hamburg-Bergedorf mit einer glatten Eins. Ich war gerade achtzehn Jahre geworden, ein angepasstes Mädchen, das fleißig lernte und dem Lehrer die Tür aufhielt. Ich führte das Klassenbuch, und ich blieb sitzen, wenn der AUSS Schülerdemos organisierte. So war ich. Seltsam, wenn ich heute an das Mädchen denke, das ich damals gewesen bin, so empfinde ich merkwürdigerweise Fremdheit und Vertrautheit zugleich mit diesem hochgeschossenen und scheuen, nachdenklichen und wahrscheinlich ziemlich komplizierten Wesen. Es ist, als würde ich an jemand anderen denken, an eine Freundin, die ich früher gut gekannt, dann aber aus den Augen verloren habe. Heute bin ich ganz anders als damals und doch in mancher Hinsicht immer noch dieselbe.
Noch immer war ich neugierig, wollte wissen und verstehen, und noch immer wollte ich aus meinem Leben etwas Sinnvolles, etwas Schönes und Nützliches machen. Diesen Wunsch teilte ich mit den Freundinnen, die ich am Hansa-Gymnasium gefunden hatte. Wir waren eine eingeschworene Clique, vier Mädchen, die sich von dem Rest der Klasse absonderten und sich in eine Aura des Geheimnisvollen hüllten.
Da war zunächst einmal Reintraud, eigentlich mit diesem Vornamen, der damals nicht gerade modisch war, genug be-

straft, aber sie trug ihn, als habe sie ihn für sich selbst nach langem Nachdenken ausgesucht. Ein mageres Mädchen mit spindeldürren Beinen, großen Augen in einem länglichen Gesicht, Augen, die nie lachten; sehr klug, immer todernst. Reintraud sah aus, als hüte sie ein dunkles Geheimnis, das uns andere alle überfordern würde.

Monika war in der 9. Klasse zu uns gekommen, irgendein Lehrer verquasselte sich, und so erfuhren wir, dass sie sich die Pulsadern aufgeschnitten hatte, nachdem ihre Mutter gestorben war. Ich habe sie nie anders gesehen als in langen schwarzen Kleidern und Röcken. Die Jungs nannten sie *Juliette,* nach Juliette Gréco. Das passte gut zu ihr, und es gefiel ihr. Sie zupfte ihre Augenbrauen, damals unfassbar extravagant, sie schnitt sich selbst die Haare, trug einen Pony, der die Stirn frei ließ, und ihre langen schwarzen Haare ließ sie wachsen, bis sie ihren Busen umspielten. Die Jungs himmelten sie an, wagten es aber nicht, ihr nahe zu kommen. Allen vermittelte sie das Gefühl, unzureichend zu sein.

Angela dagegen war blond, ziemlich kräftig, schwitzte ständig und war immer nervös. Sie schrieb miserable Noten, in Mathe und Physik zogen wir sie mit, paukten jeden zweiten Tag mit ihr und brachten sie letztlich durchs Abitur. Ihr Vater war Lehrer, die Familie wohnte in einem schönen, weißen zweistöckigen Haus, komplett mit wildem Wein bewachsen. Von außen eine Idylle! Drinnen aber regierte das Grauen. Aus unserer Clique durfte ich sie als Einzige in diesem Haus besuchen. Ihr Zimmer lag im ersten Stock, direkt neben dem Schlafzimmer ihrer Mutter. Dieser Raum wurde beherrscht von einem riesigen Bett, und darin lag eine abgemagerte, schwer atmende Frau, dünn wie ein Vögelchen. Sie leide an einer Herzkrankheit, sagte Angela und fügte dann schnell hinzu: »Ist aber alles eingebildet.« In Wirklichkeit, das weiß ich heute, gierte sie nach Morphium und Tabletten. Angelas Vater, der Lehrer, kannte genügend Apotheker

und Ärzte, die Gefälligkeitsrezepte ausschrieben, aber selbst diese reichten nicht immer, und Angela erzählte mir mit grimmigem Ernst, wie sie nachts oft durch Bergedorf radelte und in wechselnden Apotheken Tabletten für ihre süchtige Mutter beschaffte.
Solchen Mädchen wollte ich helfen. Dies war die Aufgabe, die ich gesucht hatte. Nach dem Abitur schrieb ich mich für Psychologie an der Universität Hamburg ein.
Bereits nach zwei Wochen lernte ich auf einem Fest des Germanistischen Instituts Carlo kennen. Sei vorsichtig mit dem Carlo, sagte mir eine Kommilitonin aus dem dritten Semester, der kann viel zu gut küssen, um treu zu sein. Sie hatte recht. Küssen konnte Carlo, und er deflorierte mich mit einer erstaunlichen Professionalität, für die ich ihm bis heute dankbar bin.
Carlo wusste unglaublich viel. Wenn er die Bücher und die Autoren aufzählte, die er schon gelesen hatte, kam ich mir klein und unwissend vor. Ich war wissbegierig und dachte, dass ich von Carlo viel lernen könne. Stundenlang saß er mit seinen Kumpels in den Hamburger Kneipen und redete darüber, wie alles zu sein hatte, in der künftigen besseren Welt. Carlo nahm mich zu meinem ersten Teach-in mit. Ich staunte nicht schlecht, dass er, der meist helle Leinenanzüge trug, sich nun in Jeans zwängte und einen alten grünen Parka umhängte. Mir kam es so vor, als maskiere er sich. Mir erzählte er, er habe im vergangenen Semester an der Besetzung des Germanistischen Instituts teilgenommen. Aber ich wusste nicht, ob ich ihm glauben sollte.
Überhaupt die Männer: Unglaublich, wie viel sie schwatzen konnten. Ständig zählten sie auf, was sie alles lasen: Marcuse und Adorno, Marx und Weber, Freud und Jung, Sartre und Camus, Hegel und Feuerbach, Korsch und Sohn-Rethel. Sie prahlten mit den Filmen, die sie sahen: Truffaut, Godard, Chabrol. Aber keiner konnte mir etwas erklären,

was in den Büchern stand, niemand brachte mir wirklich etwas bei. Alle schwatzten und gaben nur an.

Damals war ich gefallsüchtig, das gebe ich zu, aber den Kerlen konnte man es nicht recht machen. Ich las. Las die Bücher, von denen sie erzählten, ich sah die schrecklich langweiligen Filme von Godard, doch mitreden ließen sie mich nie. Carlo, der Sohn aus gutem Hause, kannte alle möglichen Dresscodes. Fuhr er zu seinen Eltern, trug er einen schmalen Lederschlips und ein weißes Hemd. Ging er zu seinen Genossen, wählte er Jeans und Parka. Zu mir sagte er: Sei einfach spontaner. Ich hasste ihn dafür.

Ich stand früh auf, kaufte ein, putzte, räumte auf. Carlo pennte bis mittags und fand das revolutionär. Er warf mir vor, ich mache morgens zu viel Lärm. Also schlich ich aus dem Bett, war leise im Bad und in der Küche. Ich war preußisch erzogen, und plötzlich galt ich als bürgerlich. Meine Disziplin, auf die ich stolz war und ohne die ich nie das Abitur geschafft hätte, nannte er preußisch-faschistisch. Wenn Carlo sich mit seinen Soziologen betrank, zogen sie durch die Stadt und brachen Mercedessterne von den großen Autos ab, die sie dann wie Trophäen an eine Schnur gereiht in ihren Küchen aufhängten. Sie konnten alle feiern, saufen und huren, nur nicht arbeiten. Ich konnte damit nichts anfangen.

Eines von Carlos Geboten: Du sollst nicht eifersüchtig sein. Sein Ziel war, mit meinen Freundinnen ins Bett zu gehen und gleichzeitig mit deren Männern befreundet zu sein. Ergaben sich daraus Schwierigkeiten, machte er ihnen Vorhaltungen über ihr bürgerliches Bewusstsein. Ich schämte mich für ihn.

Noch immer wohnte ich bei meinen Eltern, auch wenn ich zwei- oder dreimal in der Woche bei Carlo blieb. Ich brauchte die Pille, dringend, aber ohne Einwilligung der Eltern verschrieb sie damals kein Arzt einer Frau unter ein-

undzwanzig. Ich konnte nur mit meiner Mutter zum Frauenarzt gehen. Und das war unvorstellbar. Carlo scherte sich einen Dreck um die Verhütung, es lag an mir aufzupassen, dass er nicht in mir kam. Entspannt war unser Sex nicht, jedenfalls nicht für mich.
Ich nahm mir ein Herz. Als ich zusammen mit Mama Wäsche aufhängte, sagte ich: »Ich brauch die Pille.«
Das Donnerwetter blieb aus. Sie überraschte mich zum zweiten Mal in meinem Leben. Eine Woche später gingen wir zusammen zu einem Frauenarzt, und der verschrieb mir *Eugynon*, eine entsetzliche Hormonschleuder, viel zu stark für mich. Die Brüste schmerzten, und manchmal dachte ich, innere Kräfte würden mein Becken dehnen.
Ich verteidigte mein Ego, so gut ich konnte. Mit Reintraud trampte ich nach Amsterdam. Wir hatten beide wenig Geld, aber auf dem riesigen Flohmarkt gab es lila Cordjacken, große Ohrringe, und alles spottbillig.
»Es ist wichtig, dass nicht nur die Ladenmädchen Samthosen tragen«, sagte sie, »sondern auch wir intellektuellen Frauen.«
Trotzdem: Es war keine gute Zeit. Ich war auf der Suche nach einer sinnvollen Existenz. Ich fand sie nicht im Studium, und bei Carlo und seinen Kumpels fand ich sie auch nicht. Ich wurde noch unsicherer. Unsicher im Studium, unsicher beim Sex. Und ich überlegte, ob es in einer anderen Stadt einfacher sein würde.
Ich hatte ein Schminkkästchen aus Perlmutt, das ich sehr mochte, mit einer Farbpalette und kleinen Farbtöpfchen. Wenn man es aufklappte, schillerte es in allen Farben. Ich liebte es. Und dieses Schminkkästchen warf Carlo weg. Es sei bürgerlich. Vielleicht war das schließlich der Anlass, ihn zu verlassen.
Auf meinem alten Westermann-Schulatlas suchte ich die Universitätsstadt, die am weitesten von Hamburg, dem El-

ternhaus und Carlo entfernt war, und bewarb mich in Freiburg.
In Reintrauds R4 brachen wir auf: Drei Bücherkisten, eine Kochplatte und Bettzeug, alles was ich besaß, passte in dieses kleine Auto. Arm wie eine Nonne, das Bild gefiel mir immer noch, zog ich in den Süden, getrieben von dem Entschluss, einen Halt für mein weiteres Leben zu finden. Noch am ersten Tag verbrannte ich an der Dreisam alle meine Heiligenbildchen.
So war ich, als ich Paul und Alexander kennenlernte.

46. Alexander

Entgegen seinen Befürchtungen schaffte Alexander das Abitur mit einer glatten Eins. Sogar der alte Schluchten war freundlich in der mündlichen Prüfung und wünschte ihm alles Gute für seinen weiteren Lebensweg. Er wurde Jahrgangsbester, mit Belobigung, so wie seine Eltern es von ihm erwartet hatten. Dieser Gedanke verjagte die Freude über die Noten.
Maximilian studierte bereits im zweiten Semester Maschinenbau in Karlsruhe. Und so stellte es sich der Vater auch für ihn vor. Maschinenbau, Betriebswirtschaft, irgend so einen Scheiß.
»Soziologie?«, fragte der Vater entgeistert, als er von Alexanders Plänen erfuhr. »Wenn dein Bruder Maschinenbau studiert, wirst du das wohl auch können.«
»Es ist hart, aber ich helfe dir«, sagte Maximilian.
»Kariertes Hemd und Samenstau, hurra, ich studier Maschinenbau.«
»Schluss jetzt«, sagte die Mutter. »Du bekommst von uns keinen Pfennig. Nicht für Soziologie.«
Damit war die Sache für sie erledigt.
Alexander fand ein winziges Zimmer unter dem Dach in der Salzstraße. Besuch nach 22 Uhr verboten! Damenbesuch zu jeder Uhrzeit verboten! Frau Daus, die rüstige Vermieterin, kontrollierte einmal in der Woche, ob das Zimmer

auch aufgeräumt war. Sie kassierte von ihm an jedem Ersten im Monat 50 Mark bar.

Morgens um vier Uhr wuchtete er auf dem Güterbahnhof Kisten mit Bananen und Apfelsinen aus den Waggons und stapelte sie auf die Ladenflächen der bereitstehenden Lastwagen. Eine Zeit lang trug er zusätzlich frühmorgens die *Badische Zeitung* aus. Das Geld, das er verdiente, reichte für die Miete, viele Dosen Ravioli und Packungen Mirácoli, beides jetzt seine Hauptnahrungsmittel. Manchmal, wenn sie Geld übrig hatten, trugen Alexander und Paul es in die Wolfshöhle, ein Lokal, das seinen Namen damals noch zu Recht trug. Dann aßen sie Pizza, tranken billigen, aber guten italienischen Wein und redeten über die kommende Revolution.

Das Geldverdienen war hart, trotzdem fühlte er sich so frei wie nie zuvor. Er hatte es Vater und Mutter gezeigt. Er ging seinen Weg auch ohne sie. Es machte ihn stolz, vielleicht nicht gerade morgens um vier, wenn sein Wecker klingelte, aber alles in allem war es ein guter Tausch.

Feierlich schrieb er sich am Institut für Soziologie ein, so als wäre dieser Schritt seine persönliche Unabhängigkeitserklärung. Jetzt war er Kommilitone von Mischa. Wahnsinn! Als Nebenfach wählte er Volkswirtschaft, eine ideale Kombination, dachte er. Die Soziologie würde ihm die Geheimnisse des menschlichen Zusammenlebens offenbaren, und die Volkswirtschaft ermöglichte ihm den Blick in die Ökonomie, den Maschinenraum der Gesellschaft gewissermaßen.

Das Institut für Soziologie lag in einer alten Bürgervilla aus den zwanziger Jahren, abseits, auf dem Weg nach Günterstal, abgeschottet vom normalen Unibetrieb. Weniger als hundert Studenten waren hier eingeschrieben, jeder kannte jeden, und über allem und allen schwebte die überragende Figur des Professors. Man munkelte, dass Heinrich Popitz in seinen Heidelberger Studientagen noch Assistent von

Max Weber gewesen sei. Alexander prüfte es nach. Weber starb 1920 in München, und aus dem Klappentext von Popitz' Buch »Der entfremdete Mensch« erfuhr er dessen Geburtsjahr: 1925. Er war also sicher niemals Webers Assistent gewesen. Trotzdem hielt sich das Gerücht wie eine gut erzählte Geschichte.

Ein Student aus dem sechsten Semester erzählte ihm, Popitz' Vater, ein konservativer Wirtschafts- und Rechtsgelehrter und preußischer Minister, habe sich früh dem Widerstand gegen Hitler angeschlossen und sei noch im Februar 1944 in Plötzensee hingerichtet worden. Der Professor selbst sprach nie über seine Familiengeschichte, zumindest nicht in den Vorlesungen und Übungen, die Alexander bei ihm besuchte.

Alexander, durch Elternhaus und Schule auf Konkurrenz getrimmt, fiel es schwer, die freundschaftliche geistige Atmosphäre im Institut anzunehmen. Es irritierte ihn, dass Professor Popitz, dem jedes Chefgehabe fremd und der kein lauter Mensch war, sondern eher still, fast scheu, dennoch die unangefochtene Autorität unter den Studenten und Assistenten war. Die ernsten Gespräche mit anderen Kommilitonen, die Vorlesungen von Popitz über Normen und Sanktionen und das Studium der Werke von Max Weber, den er schnell als eine Art von Gegen-Marx begriff, ähnlich belesen und mit ähnlich vielen Fußnoten und Querverweisen in seinen Werken (»noch so ein doppelstöckiges Buch«, spottete Paul, als er in »Wirtschaft und Gesellschaft« blätterte), zogen ihn an, aber sie beunruhigten ihn auch.

Schade, dass er Mischa so selten am Institut traf.

Auf der letzten Studentenvollversammlung war Mischa in seinem mittlerweile berühmt gewordenen roten Anorak ans Rednerpult marschiert und hatte langsam und deutlich ein Schreiben der Hans-Böckler-Stiftung vorgelesen.

Die Stiftung verlangte von all ihren Stipendiaten eine Erklärung, dass sie nicht Mitglied im SDS waren. Wer diese Erklärung nicht abgab, an den würden die Zahlungen eingestellt. Schweigen herrschte im Audimax, als Mischa geendet hatte. Dann nahm er den Brief, zerriss ihn langsam und ließ die Schnipsel zu Boden fallen. Applaus gab es dafür schon, aber die Stiftung machte ihre Drohung wahr, Mischa flog aus dem Stipendienprogramm. Er jobbte in der Mensaküche. Aber es reichte nicht. Ein paar Monate nachdem Alexander das Studium angefangen hatte, musste Mischa es abbrechen.
Schande über die Hans-Böckler-Stiftung!

Hubert Delius war Studienanfänger wie er, allerdings studierte er Soziologie im Neben- und Volkswirtschaft im Hauptfach. Seine Eltern betrieben einen großen Gasthof im Schwarzwald und hätten es viel lieber gesehen, wenn der Sohn sich auf Betriebs- und nicht auf Volkswirtschaft verlegt hätte. Aber Hubert beschäftigte die Frage, wie die Welt in ihrem Kern funktionierte, und er erwartete von seinem Fach Auskunft darüber.
Alexander machte seine erste Praxisarbeit zusammen mit Hubert; Thema: eine Untersuchung über den Ladendiebstahl. Mit dem Wissen und der Erlaubnis der jeweiligen Geschäftsleitungen zogen sie zu zweit durch Freiburgs Kaufhäuser und stahlen Haferflocken, Toastbrot, Käse, Milch, Wein und Champagner, was immer sie am Abend essen und trinken wollten. Sie wollten herausfinden, in welchem Verhältnis die Normverletzung des Ladendiebstahls zu den Sanktionen des Erwischtwerdens stand. Vierzehn Tage lang lebten sie herrlich von dem exquisiten Diebesgut. Dann wurde die Untersuchung eingestellt, weil sie nie erwischt

wurden. Das eigentliche Ergebnis der gescheiterten Studie war, dass Alexander und Hubert Freunde wurden. Den Abbruch ihrer Arbeit feierten sie im Gasthof von Huberts Eltern oben in Gengenbach.

47. Paul

Die Kapitalschulung war beendet – und Paul ein neuer Mensch. Er wusste nun, wie die Welt funktionierte. Mach aus Geld mehr Geld, in der Marx'schen Formel G-W-G. Dieser Mehrwert wurde erarbeitet von den Arbeitern, die mehr Wert schufen, als sie Lohn für ihre Arbeit erhielten. Dieser Mehrwert machte Herrn Heppeler junior reich.
Meine Arbeit macht ihn reich.
Strunz macht Heppeler junior reich.
Schwer auszuhalten, wenn man *das* begriffen hatte.
Mischa schlug als Nächstes die Lektüre von Lenins »Was tun?« vor. Alexander verließ die Schulungsgruppe, weil er am Institut für Soziologie genug zu tun hatte. Stattdessen schleppte Paul Strunz mit. Reinhold, ein Lehrling vom Herder-Verlag, der zum Verlagsbuchhändler ausgebildet wurde, wollte ebenfalls mitmachen. Das löste eine Debatte darüber aus, ob kaufmännische Lehrlinge überhaupt dabei sein durften.
»Der gehört ja nicht zur Arbeiterklasse«, sagte Ryder. »Also hat er bei uns auch nichts zu suchen.«
»Vielleicht ist er ein Spitzel vom Verfassungsschutz?«, sagte Manni.
Da rastete Reinhold aus: »Was seid ihr denn für Arschlöcher? Die Lehrlinge von Herder, die gegen die Fahrpreiserhöhungen demonstriert haben, wurden abgemahnt. Wir

seien die Elite der Verlagslandschaft, und da gehöre es sich nicht, auf die Straße zu gehen, haben sie uns gesagt. Und jetzt seit ihr genau solche Idioten wie die Herder-Kapitalisten.«

Das imponierte. Reinhold durfte mitmachen.

Lenin gefiel den Lehrlingen nicht so gut wie Marx. Lenin behauptete, dass das revolutionäre Bewusstsein der Arbeiterklasse von außen in sie hineingetragen werden müsse. Das sei die Aufgabe der revolutionären Intelligenz. Ryder und Manni meinten, die Arbeiter bräuchten keine Hilfe von außen. Paul war sich in dieser Frage nicht sicher. Strunz sagte, die erwachsenen Kollegen bei Heppeler seien so verblödet, dagegen käme auch die revolutionäre Intelligenz nicht an. Das habe man doch bei den Straßenbahnaktionen gesehen. Die zahlten lieber mehr, als auf die Straße zu gehen.

»Alle, die älter sind als wir, sind für die Revolution verloren«, sagte er.

Die Lenin-Schulung verlief im Sande.

Bernie, ein anderer Student, führte die Ökonomieschulung weiter. Jetzt beschäftigten sie sich auch mit den bürgerlichen Ökonomen, lasen Schumpeter und Keynes. Das Fenster öffnete sich weiter.

Mischa nahm Paul und Strunz zur Seite.

»Wieso gibt es bei Heppeler eigentlich keine Jugendvertretung?«

Paul sah Strunz an. Beide zuckten mit den Schultern. »Keine Ahnung.«

Dafür brauchten sie das Betriebsverfassungsgesetz. Wieder Lektüre.

Horst Wagner war dagegen: »Eigentlich braucht ihr das nicht. Der Betriebsrat kümmert sich um alles, auch um eure Belange.«

»Wie bei den Haaren«, sagte Strunz.

Wagner sah ihn mit offener Abneigung an. »Es steht euch natürlich zu. Wenn ihr kein Vertrauen zu mir habt.«
»Nicht so richtig«, sagte Paul.
Dreißig Lehrlinge trafen sich im Nebenzimmer des Tennenbacher Hofes. Sogar von den kaufmännischen Lehrlingen erschienen fünf. Sie setzten sich an einen anderen Tisch, aber immerhin waren sie da. Strunz führte das Wort. Er sagte, man solle alle Forderungen sammeln, die die Jugendlichen gegenüber Heppeler aufzustellen hätten.
Es kam einiges zusammen:

Nicht mehr länger Einkaufsdienste machen
Erstattung des Fahrgeldes für Straßenbahn und Busse
Berichtshefte sind während der Arbeitszeit zu schreiben
Lehrlinge sind keine billigen Arbeitskräfte in der Montage

Elli, die Industriekauffrau lernte, sagte unter dem lauten Applaus aller, die kaufmännischen Lehrlinge wollten nicht länger allein für die Firmenablage schuften, keine Werbebriefe mehr zusammentragen müssen, die Mädchen wollten nicht länger als drei Wochen im Schreibbüro arbeiten.
Diese Forderungen wurden einstimmig aufgenommen.
»*Übernahme der Essenskosten durch die Firma*«, schlug Paul vor.
Das löste eine längere Diskussion aus. Einige meinten, das könne man nicht verlangen, weil sie ja sowieso essen müssten.
»Aber wovon werden wir denn hungrig?«, rief Strunz. »Wir werden doch hungrig, weil wir so viel arbeiten. Würden wir im Bett liegen, müssten wir nicht so viel essen.«
Das leuchtete allen ein.
Übernahme von 70 Prozent der Essenskosten wurde einstimmig beschlossen.
Wagner sorgte dafür, dass die IG Metall den *Forderungs-*

katalog der Heppeler-Lehrlinge zur Jugendvertreterwahl druckte.
Dann kam die Wahl; Strunz erhielt die meisten Stimmen, Paul wurde sein Stellvertreter. Von den kaufmännischen Lehrlingen wurde Elli gewählt.
»Gut gemacht«, sagte Mischa.

48. Paul

»Wenn die etwas Richtiges schaffen würden, dann bräuchten sie nicht zu demonstrieren.«
So hörte er es bei Heppeler. Jeden Tag.
Aber das passte nicht dazu, wie er die Studenten erlebte. Ihre ernsthaften Diskussionen über das richtige Leben, darüber, welche Rolle der Staat spielte, welche die Arbeiterklasse und welche sie selbst.
Nun wurden die *revolutionären Lehrlinge,* wie sie nun hießen, auch auf die Feste der Studenten in die Schwabentor-Kommune oder ins Ulrich-Zasius-Haus eingeladen. Und in den Keller vom Doc in der Habsburgerstraße. Keinen Gedanken verschwendeten sie mehr an die Kellermiete. Sie tanzten nicht, saßen herum, tranken, tranken viel und ließen sich bestaunen. Sie hörten Cream, King Crimson und das Endlosstück *In-A-Gadda-Da-Vida.*
Paul brachte Strunz mit zu solchen Feten.
Wahnsinn, wir sind hier die Kings.
Manuela, eine rothaarige Germanistin, war die Erste, die ihn mit in ihr Zimmer in der Guntramstraße nahm. Es war kalt, und sie brachte als Erstes den alten Ölofen auf Hochtouren, zog sich aus und kroch unter die Decke eines nicht sehr stabil wirkenden Bettes. Paul tat es ihr nach. Auf dem klammen Leintuch drückten sie sich aneinander, wärmten sich Bauch an Bauch, und Paul ließ seine Hände den glatten Mädchen-

rücken hinuntergleiten, die Pobacken umfassen, wieder zurückwandern, während ihre Hände das Gleiche taten. Als der Ölofen endlich seiner Pflicht nachkam und es ordentlich warm geworden war, kickte sie mit dem Fuß die Bettdecke auf den Fußboden, um ihn näher zu betrachten. Auch er schaute. Und so sah er zum ersten Mal diese rosa lockende Spalte, völlig unzureichend verdeckt von hellrotem Flaum. Diese Pracht; es sah viel aufregender aus, als er sich das ausgemalt hatte. Jetzt berühre ich zum ersten Mal eine Möse! So weich! So zart! Und feucht? Tatsächlich war sie auch das.
»Hast du keine Pariser dabei?«
»Ich? Äh, nein, hab ich nicht.«
»Dann wird nicht gevögelt. Nur fummeln. O. k.?«
Ja, ja, ja – er konnte sich an dem Bild – nur fünf Zentimeter vor seinen Augen – nicht sattsehen. Aber er wusste ja: Ich muss auch an die Befriedigung der Frau denken. Paul nahm einen Finger und suchte, erst viel zu weit oben – ach, so weit unten ist es –, fand und steckte den Zeigefinger hinein. In diese wunderbare Wärme. Er zog ihn wieder raus und schob ihn wieder tief ins Warme.
»Sag mal, hast du noch nie was von der Klitoris gehört?«
Schon wieder so ein Fremdwort.
Manuelas Vorstellungen von der Arbeiterklasse wurden wohl etwas enttäuscht in dieser Nacht. Aber Paul torkelte fassungslos vor Glück durch die kalte Nacht, nachdem sie ihn nach Hause geschickt hatte.
Doris, die draußen an der PH studierte, nahm ihren pädagogischen Auftrag ernster.
Guck mal hier.
Probier das.
Genau dort.
Sanfter.
Fester.
Jetzt mehr an der Seite.

Jetzt nimm mal die Zunge!
Die Zunge?
Ja los, mach.
Und ein neuer Kosmos eröffnete sich ihm.
»Hast du Kondome dabei?«
»Ja, sicher.«
Cordula roch nach frisch geschlagenem Holz.
Er roch. Und leckte.
Er kannte jetzt die entscheidende Stelle.
Sein Herz raste.
Mit beiden Daumen strich er die dunklen, fast struppigen Haare beiseite und legte diesen in rosa Fleisch eingelegten kleinen Zauberknopf frei.
Beate sagte: »Leg dich auf den Rücken.« Sie war es, die seinen Schwanz als Erste in den Mund nahm. Ein Gefühl von nie erlebter Süße fuhr in jede einzelne Körperzelle und brachte sie in Aufruhr.
Dass es so etwas überhaupt gibt!
Gefällt dir das? Ist es so richtig?
Er konnte nicht reden.
Jede dieser wunderbaren Frauen sah anders aus.
Angelikas Schamlippen wandelten sich von hellem Rosa zu einem braunen Rand, wie eine exotische, gefährliche Urwaldpflanze, die er als Erster entdeckt hatte. Und sie schmeckte nach Zitrone! Er bekam nicht genug davon. Bei Sabine, die etwas kräftiger gebaut war, sah er alles geschlossen zu einem schmalen Schlitz zusammengepresst wie bei einem dünnlippigen Menschen. Doch darunter wartete lebendiges weiches Fleisch, das seine Finger öffneten wie eine reife Muschel. Jutta, das fand er zunächst sonderbar, hatte sich alle Haare zwischen den Beinen abrasiert, und für einen Augenblick dachte er, sie sei vielleicht krank. Auf dem Po entdeckte er gerötete Poren, und er dachte für einen Augenblick an ein gerupftes Huhn.

Marions Möse war klein und eng und leistete seinem Eindringen vorübergehenden Widerstand, Reginas dagegen war so weit, dass er sich darin verlor wie in einem weiten Meer.

Jede dieser Frauen war anders, und er konnte all diese herrlichen Unterschiede studieren. Mein Gott, was hatte er in den letzten Jahren verpasst. Dass sie *so* schön waren, hatte er nicht geglaubt.

Und das Beste war: Jede Frau kam auf eine andere Art zum Orgasmus.

Beate setzte sich auf ihn, und er fürchtete sofort, er könne schlapp werden. Doch sie spürte ihn ziemlich gut, ritt fester, auf und ab, bis sie wieder zufrieden mit ihm war, und bewegte dann den Unterleib vor und zurück, erst langsam, dann schneller, und Paul sah die Woge förmlich in ihr aufsteigen, bis sie mit einem lauten Seufzer über ihm zusammenbrach.

Angelika kam nur, wenn er sie von hinten nahm. Jutta machte es sich selbst, und als er sie bat, ihr zusehen zu dürfen, blies ihm die Geilheit das Hirn aus dem Kopf, und er stürzte sich auf sie, sobald sie die Hand zwischen ihren Beinen zurückzog.

Er lernte in dieser Zeit mehr als bei Lenins »Was tun?« und mehr als bei Trotzkis »Permanenter Revolution«. Er lernte, auf jeden Frauenkörper einzugehen, nicht vorzupreschen, sie zu erkunden, sie zu bestaunen, ihre Besonderheit zu erkennen. Er liebte jede Einzelne von ihnen. Und wie! Noch vor einem halben Jahr hatte er gedacht, Frauen seien unerreichbar für ihn bis an sein Lebensende, und *solche* Frauen erst recht.

Und jede Einzelne machte ihm klar, was ihm nun langsam dämmerte: Er war gar nicht hässlich! Er war gar nicht liebensunwert! Manchmal dachte er sogar: Ich bin sexy!

Er stand in der Montage inmitten des Tri-Gestankes, die

Stanzmaschinen gaben den Rhythmus vor: *kawumm, kawumm,* die Schweißmaschinen spielten die Melodie: *tikitaka, tikitaka,* und er schrie in ihren Lärm hineinein: Ich bin sexy.
Es lebe die Avantgarde.

Er saß dann vor seinem braunen Tagebuch und überlegte, ob er über die Frauen auch schreiben sollte. Mit der Revolution hatten seine Erlebnisse doch nichts zu schaffen. Oder doch? Er saß vor dem aufgeschlagenen Notizheft, kaute auf dem Füller herum und konnte sich nicht entscheiden.

49. Paul

Sein Gesellenstück baute er aus einer Metallplatte, auf die er zwei konkave Spiegel montierte. In einem Metallrohr montierte er eine Lampe, die den Strahl auf den ersten Spiegel warf, dieser reflektierte ihn auf den zweiten und von dort wieder auf den ersten zurück. Er bekam für diese Arbeit eine glatte Eins, aber er war trotzdem nicht zufrieden. Der Verlust sei zu hoch, erklärte er dem Obermeister. In einem der vielen Technikhefte, die er mittlerweile abonniert hatte, las er, dass in Amerika ein Forscher Laserlicht erzeugt hatte, nur mithilfe eines Rubins und eines Blitzlichts. Er lag nun seiner Mutter in den Ohren, dass sie ihm ihre Rubin-Ohrringe ausleihen solle, doch die lehnte das strikt ab.
Heppeler übernahm Strunz und Paul. Paul kam in die Versuchsabteilung, Strunz in den Werkzeugbau. Sie verdienten jetzt richtiges Geld, einen Stundenlohn von 4,97 Mark.
Und das Beste war: Er konnte aus dem Heim ausziehen. Alles verlief erstaunlich unspektakulär. Alexander lieh sich den Mercedes seines Vaters. Alles, was Paul besaß, Kleider, Bücher und die Platten, passte in den Kofferraum. Er mietete ein Zimmer in der Hildastraße, ein langer Schlauch im Hinterhof, früher wohl eine Werkstatt. In den vorderen Bereich stellte er einen Schreibtisch, den er auf dem Sperrmüll gefunden hatte, einen Schrank und die erste wirkliche Investition, ein breites Bett. Im hinteren Teil brachte er seine

Spiegel, Lichtquellen, Werkzeuge und seine Modelle unter. Toilette und Dusche waren im Haupthaus. Warmes Wasser floss nur, wenn man einen Automaten zuvor mit Münzen fütterte. Nebenan war eine Bäckerei, die jeden Morgen um vier Uhr die Rührmaschine anwarf, und die kleinen braunen Kakerlaken machten hin und wieder Ausflüge in Pauls Wohnung. Aber was machte das? In Webers Weinstube, die bis um drei Uhr Wein und Bier ausschenkte, konnte er nun in nur zwei Minuten sein. Beste Lage, deine Wohnung, sagte Alexander.
Die »O« überreichte ihm zum Abschied ein Sparbuch mit seinem angesparten Lehrlingslohn: 2.450,67 Mark.
Er kaufte sich einen Dual-Plattenspieler.
Endlich.
Alexander war lieber in der geräumigen Wohnung Pauls als in seiner Bude mit der misstrauischen Vermieterin. Er blieb oft auch über Nacht, und nach ein paar Wochen deponierte er einen Schlafsack in Pauls Werkstatt. Aber auch die anderen erschienen oft und gingen manchmal nach einem Abend in Webers Weinstube direkt von der Hildastraße zur Arbeit.
Nach zwei Wochen fehlte der Schlüssel zur Haustür, es war nicht mehr festzustellen, wer ihn verloren hatte, und Paul verkündete, dass der Ersatzschlüssel zur Haustür ab sofort immer draußen hinter der Regenrinne liegen würde, und jeder müsse ihn dahin auch wieder zurücklegen. Die Tür zu seiner Wohnung sei immer offen.

50. Toni

Der Anfang bestimmt die Struktur. Das gilt für die Liebe. Für jedes Begehren. Für jede Geschichte. Und natürlich weiß ich, wie es für mich anfing mit Paul und Alexander. Damals lag das Institut für Psychologie noch mitten in der Stadt, direkt neben dem Hauptgebäude der Universität, es hatte ehrwürdige getäfelte Vorlesungssäle. Der Holzfußboden knackte, wenn man über die Flure ging. Aber Freiburg bot gleich die erste große Enttäuschung: Das Studium war eine Farce. Es wurde noch Grafologie gelehrt. Wir lernten den Rorschachtest. Wir lernten den Farbpyramidentest. Aus der Kombination der Farben, die eine Testperson wählte, wurde auf dessen Charakter geschlossen. Mir kam es vor, als würde ich im Kaffeesatzlesen ausgebildet. Es war mir zutiefst zuwider.
Als ich einen vorsichtigen Einwand wagte, musste ich vortreten. »Fräulein Dreyer, Sie stören mein Seminar.«
Es gab einen Lehrstuhl für Parapsychologie, besetzt mit einem alten Nazi, der im Dritten Reich Wünschelrutenforschung betrieben hatte und nun in seinen Vorlesungen behauptete, er könne mit seiner Frau telepathisch kommunizieren. Inzwischen war er ein freundlicher alter Herr, beliebt bei den Prüflingen.
Im Statistikseminar fror ich. Außerdem war ich nicht recht bei der Sache; Statistik hat mich nicht interessiert, aber es

fiel mir auch nicht schwer. Mehr beschäftigte mich, dass am Nachmittag ein Teach-in im Audimax stattfand, zu dem ich unbedingt gehen wollte. Es hieß: Ein revolutionärer Arbeiter würde dort reden.

Ich hatte Dutzende von Schulungen in der Basisgruppe Psychologie hinter mir, hatte das »Kommunistische Manifest« gelesen, »Lohnarbeit und Kapital«, Lenins »Was tun?«, Schriften von Trotzki und Mao Tse-tung. An der Uni konkurrierten Dutzende Gruppen um die richtige revolutionäre Linie miteinander, vor der Mensa musste ich jeden Mittag durch ein Spalier von Flugblattverteilern marschieren, bevor ich etwas zu essen bekam. Alle droschen aufeinander ein. Mir kamen sie vor wie religiöse Eiferer, die von sich behaupteten, ihr Gott sei der einzig wahre und der Gott aller anderen Religionen nur eine Erfindung. Umstritten war, wer die richtige proletarische Linie verfolgte, einig waren sie sich alle, dass die revolutionäre Arbeiterklasse irgendwie Veränderung und bessere Zukunft bedeutete, aber noch keiner meiner Kommilitonen hatte je ein solches Wunderwesen aus der revolutionären Arbeiterklasse gesehen.

Dann sah ich Paul.

Die Tür des Instituts fiel schwer hinter mir ins Schloss. Ich hielt den Arm vor die Augen, nach den dunklen Institutsfluren blendete mich gleißendes Sommerlicht. Als ich meinen Arm wieder wegzog, sah ich Alexander auf der anderen Seite der Bertoldstraße stehen, Alexander aus der Basisgruppe Soziologie, den ich flüchtig kannte und von dem man munkelte, dass er mit einem jener sagenumwobenen Geschöpfe befreundet sei, die ständig in unseren Köpfen herumfuhrwerkten, einem richtigen Proletarier, einem revolutionären Proletarier.

Nun also stand da so ein Kerl neben Alexander auf der anderen Straßenseite, jemand, der eher unmodern wirkte, die

Haare sauber geschnitten, nicht so lang, wie man sie eigentlich trug damals. Er strahlte neben dem schlaksigen Alexander eine erstaunliche Ruhe und Sicherheit sowie eine gehörige Portion virilen Charmes aus. Und wie ein richtiger Politkommissar trug er trotz der Hitze eine schwarze Lederjacke. Paul war die damals unschlagbare Mischung aus Alain Delon und Ernst Thälmann.
Was soll ich sagen, ich war interessiert.
Also überquerte ich die Straße und begrüßte Alexander. Er war einer der Wortführer bei den Soziologen. Sehr klug. Sehr wortgewandt. Schulterlange Haare, runde Nickelbrille, er hatte eine verdammte Ähnlichkeit mit John Lennon.
»Geht ihr auch ins Audimax?«
Beide nickten. Sie nahmen mich in die Mitte.
Alexander erzählte mir später, dass er und zwei der Obergenossen eine Rede für Paul geschrieben hatten und diese den ganzen Morgen lang mit ihm eingeübt hatten. Es ging um viel. Der Auftritt eines richtigen Arbeiters würde den Führungsanspruch der größten revolutionären Gruppe, des Bundes Kommunistischer Arbeiter, an der Uni durchsetzen. Paul sollte aber auch intellektuell den Führungsanspruch der Arbeiterklasse durch eine radikale Kritik der bürgerlichen Ökonomie unterstreichen.
Ich habe diese Rede später gelesen: Es ging gegen Schumpeter und Keynes, gegen Ricardo und vor allem gegen Adam Smith. Eine kluge Rede, die sich entsprechend den griechischen Vorbildern von Absatz zu Absatz steigerte und furios mit der Notwendigkeit der Revolution endete. Klug, aber nicht einzigartig, eine Rede, wie ich sie an der Uni schon oft gehört hatte.
Das Audimax war überfüllt, die Kommilitonen saßen auf den Stufen und auf dem Platz vor dem Rednerpult. Alle Gruppen verteilten ihre Flugblätter. Er herrschte eine gespannte Aufgeregtheit. Die revolutionäre Theorie versuchte

den Praxisbeweis. Es gab das revolutionäre Subjekt wirklich, heute, jetzt gleich, würde es zu uns sprechen.
Irgendjemand vom AStA sagte zuerst etwas, und dann ging Paul ans Pult. Er ging gebeugt, irgendwie klein, und drückte seine Daumen so fest in die Blätter seiner Rede, dass das Papier völlig verknautscht aussah. Er war nervös. Er hatte Angst. Das war eindeutig. Und ich dachte, dass dieser Auftritt schiefgehen würde. Er tat mir leid.
Alexander saß neben mir, angespannt, unsicher.
Paul stand am Pult, sah in sein Manuskript, immer noch gebeugt, weit weg und räusperte sich. Die Stille, die nun einsetzte, war nicht mehr erwartungsvoll. Ich spürte, wie sich plötzlich Mitleid mit dem Jungen am Rednerpult breitmachte.
»Studenten, Studentinnen«, sagte Paul leise.
Das war schwach. Richtig schwach. Alexander hielt neben mir die Luft an.
Paul hob den Kopf. Dann nahm er die Rede und legte sie beiseite.
»Ach du liebe Scheiße«, sagte Alexander leise und griff nach meiner Hand.
Paul stand vorne und schwieg. Dreitausend Studenten starrten ihn.
»Ich habe gehört, dass man euch erzählt«, sagte er dann ganz ruhig und klar, »es gebe drei Produktionsfaktoren, und das seien: Arbeit, Kapital und Boden.«
Pause.
»Fangen wir mit dem Boden an. Er gehört zu unserem Leben wie die Luft. Man könnte ebenso gut Luft als Produktionsfaktor benennen. Oder Wasser. Oder Bratkartoffeln.«
Erste Lacher.
»Er macht die besten Bratkartoffeln der Welt«, flüsterte Alexander mir ins Ohr.
»Ich komme direkt aus dem Betrieb zu euch«, fuhr Paul fort. »Bis vor einer Stunde habe ich an einer Drehmaschine Prä-

zisionsteile für den medizinischen Apparatebau hergestellt. Diese Maschine ist durch Arbeit entstanden. In ihr steckt die Arbeit der Kollegen der Firma Index. Der Stahl, den ich verarbeitet habe, stammt aus der Hand der Arbeiter von Thyssen. Arbeit, nicht Kapital, hat die Werkzeuge und das Material hergestellt.«
»Und wer hat's bezahlt?«, rief ein Schnösel vom RCDS dazwischen, den keiner hören wollte.
»Drei Produktionsfaktoren sollen es sein«, sagte Paul nun immer sicherer. »Ich sehe in meinem Betrieb jeden Tag Arbeiter schuften. Und auch Angestellte. Aber noch nie habe ich das Kapital produzieren gesehen.«
Lachen. Beifall.
»Beim besten Willen: Ich kann mir keine Gesellschaft vorstellen ohne arbeitende Menschen.«
Kleine Pause.
»Aber eine Gesellschaft ohne Kapitalisten kann ich mir gut vorstellen, das ist ganz einfach.«
Der Jubel war unbeschreiblich.
Wir sprangen alle auf. Es war so einfach. Als wir uns wieder setzten, lag Alexanders Hand auf meinem Oberschenkel. Ich sah ihn überrascht an, und hinter seiner John-Lennon-Nickelbrille blitzten seine Augen mutig – und, nun ja, etwas verliebt.
Ich ließ seine Hand dort liegen.
Den Rest von Pauls Rede habe ich vergessen. Aber ich weiß noch genau, wie wir alle zum Ausgang drängten und Alexander sich bemühte, dicht bei mir zu bleiben.
»Wir könnten einen Kaffee trinken gehen.«
Ich sah mich um. Von Paul war nichts zu sehen. Er würde wohl mit den revolutionären Obermackern in eine Kneipe gehen. Also sagte ich zu.
Wir schlenderten die Straße hinauf zum Bertoldsbrunnen, und ich merkte genau, wie aufgeregt Alexander war.

Ich blieb stehen. »Du«, sagte ich, »diese Bratkartoffeln – sind die wirklich so gut? Die würde ich nämlich gern mal probieren.«

Erleichtert, ein Thema gefunden zu haben, lachte Alexander und sagte, dass das leicht zu arrangieren sei. Paul sei sein bester Freund. Schon seit vielen Jahren. Er wohne in der Hildastraße. Und es seien wirklich die besten Bratkartoffeln der Welt.

Jetzt hakte ich mich bei ihm unter, und wir stolzierten ins Café Ruef.

Der Anfang bestimmt die Struktur. Ich kenne mich aus.

51. Maximilian

Ich wohne noch im Haus meines Vaters, und so, wie die Dinge liegen, denkt Alexander wohl, ich müsste ihm dafür dankbar sein. Aber ich bin ihm noch nie auf den Leim gegangen. Schon als wir noch Kinder waren, habe ich seine Methoden studiert, diesen entsetzlichen Mechanismus der Verantwortungslosigkeit, der so faszinierend sein muss, dass ihm jedermann verfällt, vor allem die Frauen.
Es vergeht kein Tag, an dem ich nicht grüble: Warum spielt mir das Leben so übel mit? Warum ist es so ungerecht? Ich kenne unseren Vater nur als herzensguten Mann, als jemanden, der freundliche Worte für jedermann hatte. Und Alexander? Haare bis zu den Schultern, ein dämlicher Button auf dem Revers des Armeeparkas, darauf stand, dass der Kommunismus ein Aspirin von der Größe der Sonne sei. Und was machte Vater? Er lächelte! Er musste sich sichtlich dazu zwingen, das schon, aber er lächelte, ohne jede Aggression. Er sprach mit ihm, diskutierte mit ihm über die Rechte der Arbeiter. Über die Nutzlosigkeit der Kapitalisten. Immer lächelte er. Schmerzhaft, soweit ich mich erinnere.
Lächelnd sagte er: »Immerhin habe ich als nutzloser Kapitalist dir die Schulausbildung und das Studium finanziert und auch diese blauen Marx-Engels-Werke, die du so demonstrativ in meinem Haus herumliegen lässt.«

»In deinem Scheiß-Haus«, sagte Alexander. »Das Geld, das du mir gibst, hast du den Arbeitern genommen. *Sie,* nicht du, ernähren uns, *sie,* nicht du, zahlen meine blauen Bände und übrigens auch deinen französischen Cognac und Mutters Möselchen.« So redete er.

Wer hat in den Jahren, als Alexander mit der Mao-Bibel die Kaiser-Joseph-Straße rauf und runter lief, in der Fabrik geschuftet? Wer hat Vater zur Seite gestanden, als der Direktor der Deutschen Bank anrief? »Ihr Sohn hat eine Fensterscheibe bei uns eingeschmissen, heute Nachmittag, während der Vietnam-Demonstration.« Die Firma hatte ein Konto bei der Deutschen Bank. Und wir waren auf deren Kontokorrent angewiesen. Wir mussten jede Maschine vorfinanzieren. Wir bekamen das Geld von unseren Kunden erst, wenn die Maschine abgenommen war. Interessierte das meinen Bruder? Der hatte davon keine Ahnung. Der wusste weder von den Vorfinanzierungsproblemen unseres Vaters noch davon, dass er bei dem wichtigsten Kreditgeber der Firma die Scheiben einschmiss. Es war ihm egal.

Er zog ja schon früh aus, aber wenn er zu Besuch kam, hatte er die *Peking Rundschau* unterm Arm, er drehte an unserem Radio so lange herum, bis er Radio Tirana gefunden hatte. Er wollte Vater treffen, ins Herz. Das hat er dann auch geschafft. Sich in den Vordergrund schieben. Mit all den Lenin-Büsten, den Peking-Opern, dem ganzen Revolutionskitsch, den er in sein altes Zimmer stellte, sodass die Putzmädchen sich schämten, darin sauber zu machen.

Aber so war es immer schon gewesen. Auf Familienfesten wurde davon erzählt: Der kleine Alexander konnte mit zwei immer noch nicht reden, nichts außer »Mama« und »Papa«. Dann wurde gelacht und Alexander auf den Rücken geklopft, als sei es eine Heldentat, nicht reden zu können. Im gleichen Alter habe ich schon Holzklötze durch passende

Löcher geschoben. Davon erzählte niemand etwas. Aber dass der jüngste Sohn zu träge war, um sprechen zu lernen, das gehörte zur Familienlegende.
Für mich hatte Alexander nur Spott übrig.
Doch Vater wartete auf Alexander. Wartete darauf, dass er in die Firma eintrat. Hilf doch wenigstens mal in den Semesterferien! Kommst du zur Weihnachtsfeier? Zur Verabschiedung von Herrn Rieger? Er würde sich freuen.
Ich war immer da. In jeden Ferien habe ich in der Firma gearbeitet. Als ich in Karlsruhe studierte, war ich in der vorlesungsfreien Zeit da. Meine Diplomarbeit war nichts anderes als das Pflichtenheft für die ersten Computer und die COMET-Software, die wir in der Firma installierten. Aber das war selbstverständlich. Darüber verlor niemand ein Wort. Auf seine Art war Vater undankbar. Er hing an seinem jüngeren Sohn. Mehr als an mir. Ich, der Ältere, war selbstverständlich da, wie eine abgeschriebene Maschine.
Er hat sie alle verhext. Meine Mutter auch. Wo wohnt sie jetzt? In meinem Haus. Gut, da hat sie immer gewohnt. Aber ich höre sie täglich fragen: »Wie geht es Alexander? Kommt Toni nicht heute mit den Buben? Kannst du Alexander etwas ausrichten?« Jeden Tag höre ich das. Sie sitzt in ihrem Rollstuhl, raucht den ganzen Tag und kommandiert wie früher. Nur hört ihr niemand mehr zu. Aber ich besorge die Polinnen, die sie morgens aus dem Bett holen und abends wieder hineintragen, die ihr den Hintern abwischen. Oder die Kroatinnen. Je nachdem, wer von den Frauen ihre Launen noch aushält. Mein Herr Bruder lässt sich nicht mehr hier blicken. »Wann kommt Alexander wieder einmal vorbei?«, quengelt Mutter. Elisabeth wird es auch zu viel. Aber wir haben keine Möglichkeit, etwas zu ändern. Ich weiß es, Elisabeth weiß es auch. Und Mutter erst recht.
Hat Alexander einmal Danke gesagt? Zu mir? Oder zumindest zu Elisabeth? Er sieht seine Mutter nur, wenn wir sie zu

ihm auf den Berg kutschieren. Sie ist ihm egal. Wir sind ihm egal. Er lässt es uns spüren.
Ich war in der Firma, seit ich denken kann. Ich kenne sie gut, ich habe sie wahrscheinlich besser gekannt als Vater. Denn ich habe von der Pike auf in jeder Abteilung dort gearbeitet. Und Alexander? Der hat sich doch gedrückt, wo er nur konnte. War mein Herr Bruder einmal in den Ferien im Betrieb? Wahrscheinlich muss man noch dankbar sein, dass er keine revolutionären Pamphlete vor dem Werkstor verteilt hat.
Heute komme ich mir vor, als sei alles, was ich für Vater, die Familie und die Firma gemacht habe, nutzlos gewesen. Umsonst. Umsonst, im wahren Sinn dieses Wortes. Mein Bruder hat Glück gehabt, das gebe ich zu. Er hat der Firma einen Aufschwung ermöglicht, der Vater fassungslos gemacht hätte, wenn er es erlebt hätte. Ja, er hat Glück gehabt. Er ist ein Spieler, und er hat eine Sechs gewürfelt. Das stimmt. Ich weiß bis heute nicht, wie er das gemacht hat. Aber was ist – das frage ich auch die Mutter –, was ist, wenn er alles wieder verspielt durch einen Fehler. Er ist kein Fachmann. Er ist kein Ingenieur. Ewig geht das alles vielleicht auch nicht gut, sage ich zu ihr.
Aber sie dreht dann den Rollstuhl, greift in die Räder und redet nicht mehr mit mir.

52. Toni

Kann es sein, dass zwei Körper sich verhalten, wie Platon die Liebe beschrieben hat, also wie zwei viel zu lang getrennt lebende Hälften, die sich endlich finden, dass sie ineinanderfallen, wann immer sich Gelegenheit bietet? Und dass Worte all dies zerstören können? Keine bösen Worte, sondern liebevoll gemeinte, aufrichtige Worte, Worte, die ich Paul ins Ohr flüsterte, Worte, die rein und unschuldig fast ohne mein Zutun aus mir aufstiegen, neu geborene, noch zu niemandem gesprochene Worte.
Kann es sein, dass für mich süß war, was für Paul bitter klang?
Meine gestammelten Liebesbeteuerungen riefen bei ihm keine erkennbare Reaktion hervor. Er hörte mir zu, als würde ich ihm aus der Zeitung vorlesen.
Mein Gott, ich wusste ja, dass sich bei ihm die Kommilitoninnen die Klinke in die Hand gegeben hatten und wohl immer noch gaben, wenn sie wissen wollten, wie die führende Rolle der Arbeiterklasse sich im Bett anfühlte. Aber ich dachte, wir zwei, das wäre etwas Besonderes, etwas Einmaliges. Das dachte ich wirklich. Weil es für mich einmalig und besonders war. Doch plötzlich ahnte ich: Für ihn ist das alltäglich. Paul hat das Gleiche mit Sandra, Renate, Uta und wie sie alle heißen. Für ihn ist normal, was für mich erhebend ist. Ich bin nur eine, die kaum auffällt, weil noch so

viele andere Schlange stehen. Eine, für die er bestenfalls ein bedauerndes Schulterzucken übrighat, wenn sie sich nicht mehr in sein breites, himmlisches Bett legt. Es ist ein fürchterliches Gefühl, plötzlich zu bemerken, dass man sich in seiner intimsten Wahrnehmung getäuscht hat. Ich habe geheult wie noch nie zuvor.
Es war, als hätte er mir einen Eimer kaltes Wasser ins Gesicht geschüttet. Ich wurde blitzartig nüchtern. Das dachte ich wenigstens.
Ich wollte mit ihm reden. Über uns. Über mich. Aber er redete nicht. Sobald unsere Körper miteinander sprachen, war alles gut. Aber sobald ich ein Gespräch mit ihm führen wollte, wurde es ein Fiasko.
Ich hatte keine Ahnung. Deshalb verließ ich ihn, damals. Ich bin daran fast gestorben. Kalter Entzug, die harte Tour. Ohne Alexander hätte ich diese Zeit wohl nicht überlebt.
Heute weiß ich, dass es anders war. Komplizierter. Ich habe lange gebraucht, um Paul zu verstehen. Und so habe ich, allerdings einige Jahre später, Paul-Feldforschung betrieben, um schließlich eine Paul-Theorie zu entwerfen. Eine Theorie kann nur, wie ein Film oder ein Roman, einen kleinen Ausschnitt des wirklichen Lebens darstellen. Aber wenn der Ausschnitt richtig gewählt ist, kann er uns viel, vielleicht sogar alles über das Ganze erzählen.
Ich wusste, dass Paul seine Jugend in einem Waisenhaus verbracht hatte. Aber er hat nie darüber gesprochen. Bis heute weiß ich nichts über seine Erlebnisse dort. Sie waren vermutlich nicht besonders schön. Aber wir haben damals alle nicht über unsere Wurzeln, unsere Eltern, unsere Geschwister, unsere Familien gesprochen. Es war unwichtig. Es hat uns nicht interessiert. Unser Blick ging nach vorne. Auch Pauls Energie war in die Zukunft gerichtet, auf die großen gesellschaftlichen Umstürze, die alles besser machen würden. Er hatte weder Kraft noch Zeit zurückzusehen.

Aber ich wollte es wissen. Ich wollte wissen, wo er herkam, wie er wurde, was er war. Immerhin bin ich Psychologin. Und er war, das darf ich wohl so sagen, eine große Liebe meines Lebens. Also lag ich ihm in den Ohren, dass er mich mitnahm zu seiner Mutter, in diesen kleinen Ort am Rande der Pfalz.

Eine hügelige Landschaft, die mich an den Westerwald erinnerte und Heimaterinnerungen in mir auslöste, karg, windig, viel Regen, es wachsen hier eher Kartoffeln als Weizen. Es gibt einen Fluss, der sich damals noch romantisch durch den Ort schlängelte – heute ist er überbaut, und Autos rasen über ihn hinweg. Ich sah unzählige dampfende Kleinbetriebe, ratternde Maschinen in jedem unteren Stockwerk. Es wurde gestanzt, gepresst und geschweißt; Eloxalschmuck, Metallketten, Beschläge wurden hier hergestellt. Die Edelsteine und Diamanten kamen aus einem anderen Stadtteil, dort waren die Diamantschleifereien, die Edelsteinhändler und die Goldschmiede.

Pauls Mutter wohnte im oberen Stock eines zweistöckigen Hauses an einem der Hänge; in meiner Erinnerung gab es außer dem Fluss im engen Tal nur Hänge. Sie war eine hochgewachsene Frau, vielleicht vierzig, vielleicht fünfzig, damals konnte ich Leute in diesem Alter nicht sonderlich gut einschätzen. Wir saßen im Wohnzimmer ihrer akkurat aufgeräumten Wohnung, sie hatte uns Kaffee gekocht, einen guten, richtig starken übrigens, und schon nach einer Stunde holte sie ein paar Fotoalben hervor und schlug sie auf. Ich setzte mich neben sie.

Paul interessierte das alles nicht. Er lief in der Wohnung auf und ab, und ich glaube, er wäre am liebsten sofort wieder zurück nach Freiburg gefahren. Ich fand die Bilder des zweijährigen Paul süß, aber mein Gott, in *dem* Alter sind sie immer süß. Plötzlich hielt ich inne. Frau Becker blätterte eine Seite um, und da klebte unverkennbar ein Foto von Paul,

und neben ihm ging ein adrett in ein helles Sommerhemd gekleidetes Mädchen, das eine Hand um seine Hüfte gelegt hatte. Paul trug ein weites helles Hemd, und er hatte eine altmodisch wirkende Bundfaltenhose an, er sah gut aus mit seinem länglichen, schmalen Gesicht, geheimnisvoll irgendwie, ein bisschen wie Kafka.
»Paul, wer ist denn diese Freundin? Die kenne ich noch gar nicht.«
Paul setzte sich neben uns, warf einen Blick in das Album und erklärte, das sei nicht er, das sei sein Vater. Die Frau neben ihm sei keine Freundin, sondern »sie«, er deutete auf seine Mutter. Frau Becker sah auf das Foto ihres verstorbenen Mannes, lächelte innig und verwandelte sich vor meinen Augen für einen Moment in das junge Mädchen auf dem Bild, dann blickte sie zu ihrem Sohn, diesem Ebenbild ihres Mannes – mit dem gleichen Lächeln. Es war so ein kurzer intimer Augenblick der Erkenntnis, in dem die Zeit den Atem anhält – bis Paul es nicht mehr aushielt, aufstand und die leeren Tassen in die Küche trug.
Diese Frau liebte ihren Sohn. Eindeutig. Er musste sie wohl jeden Tag an den Mann erinnern, den sie geliebt und so früh verloren hatte. Warum hatte sie Paul ins Waisenhaus geschickt? Eben deshalb? Jede vorsichtige Frage, die in diese Richtung zielte, überhörte sie. Das Thema ist tabu, das hatte Paul mir schon auf der Hinfahrt gesagt; er wisse bis heute nicht, warum er nach Freiburg musste.
Wir unterhielten uns lange an diesem Nachmittag. Frau Becker war die jüngste von fünf Töchtern eines örtlichen Brauereibesitzers, der zudem noch das große Hotel am Obersteiner Bahnhof besaß. Ein reicher Mann. Auf den Fotos, die sie mir zeigte, blickte mir ein stolzer, vielleicht sogar herrischer Mann entgegen, gekleidet in den groben Stoff eines Mannes, der es gewohnt war, mit den Händen zu arbeiten. Die Ehe ihrer Eltern, das schloss ich aus ihrer Erzählung, war im

Kern die Fusion zweier lokaler Brauereien, einer aus Meisenheim, die kleinere, die dem Vater ihres Vaters gehörte, und der größeren, die zusammen mit dem Hotel am Bahnhof den Eltern ihrer Mutter gehörte und nach der Heirat in die Verfügung ihres Mannes überging. Die Ehe war nicht glücklich, der Vater nicht treu, seine Geliebte, eine Hotelangestellte, lebte unter dem gleichen Dach wie die Familie. Wie merkwürdig, dass plötzlich Tränen in den Augen von Pauls Mutter standen und ihre Stimme jünger wurde.
Pauls Großvater, so würde man heute sagen, hatte falsch investiert. Noch vor dem Krieg hatte er die Idee verfolgt, in Idar-Oberstein eine Art alpenländisches Kurhotel aufzumachen – ein Milch-Kurort. Eine merkwürdige Geschäftsidee, für einen Brauereibesitzer, meine ich. Auf einem der vielen Hänge baute er ein Orginal-Schweizerhaus, das heute noch dort steht, kaufte Kühe – und machte Pleite. Das Hotel am Bahnhof wurde im Krieg durch amerikanische Bomber in Schutt und Asche gelegt, und den fünf Töchtern blieb nichts als Armut.
Und dann kam dieser gut aussehende Mann aus dem Krieg zurück – Pauls Vater, und Pauls Mutter hatte plötzlich Hoffnung und eine neue Perspektive. Sie heirateten. Frau Becker stand auf, ging zum Wandschrank und holte ein Etui hervor, aus dem sie ein Paar Ohrringe mit zwei wunderschön geschliffenen Rubinen hervorzog. Das Hochzeitsgeschenk ihres Mannes. Doch dann wankte dieser Mann beim Gehen, konnte nicht mehr richtig geradeaus laufen, und die Nachbarn lästerten: »Der Becker ist schon am hellen Tag besoffen.« Und ihr Mann sagte ihr: »Komisch, ich weiß auch nicht, was mit mir los ist.«
Sie erzählte mir, wie sie hochschwanger nach Mainz in die Uniklinik fuhr, um die Ergebnisse der Untersuchung zu erfahren. Sie stand am Fuße einer Treppe, müde und erschöpft, stützte sich mit der Hand an dem Geländer ab, als

oben eine Tür aufging und der behandelnde Professor aus der Tür heraustrat, auf seine Notizen sah, ihr von der Treppe herab verkündete, ihr Mann sei unheilbar an Multipler Sklerose erkrankt, die Lebenserwartung betrage höchstens noch sechs Jahre, die Krankheit verlaufe in Schüben, die jeweils die Lähmung einzelner Muskeln und Muskelpartien zur Folge hätten, zum Schluss würde er ersticken. Dann drehte der Arzt sich um und ging zurück in sein Büro, schloss die Tür, und die Frau am unteren Ende der Treppe rang nach Luft, die Knie gaben nach und in ihrem Bauch rebellierte Paul, strampelte und trat nach ihr, als wolle er sie hier und sofort verlassen.

Der Professor hatte in allem recht. Die Krankheit verlief genau so, wie er es vorhergesagt hatte. Nach und nach lähmte sie jeden Muskel seines Körpers, zuletzt das Zwerchfell, und er erstickte. Mit sechs Jahren war Paul Halbwaise.

Während der Krankheit seines Vaters und bis er mit zehn Jahren in den Waisenhort geschickt wurde, wurde Paul von einer Art Matriarchat der Mutter und ihrer vier Schwestern erzogen. Sie liebten dieses Kind, verwöhnten es, drückten es, herzten es, von ihnen lernte Paul die wortlose Sprache der Liebe, die er, weiß Gott, so gut beherrschte, die Geste, die Zuwendung, all das Körperliche, das die Liebe so süß macht und ohne das sie nicht so recht gelingen will. Aber er lernte nicht, was mir bei unserer ersten Begegnung so wichtig war: über Gefühle zu reden. Dazu fehlte ihm im wahrsten Sinn das Vokabular. Paul drückte seine Empfindungen mit dem Körper aus, das konnte er. Aber ich, ich wollte mit ihm über unsere Liebe reden. Auf mein Liebesgestammel wusste er nichts zu sagen. Sehr viel später gestand Paul mir in einer lauen Nacht in Paris, dass er das Reden über die Liebe gelernt habe wie eine Fremdsprache.

Vielleicht war es für sie unerträglich, dass der Sohn die Schule schwänzte und auf der sozialen Stufenleiter noch tiefer abzurutschen drohte. Ich weiß es nicht. Ihre Erziehungsmaxime war: Mit dem Hut in der Hand kommst du durchs ganze Land. Kein Wunder, dass ihr Sohn Revolutionär wurde. Und trotzdem: Einige ihrer wenigen Richtlinien befolgte Paul tatsächlich sein Leben lang. Wenn ich mit ihm irgendwo unterwegs war, ging er immer auf der Straßenseite. Paul hielt mir immer die Tür auf, half mir in den Mantel, selbst in den törichten Zeiten, als wir dies als patriarchalische Überlegenheitsgeste ablehnten.

All das hatte Pauls Mutter ihm gut antrainiert. Ihre Liebe war an Bedingungen geknüpft. Ich liebe dich besonders, wenn du artig bist, wenn du brav Guten Tag sagst, wenn deine Schuhe glänzen, wenn die Hose sauber ist, wenn du dies machst oder das. Wahrscheinlich begriff Paul schon als Kind: Liebe hat ihren Preis. Wenn später eine Frau zu ihm sagte *Ich liebe dich,* dann hörte er: *Ich will etwas von dir.*

53. Toni

Ich hatte Paul verlassen. Es war, wie gesagt, kalter Entzug. Alexander kümmerte sich um mich. Mit ihm konnte ich reden. Über alles. Er wusste unglaublich viel. Kant, Hegel, Marx, dass es am Kaiserstuhl Gottesanbeterinnen gibt und Auerhähne am Feldberg, er interessierte sich für mein Studium und las Freud, Adler, C. G. Jung, sogar den Raubdruck »Die Funktion des Orgasmus« von Wilhelm Reich, der damals von Hand zu Hand ging. Er half mir, aber die Grundtraurigkeit dieser Zeit konnte er mir nicht nehmen.
Ich wartete auf ein Zeichen von Paul, aber dieser Bastard meldete sich nicht.
Nicht ein einziges Mal!
Irgendwann konnte ich sagen: dann eben nicht, und Alexander mit zu mir nehmen. Und es war schön. Alexander ist ein zärtlicher Liebhaber. Er hat schmale, weiche Hände, mit denen er, nun ja, zaubern kann. Er ist rücksichtsvoll, kümmert sich um meinen Orgasmus – und er war verliebt in mich über beide Ohren.
Und das ist er heute noch.
Langsam vergaß ich Paul.
Fast.
Alexander trat dem maoistischen Klub bei. Paul auch. Ich wunderte mich, warum die beiden weichsten Männer, die ich kannte, so harte Ideologien wählten. Typische psycholo-

gische Fragestellung. Aber mit Alexander war darüber nicht zu reden. Und Paul redete nicht mit mir.
Manchmal ging ich tagsüber an Pauls Wohnung in der Hildastraße vorbei, wenn ich sicher war, dass er arbeitete, und fasste kurz den Schlüssel hinter der Regenrinne an. Und lief dann schnell weiter.
Dann kam der 1. Mai.
Der Bund Kommunistischer Arbeiter, BKA, organisierte eine große Demonstration. Es waren viele Leute für die damaligen Verhältnisse; zwei- oder dreitausend. Sie zogen mit riesigen roten Fahnen und Transparenten durch Haslach und den Stühlinger. Eine Gruppe von Frauen, die sich Weiberrat oder so ähnlich nannte, hatten mich eingeladen, in ihrem Frauenblock mitzulaufen. Wir waren etwa zehn Frauen, riefen lustige Parolen, und einige beschlossen, auf der Kundgebung eine Rede über Frauenrechte zu halten, einen Text von Margarete Mitscherlich zu verlesen, soweit ich mich erinnere.
Wir kämpften uns lärmend durch die Reihen der Demonstranten nach vorne zu dem Lkw, auf dem die Tonanlage aufgebaut war. Doch plötzlich schob sich eine Reihe finster blickender BKA-Genossen vor den Lkw. Sie ließen uns nicht durch. Einer von ihnen war Paul. Wir lärmten und schimpften – aber es war nichts zu machen. Wie Bodyguards umringten sie ihr heiliges Mikro.
Weiß der Teufel, was mich geritten hat – ich stellte mich vor Paul auf, der mich mit steinerner Miene betrachtete, und flüsterte ihm ins Ohr: »Wenn du uns jetzt nicht vorbeilässt, verspreche ich dir, ich gehe nie wieder mit dir ins Bett.«
Er trat zur Seite. Sofort. Ich glaube, er überlegte gar nicht. Es war ihm anzusehen, dass er instinktiv handelte, das Herz führte das Kommando. Vielleicht auch der Schwanz. Oder beides. Jedenfalls war es spontan. Und deshalb ehrlich.
Meine Freundinnen stürmten das Mikro, aber ich blieb ste-

hen, nahm Pauls Hand und führte ihn langsam aus dem ganzen Trubel heraus.

Wir gingen, ohne ein Wort zu sagen, zu ihm. Und alles war wie zuvor.

Offiziell war ich Alexanders Freundin, daran änderte sich nichts. Mit Paul hatte ich eine Art geheimer Zweierbeziehung. Aber ich dachte darüber nach, wie ich dies offen leben könnte. Geheimnistuerei war mir zuwider – eigentlich.

54. Alexander heute

Liebe auf den ersten Blick ist natürlich romantischer Quatsch.
Aber wie sollte er es anders nennen?
Niemals würde er das Bild vergessen: Toni kam aus dem psychologischen Institut, die Tür fiel hinter ihr ins Schloss, und sie blinzelte, weil die Sonne sie blendete. Sie trug eine rote Jeans und ein dunkelblaues Shirt, große runde Ohrringe aus Silber. Ihre Figur zeichnete sich vor der schweren Holztür ab, das Licht fiel wie in einem Gemälde von Tizian. Sie hob die Hand, als sie ihn erkannte, und dann gingen sie gemeinsam hinüber ins Audimax. Das war der Tag, an dem Paul die denkwürdige Rede hielt.
Sie hielt während der Rede seine Hand. Und er hatte keinerlei Abwehrkräfte.
Alles dauerte nur zwei Stunden, aber in dieser Zeitspanne entschied sich sein Schicksal.
Er ging steif neben ihr her, sie war begeistert von Paul. Wie alle damals begeistert waren von Paul. Verfluchter Paul. Alexander gab an. Er kenne Paul. Klar, er würde sie mitnehmen zu ihm. Paul sei immerhin sein bester Freund. An diesem Tag hätte er ihn auf den Mond schießen können.
»Paul, eine Frau möchte dich kennenlernen. Es ist so: Ich finde sie verdammt gut. Kannst du mir versprechen, die Finger von ihr zu lassen?«

»Wie sieht sie denn aus?«
»Paul, es ist völlig egal, wie sie aussieht. Mir ist es ernst. Sie heißt Toni. Psychologiestudentin. Weiß der Teufel, was sie an dir findet, ich bringe sie mit zu dir in die Hildastraße, und du lässt einfach die Finger von ihr. Versprichst du mir das?«
»Wir sind doch für die freie Liebe, oder?«
»Scheiß auf die freie Liebe. Zumindest in diesem Fall. Wenn du es mir nicht versprichst, bringe ich sie nicht mit. Aber das würde mich in die Bredouille bringen.«
»Die Frauen entscheiden, zu wem sie gehen. Wenn sie sich für mich entscheidet ...«
»Paul, lass den Quatsch, es ist ernst. Richtig ernst. Ich bitte dich zum ersten Mal um etwas. Um etwas, was für mich wichtig ist. Als Freund. Gib mir deine Hand, versprich es.«
Widerwillig reichte ihm Paul die Hand.
Selbst jetzt, nach so vielen Jahren, erinnerte sich Alexander gut an diesen Abend. Toni klingelte in seiner Bude in der Salzstraße. »Ich warte unten«, rief sie gut gelaunt durchs Treppenhaus, und Frau Daus streckte sofort ihren schweren Kopf aus der Tür. Er zog sich schnell einen Mantel über und ging die Stufen hinunter auf die Straße, wo Toni, von einem Fuß auf den anderen tretend, in der Kälte stand.
Seine Stimmung sank, als sie ihn unterwegs über Paul aushorchte. Wie sie sich kennengelernt hatten? Welche Filme Paul am liebsten sehe? Wie er so sei?
»Wie meinst du das?«
»Ganz allgemein, was für ein Typ ist er so.«
Er erinnerte sich, wie sie im Audimax seine Hand gehalten hatte. Diese Vertrautheit war verflogen. Missmutig lief er neben ihr her. Fast war er froh, dass es nicht allzu weit bis zu Pauls Wohnung war. Sie klingelten, und Paul öffnete.
Er hatte nichts vorbereitet! Er hatte weder die Kartoffeln geschält noch *irgendetwas* getan. Er hatte auf der Couch gelegen und Clausewitz' »Vom Kriege« gelesen.

Toni nahm das Buch in die Hand, sagte: »Hui, schwere Kost«, und legte es wieder hin.
Paul lachte und grinste sie dann an. Unverfroren und interessiert. Dann erzählte er von Clausewitz' Buch. Der Rückzug sei das militärisch Schwierigste, das sei doch überraschend.
Alexander genierte sich wegen Pauls Unaufmerksamkeit. So empfing man keine Frau wie Toni. Ein Gespräch über Militärtheorien! Aber ihr schien das nichts auszumachen. Ihre gute Laune schien unerschütterlich, und Alexander ärgerte das.
Paul setzte dann einen Topf mit Wasser auf und putzte die Kartoffeln. Toni schnitt die Zwiebeln und die Tomaten. Alexander kam sich ausgeschlossen vor, und dieses Gefühl blieb, bis sie sich wieder verabschiedeten. Toni begleitete Alexander bis zur Dreisam und sagte, sie wolle jetzt alleine nach Hause gehen. Und weg war sie.
»Deine Toni ist ja 'ne Wahnsinnsfrau«, sagte Paul drei Tage später zu ihm. »Zehn Minuten nachdem ihr gegangen wart, klingelte sie wieder bei mir. Sie wollte in der Nacht nicht allein in ihrem Zimmer frieren ...«
»Aber du hast mir doch versprochen ...«
»Alexander, jetzt ehrlich, was hätte ich machen sollen?«
Es war eine fürchterliche Zeit. Er stürzte sich in die politische Arbeit und dachte doch nur an sie. Er legte eine Strichliste an, für jeden Gedanken an Toni einen Strich, dahinter die Uhrzeit. Das Ergebnis war eindeutig: Es vergingen keine zehn Minuten, in denen er nicht mindestens einmal an sie dachte. Er trank. Er wachte jeden Morgen um vier Uhr auf. Und der erste Gedanke war, dass sie jetzt in diesem widerlichen Bett mit Paul lag. Es ging lange so, sehr lange, unendlich lange. Dann kam sie zu ihm.

Alexander Helmholtz hatte nicht auf den Weg geachtet. Er sah auf die Uhr. 16.45 Uhr. In einer Viertelstunde traf er Jonas. Er blieb stehen und reckte sich.
Toni war bei ihm geblieben. Sie war seine Frau geworden. Sie war das Beste in seinem Leben. Und er würde dieses Leben verteidigen.

55. Toni

Sie werden sterben.
Ich weiß es, ich sehe es ihnen an, ich rieche es, wenn sie mir zum ersten Mal gegenübersitzen. *Sie* wissen es noch nicht, aber ich weiß es. Sie kommen viel zu spät zu mir. Es sind die härtesten Fälle. Ihre Familie hat die Krankheit übersehen, ignoriert oder für eine vorübergehende Jugendmode gehalten, die Freundinnen sagen, ihnen sei nichts Extremes aufgefallen. Und jedes Mal nehme ich den Kampf auf, auch wenn ich ihn oft verliere. Und ich kämpfe mit dem Mut einer Löwin, als wären es meine eigenen Jungen.
Jedes Mal.
Von fünf Mädchen, die meine Praxis betreten, sterben zwei. Zwei andere werden bis zu ihrem Lebensende mit dieser Krankheit kämpfen, verstümmelt und verletzt. Eine von fünf kann ich heilen.
Eine von fünf!
Diese Krankheit beleidigt mich. Sie demütigt mich in meinem tiefsten Inneren. Nichts, wirklich nichts, raubt mir so sehr die Fassung, stellt alles, was ich bin und wofür ich mich eingesetzt habe, so grundsätzlich infrage wie dieser Fluch, der die jungen Mädchen – und immer öfter auch junge Männer – heimsucht wie die Pest.
Ich kann niemandem erklären, wie sehr ich an dieser Krankheit verzweifele. Alexander hält meinen Kampf dagegen

ohnehin für eine Überspanntheit. Doch wenn ich je für etwas gekämpft habe in meinem Leben, dann für die Gleichheit der Geschlechter, für die freie und selbstbestimmte Teilhabe der Frauen am öffentlichen und privaten Leben.
Ich bin nicht radikal, ich bin nie Alexanders oder Pauls Umsturzplänen in deren jungen Jahren gefolgt, aber ich kann die Augen nicht verschließen vor der Dressur des weiblichen Körpers und dem Kontrollwahn, der ihm aus allen Medien ungedämpft entgegenschlägt.
Die Dressur erfolgt öffentlich und zur besten Sendezeit. In *Germany's Next Topmodel* sehe ich mit angehaltenem Atem, wie junge, lebendige Frauen danach bewertet werden, wie gekonnt sie ihr Aussehen, ihren Körper, ihre Bewegungen, ihre Seele den Vermarktungswünschen der Modeindustrie anpassen. Wer diese Anpassungsarbeit nicht schnell genug, nicht gekonnt genug, nicht glaubwürdig genug schafft – fliegt raus. Diese Sendung ist ein Verbrechen gegen die Menschlichkeit, und doch ist sie beispielhaft für unsere Gesellschaft und stilprägend für ein oder zwei Generationen junger Frauen.
Die Gnadenlosigkeit, die dem weiblichen Körper entgegenschlägt, die Bösartigkeit, mit der er bewertet und juriert wird, knüppelt in unsere Köpfe die Überzeugung, dass unsere Körper nie schön genug, nie jung genug, nie schlank genug, nie sexy genug sind. Jedermann kommentiert unseren Körper: Mütter und vor allem Väter, Freunde und vor allem Liebhaber, Freundinnen und selbst flüchtige Bekannte loben uns, wenn wir *abgenommen* haben. Es vergeht kein Tag, an dem wir nicht mit diesen offenen oder versteckten Botschaften angegriffen werden: Dünn sein. Perfekt sein. Und so arbeiten wir vergeblich wie Hamster in einem Laufrad bestenfalls an der Milderung unserer Unvollkommenheit. Wir hetzen in Sportstudios, wir rennen durch Wälder und um Seen, nicht nur, weil wir uns dann besser fühlen, son-

dern weil wir einem unerreichbaren Ideal nacheifern, das wie ein Brandzeichen in die weiblichen Hirne geätzt wird: Dünn sein. Perfekt sein.
Es ist absurd: Schauspielerinnen und Models, von denen wir *wissen,* dass sie hungern, bis ihre Libido abstirbt, liefern die Rollenmodelle der erotischen und sozialen Selbstinszenierungen unserer Töchter und, wenn wir ehrlich sind, auch von uns selbst.
Und so hungern wir. Wir hungern inmitten des Überflusses. Wir verachten unseren nie vollkommenen Körper und züchtigen ihn mit Nahrungsentzug. Wir glauben, die Kontrolle über den Körper auszuüben, und werden in Wirklichkeit einer bestialischen Kontrolle von außen unterworfen.
Wir hungern uns schmal und klein – in jeder Hinsicht. Und viele hungern sich buchstäblich aus der Welt hinaus.
»Dünnsein zu propagieren«, schrieb eine kluge Frau, »ist die ideale Methode, starke Frauen zu kontrollieren.«
Jeden Tag, wenn ich meine helle und freundliche Praxis betrete, kämpfe ich um das Leben der jungen Frauen. Aber es werden immer mehr. Sie werden von Jahr zu Jahr jünger. Manchmal denke ich, es ist aussichtslos.
Aber ich gehe auch deshalb jeden Tag in den Therapieraum, weil ich in meinem beruflichen Bereich erreichen will, dass sich die Dinge ändern. Dass die Mädchen überleben. Dass sie gesund werden.
Paul würde sagen, dass ich einen vergeblichen Kampf führe. Er würde sagen, dass erst die grundsätzlichen Machtverhältnisse geändert werden müssen, bevor die Frauen, die Arbeiter und wer weiß ich noch frei sein können.
Alexander sagt, die Mädchen seien selbst schuld, wenn sie so dämlich sind und sich zu Tode hungern. Es sei nicht meine Angelegenheit, und seine schon gar nicht.
Aber ich sage, dass ich in meinem unmittelbaren persönlichen und beruflichen Umfeld Verantwortung trage. Viel-

leicht kann ich nicht viel erreichen. Vielleicht aber heile ich eine der jungen Frauen.
Eine von fünf.
Es ist mein Weg.
Aber manchmal bin ich schrecklich müde.
Und allein.

56. Toni

In meinem Therapieraum habe ich an der Tür einen körperhohen Spiegel festgeschraubt. Er ist mit einem Vorhang verdeckt. Jetzt habe ich den Vorhang weggezogen und stehe mit Maria, einer fünfzehnjährigen Patientin, vor diesem Spiegel. Maria trägt nur einen Slip. Sie wiegt 35 Kilo, ihr Knochengerüst tritt klar hervor, ist kaum noch von Muskeln bedeckt, die Rippen sehen aus, als wollten sie aus dem Körper ausbrechen, die Hüftknochen stechen heraus, die Schultergelenke sind sichtbar. Sie ist hässlich wie eine Vogelscheuche.
Und akut vom Hungertod bedroht.
»Was siehst du, Maria? Was siehst du, wenn du dich im Spiegel betrachtest?«
Sie dreht sich gekonnt wie ein Mannequin nach rechts und links – was jedoch bei einem lebenden Skelett so makaber aussieht wie in einem Zombiefilm –, sie betrachtet sich mit einem langen nachdenklichen Blick und sagt: »Sieht o.k. aus. Nur der Arsch ist zu fett.«
Sie wird weiter hungern.
Die Magersucht könnte die absolute Kontrolle über die jugendlichen Körper nicht übernehmen, wenn sie nicht gleichzeitig die Wahrnehmungsfähigkeit der Mädchen zerstören würde. Ihnen Schritt für Schritt das Gefühl für ihren Körper wieder zu vermitteln, ist eine schwere Aufgabe.
Diese Aufgabe wird dadurch erschwert, dass sich kaum eine

Patientin behandeln lassen will. Hannah, die nun auf einem guten Weg ist, beschrieb es so: Sie höre immer zwei Stimmen in sich. Die erste sagt: Ich sehe es ein, ich muss essen, das stimmt ja alles. Die andere Stimme sagt: Aber ich sag's nur, weil die Therapeutin es hören will. Essen ist Verschmutzung. Es ist Sünde. Iss auf keinen Fall. Nimm Abführmittel, das ist Reinigung.

Hannah konnte zwischen den beiden Stimmen keine eigene Position entwickeln. Die erste Stimme zu stärken – wir brauchten zwei Jahre harte Arbeit dazu. Es war ein unerbittlicher Kampf. Und er wurde mit allen Mitteln ausgetragen. Hannah schob sich Steine in die Vagina, um ein höheres Gewicht und damit einen Erfolg der Therapie vorzutäuschen. Wie die meisten Magersüchtigen war sie intellektuell überreif, und ihre Fähigkeit, Eltern, Lehrer und Therapeuten um den Finger zu wickeln, stand in schroffer Diskrepanz zu ihrem kindlichen Aussehen.

Es beginnt immer mit einer Diät.

Hannah war nicht dick. Aber sie wollte schlank sein. Sie dachte, wenn alle abnehmen, nur ich nicht, ist was nicht in Ordnung mit mir. Die Diät wird in der Regel von der Umwelt positiv aufgenommen, und dann erwischen die Mädchen den Punkt nicht mehr, wo sie aufhören müssten. Und dann beginnen sie oft parallel, sich aus dem Leben zurückzuziehen. Die Seele zieht sich aus dem Körper zurück und nimmt die Sexualität mit; und der Körper zieht sich aus dem Leben zurück – manchmal bis in den Tod.

57. Toni

Für mich war es eine gute Zeit. Einerseits. Meine Erwartungen an das Studium waren nicht mehr so hoch, ich wollte so schnell wie möglich das Diplom in der Tasche haben, um dann endlich das zu tun, was ich wollte: ein sinnvolles Leben führen, anderen mit meiner Ausbildung helfen. Ich engagierte mich in der Fachschaft und arbeitete in der Basisgruppe Psychologie mit an der Herausgabe unserer Zeitung, die wir *Die rote Ratte* nannten, damals noch kein Statement gegen Tierversuche; Tiere waren uns damals ziemlich egal. Aber hauptsächlich studierte ich.
Alexander und ich galten als Traumpaar, wir verstanden uns gut. Hin und wieder lief ich nachts zu Paul in diese ganz andere Welt, zu diesen ganz anderen Gesprächen und diesem ganz anderen Sex. Manchmal gingen wir auch zu dritt in die Tangente oder den Roten Punkt, und dann hielten Paul und ich so demonstrativ Abstand, dass ich es fast zu auffällig fand, aber Alexander bemerkte nichts, oder er wollte dieses Magnetfeld nicht bemerken, dem ich mich nicht entziehen konnte, wenn Paul in meiner Nähe war.
Er bastelte immer noch an seinen merkwürdigen optischen Geräten. Ein eigenartiges Hobby, das aber alle akzeptierten wie eine liebenswürdige Marotte, außer Ernst, einem seltsamen Vogel, der meinte, Paul solle seine Zeit lieber mit dem Studium der Mao-Tse-tung-Ideen verbringen.

An einem kalten Dezembertag lud uns Paul zu einer denkwürdigen Aufführung ein. Er hatte die Fenster seiner Bude komplett mit schwarzer Pappe abgedunkelt und nur an einer Stelle sorgfältig ein kleines Loch gebohrt. Alexander und ich, Mischa und Ernst, Strunz und Elli, zwei Kollegen von Paul, saßen in absoluter Dunkelheit im hinteren Teil seiner Wohnung. An der Wand schimmerte der kleine Lichtfleck, der durch das Loch in der schwarzen Pappe fiel. Paul erklärte uns, das sei das genaue Abbild der Sonne. Er schob dann einen merkwürdig geformten Spiegel vor den Lichtstrahl, der ihn umleitete und vergrößert gegen die weiß gestrichene Wand auf der linken Seite warf, jetzt groß wie ein Fußball. Das Innere des Kreises, der Sonne, schien sich zu bewegen, irgendwie zu leben.
Wir mussten endlos warten, machten Witze über diesen langweiligen Film, doch dann schob sich langsam und deutlich ein schwarzer Schatten über die Sonne. Wir waren beeindruckt, so deutlich und ohne jede Sonnenbrille habe ich nie wieder eine Sonnenfinsternis sehen können wie an diesem Dezembertag 1973. Das kosmische Spektakel der Außenwelt drang durch ein kleines Loch in diese seltsame Wohnung.
Andererseits war es eine schlechte Zeit. Die beiden Männer, die ich liebte, gerieten in meinen Augen auf eine abschüssige Bahn. Wir diskutierten und diskutierten, aber es war sinnlos. Alexander und Paul versuchten, mich davon zu überzeugen, dass eine revolutionäre Welle bevorstünde. Man müsse vorbereitet sein, und dazu brauche es eine kommunistische Partei, die das alles in die richtigen Bahnen lenke. Ich hielt das alles für Quatsch. Alexander führte jeden popeligen Lohnkampf der IG Metall als Indiz für die revolutionäre Welle an. Streik im Saarland. Stell dir vor, jetzt sogar im Saarland, sagte er. Dann kamen die wilden Streiks im Ruhrgebiet. Es geht los, frohlockten sie. Ich zeigte ihnen die

Streikstatistiken anderer europäischer Länder, Deutschland war immer ganz weit entfernt von den Zahlen in Frankreich oder England, und selbst dort war von Revolution nichts zu sehen. Aber sie hörten mir gar nicht mehr zu. Ich war eben noch zu bürgerlich, um das alles richtig einzuordnen. Das erinnerte mich an Carlo, und ich wurde sauer. Wir stritten immer öfter.

Zum anderen störte es mich, dass sie in unpassende historische Kostüme schlüpften. Als seien sie nicht bei Trost, studierten sie die Russische Revolution, lasen Lenin, bis ihnen die Augen tränten, und redeten scheußliches Zeug von der Diktatur des Proletariats daher. Pauls Freund Strunz hielt erstaunlicherweise zu mir. Er sagte, eine Diktatur seiner Kollegen bei Heppeler wäre eine Diktatur der Spießer, in der er nicht leben wollte. Elli, die wohl ein wenig in Paul verliebt war, hörte unserem Streit zwar aufmerksam zu, hielt sich aber mit eigenen Kommentaren zurück.

Sie drehten alle langsam durch. Aber trotz ihres politischen Irrsinns dachte keiner von beiden daran, mich aufzugeben. Gott sei Dank.

58. Toni

Auch die Begeisterung von Paul und Alexander für Mao und China verstand ich nie.
Der Mao-Kult, diese lächerlichen Peking-Opern: *Der Osten ist rot / und China ist jung / Lang lebe / Mao Tse-tung*, die absurden Geschichten, dass Bauern riesige Tomaten und Mohrrüben ernteten, weil sie den Stecklingen lange genug die Weisheiten des Großen Steuermanns vorgelesen hatten, die schrecklichen Aufmärsche, in denen der Einzelne noch nicht mal ein Rädchen im Getriebe war, der peinliche Personenkult um Mao, Zhou Enlai und wie diese alten Männer alle hießen – mich stieß das ab.
»Du musst verstehen«, erklärte mir Alexander, »China ist ein Land mit Millionen von Analphabeten. Die brauchen, um zu begreifen, Bilder und Ikonen.«
»Ist das nicht eher die Methode der Religionen? Ikonen?«
Wir konnten uns in diesem Punkt nicht einigen.
Ich erinnere mich an den Tag, als Hubert Delius sich zu uns an den Tisch in der Harmonie setzte. »Wisst ihr schon, dass in Freiburg chinesische Genossen studieren? Sie wohnen im Ulrich-Zasius-Haus. Sie studieren Mathe, Physik und Chemie.«
Das war nun eine echte Sensation. Rotchinesen, so nannte man damals die Bewohner der VR China, Rotchinesen in Freiburg.

»Chinesische Genossen«, sagte Paul. Er wollte sie unbedingt kennenlernen.
Hubert wusste nicht, ob sie Deutsch sprachen, kannte aber jemanden, der sie Französisch sprechen gehört hatte. Also brauchte Paul einen Dolmetscher, und der war ich.
So radelten Paul und ich an einem Samstagmorgen in Richtung Stühlinger und stellten die Fahrräder vor dem UZH ab. Die Chinesen, so hatte Hubert uns erzählt, wohnten im vierten Stock. Paul hatte kleine hektische Flecken im Gesicht, er war nervös, als stehe er vor einem entscheidenden Rendezvous, und vielleicht war es ja auch so. Also stiegen wir in den Aufzug und hielten im vierten Stock. Dort gingen wir vorsichtig durch die Gänge.
Kein Chinese war zu sehen.
Wir liefen einmal durch das ganze Stockwerk. Es war still, kein Mensch begegnete uns. Paul klopfte an eine Tür.
Tatsächlich hörte man ein Schlurfen, dann wurde ein Schlüssel zweimal im Schloss gedreht, und die Tür öffnete sich einen Spalt weit. Dahinter schaute das Gesicht einer jungen Chinesin hervor. Schöne mandelförmige Augen. Sie hatte schwarze Haare, die sie zu zwei Zöpfen gebunden hatte.
»Guten Tag«, sagte Paul.
美壮朊一乓, sagte die junge Frau.
Ich stand hinter Paul, als er sich zu mir umdrehte, sah ich seine verwirrte Miene.
Ich fragte sie auf Französisch, ob sie Französisch spreche.
Sie antwortete auf Deutsch: »Nicht besonders gut, nein.«
Paul lachte übers ganze Gesicht: »Genossin, du sprichst Deutsch. Das ist wunderbar. Wir sind deutsche Kommunisten. Wir bewundern die Kulturrevolution, und wir möchten dich einladen, auf einer Veranstal…«
Die Tür knallte zu, und Paul war verblüfft.
Am Abend schrieb er das Erlebnis in sein braunes Tagebuch. »Damit ich nichts vergesse«, sagte er.

Wir versuchten es ein zweites und ein drittes Mal. Aber immer, wenn wir die jungen Chinesen trafen und Paul mit seinem Loblied auf die Kulturrevolution anfing, verschwanden sie blitzschnell in ihren Zimmern. Paul verstand die Situation nicht. Und ich – ehrlich gesagt – auch nicht.
Aber es war nicht zu übersehen, dass die chinesischen Genossen nichts mit den deutschen Kommunisten zu schaffen haben wollten.
Paul brabbelte etwas von Internationalismus.
Mir war es egal. Aber für Paul war es schlimm.
Im Programm des Kommunistischen Bundes Westdeutschland galt die chinesische Kulturrevolution als der endlich gefundene, ideale Weg, mit dem verhindert werden konnte, dass nach einer gelungenen Revolution der Kapitalismus sich wieder festsetzte, wie in der Sowjetunion und im Ostblock. Die Revolution in Permanenz, wie Mao sie predigte, schüttelte oben und unten immer wieder durcheinander, sodass sich eine neue herrschende Ausbeuterklasse nicht entwickeln und festsetzen konnte.
So weit die Theorie.
Wir erörterten mit Alexander, warum die chinesischen Genossen nicht mit uns reden wollten.
»Wahrscheinlich«, sagte Alexander, »ist es so: Die Genossen wollen sich nicht in die Politik in Deutschland einmischen, sondern möglichst schnell das Studium beenden, damit sie dann zurückgehen können, um aktiv am Aufbau des Sozialismus teilzunehmen.«
Paul nickte, nicht überzeugt. »Aber sie könnten doch wenigstens ein Bier mit mir trinken und erzählen, wie es sich im Sozialismus lebt.«
Er war enttäuscht – keine Frage.
Dann vergaßen wir die Sache, und die einzige Folge dieser Episode war, dass Paul an der Volkshochschule Französischstunden nahm.

Viele Jahre später traf ich Paul in Stuttgart. Wir wollten zusammen mit dem Zug nach Freiburg fahren und hatten noch etwas Zeit. So schlenderten wir vom Bahnhof aus die Königstraße hinauf. Wir hatten uns eine Weile nicht gesehen, und ich erzählte ihm irgendetwas, ich weiß nicht mehr was, wichtig war für mich nur, dass wir hier in der Sonne zusammen entlanggingen.
Plötzlich, auf der Höhe des Königsbaus, merkte ich, wie Paul steif wurde. Ich sah zu ihm, aber er blickte starr in die andere Richtung, auf ein eisernes Rondell. Dort saßen chinesische Studenten, nicht viele, vielleicht zehn oder zwanzig. Sie hielten selbst gemalte Plakate in die Höhe: »Verurteilt das Massaker auf dem Tian'anmen-Platz!«
Wir dachten beide das Gleiche. Wir sahen uns beide durch die Flure des Ulrich-Zasius-Hauses schleichen, und wir sahen die verängstigten Gesichter der damaligen jungen Chinesen. Diese hier in Stuttgart wagten sich in die Öffentlichkeit, und Paul und ich verstanden in diesem Augenblick, wie viel Mut es ihnen abverlangte.
»Mein Gott, war ich ein Idiot.«
Ich nahm ihn an der Hand, und wir gingen still zurück zum Bahnhof.

59. Alexander

Die Sitzung der Kommunistischen Hochschulgruppe hatte lange gedauert. Es war schon spät, als Alexander bei Toni klingelte. Sie öffnete ihm splitternackt.
Sie küsste ihn auf den Mund. »Komm«, sagte sie und zog ihn in die Wohnung.
In Tonis Bett lag Paul, Toni schlüpfte zu ihm unter die Decke.
Alexander griff nach einem Gegenstand, um sich festzuhalten. Es war dummerweise der Ölofen, und ein sengender Schmerz brannte sich durch Zeige- und Ringfinger.
Eifersucht ist bürgerlich, war der zweite Gedanke.
Also sagte er nur: »Hallo, Paul.«
Paul dachte wohl das Gleiche und antwortete ebenso uninspiriert: »Hallo, Alexander.«
Ein Gespräch wollte nicht in Gang kommen.
Toni versuchte die Situation zu retten, indem sie vorschlug, man könne zusammen in Webers Weinstube gehen.
Doch auch dort wollte sich kein Gespräch entwickeln. Alexander erzählte, dass er einen Artikel für die Kommunistische Volkszeitung schreiben solle. Paul schwieg.
Und so ging jeder kurz danach auf seine eigene Bude. Paul verstand nicht, was Toni geritten hatte, als sie Alexander reingelassen hatte. Alexander verfluchte Paul. Toni dachte, dass der Versuch, ihre Liebe zu beiden Männern offen zu le-

ben, gescheitert sei. Die propagierte freie Liebe hatte offenbar ihre eigene doppelte Moral.
Keiner von ihnen sprach diese Begebenheit jemals wieder an.

60. Toni

Die Verwandlung von Paul und Alexander von Rebellen in revolutionäre Bürokraten vollzog sich unter meinen Augen, unaufhaltsam, Schritt für Schritt, und ich verzweifelte daran. Paul, der morgens um sieben Uhr schlaftrunken bei Heppeler antrat, verbrachte jeden Abend mit Sitzungen. Wirklich jeden. Einmal in der Woche traf sich die Betriebszelle Heppeler, das waren Paul, Strunz und Elli und der schreckliche Ernst als revolutionärer Antreiber. Sie gaben eine Zeitung im DIN-A4-Format heraus, die geschrieben und gesetzt werden musste, was meist Elli übernahm und sie das Wochenende kostete. Allein das regte mich maßlos auf.
Damals fing es an, dass Paul manchmal stolperte und einmal sogar der Länge nach hinfiel, als ich mich bei ihm untergehakt hatte. Ich verlangte, dass er zu einem Arzt ging, aber er sagte, das sei nur revolutionärer Stress, und der sei positiv. Außerdem habe er keine Zeit. Das war richtig: Einmal in der Woche ging er zum Unterwandern in die Jugendgruppe der IG Metall, einmal in seine Schulungsgruppe, einmal traf sich der Ortsjugendausschuss, einmal die kommunistische Gewerkschaftsfraktion, einmal trafen sich die Zellenleiter verschiedener Betriebe. Immer wurde hart diskutiert, wurden Abweichungen von der revolutionären Linie festgestellt, Kritik und Selbstkritik verlangt. Hatte er mal eine freie Stunde, bastelte er an seinen seltsa-

men Lichtmaschinen, hantierte mit den Spiegeln im hinteren Teil seiner Wohnung.
Alexander war genauso fanatisch.
Er traf sich wöchentlich mit der Basisgruppe Soziologie und zweimal in der Kommunistischen Hochschulgruppe. Er war in der Verteilergruppe, die Flugblätter und Zeitungen vor Heppeler verteilte. Die traf sich ebenfalls wöchentlich, dann wurde er in die Ortsleitung seines maoistischen Klubs gewählt, und die Sitzungen nahmen nun überhaupt kein Ende mehr.
Es war Wahnsinn. Selbstbeschäftigung. Hoher Einsatz, um die Arbeiterklasse zum Kämpfen anzuregen.
Aber die dachte nicht an Kampf.
Paul zuliebe traten Reintraud und ich dieser Verteilergruppe bei. Wir sollten morgens ab halb sechs Uhr Flugblätter bei Intermetall verteilen und dann mit Reintrauds R4 vors Werkstor von Heppeler fahren. Um der Arbeiterklasse eine kleine Freude zu gönnen, zog Reintraud sich ihre wirklich sehr sexy aussehenden Hotpants an, und ich zwängte mich in den kürzesten Rock, den ich hatte.
Wir fanden, dass wir einen guten Auftritt vor dem Werkstor hatten. Die Flugblätter wurden uns aus der Hand gerissen, die Arbeiterklasse war sehr freundlich und interessiert. Als Paul verschlafen wie immer angetrabt kam und uns sah, musste er lachen, und er küsste mich.
Todmüde, aber glücklich fuhren Reintraud und ich ins Café Ruef und bestellten Laugenbrötchen und Kaffee. Da tauchte Ernst auf. Was uns einfiele, in diesem Aufzug vor der Arbeiterklasse zu erscheinen. Wir sagten ihm, er solle sich abregen, unser Auftritt sei ein voller Erfolg gewesen. So viele Flugblätter wie heute seien noch nie aufs Werksgelände gelangt. »Die Arbeiter denken, wir schicken ihnen jetzt Nutten«, schrie er. Dieser Satz hätte von meinem Vater stammen können. Ich stand auf und schüttete ihm mein Wasser

ins Gesicht. Reintraud und ich verteilten nie wieder Flugblätter vor Werkstoren.

Es gab andere Auseinandersetzungen. Wir protestierten gegen den Krieg in Vietnam. Damals gab es in Freiburg noch das Amerika-Haus. Wir blockierten die Straße davor, bildeten eingehakte Menschenketten und schrien uns die Seele aus dem Leib: »USA-SS-SA«.
Alles änderte sich, als die Bauern am Kaiserstuhl gegen das geplante Kernkraftwerk in Wyhl demonstrierten.
Das war etwas anderes als die Freiburger Demos: Männer um die fünfzig mit wettergegerbten Gesichtern, kräftige Bauersfrauen mit entschlossenen Mienen, Traktoren, die Kippschaufeln und Dungzangen drohend in die Luft hoben. Als die Demo schweigend losmarschierte, setzte plötzlich aus einem Lautsprecherwagen die Mundharmonika aus *Spiel mir das Lied vom Tod* ein.
Wir alle bekamen Gänsehaut, Paul, Alexander und ich.
Wir fuhren jede Woche an den Kaiserstuhl, sammelten Unterschriften zur Unterstützung der Bauern. Am Institut unterschrieb erstaunlicherweise der Professor für Parapsychologie als einer der Ersten auf meiner Liste. Paul tat sich in seiner Gewerkschaft schwerer. Es entstünden dann doch Arbeitsplätze, argumentierten vor allem die Älteren. Strunz sah sich wieder einmal bestätigt, dass die Arbeiter eigentlich rückständig seien.
Als der Bauplatz gestürmt wurde, waren Paul und Alexander bei den Ersten, die über die von den Traktoren niedergerissenen Bauzäune stürmten.
Wir hatten gewonnen.
Es kamen andere Kämpfe. Die Freiau, das Dreisameck, aber da war Alexander schon nicht mehr dabei.

61. Alexander

Es war an einem Montag, Alexander saß in der Bibliothek des Instituts für Soziologie und schrieb an seiner Diplomarbeit, als er ins Sekretariat gerufen wurde. Ein dringender Anruf, sagte Frau Muklin und hielt ihm den Hörer entgegen.
»Komm sofort nach Hause«, sagte Maximilian, »es ist etwas passiert.«
Frau Muklin lieh ihm das Geld für das Taxi.
Als er vor seinem Elternhaus ausstieg, kam mit schnellen Schritten Frau Ebersbach angelaufen, Tränen liefen ihr die Wangen herunter, und sie wischte sie nicht weg.
»Was ist passiert?«
Sie sah ihn an und antwortete nicht.
Im Haus waren alle Vorhänge zugezogen.
»Gut, dass du kommst«, sagte seine Mutter.
Sie saß im Dunkeln in einem Sessel.
Sie rauchte nicht.
Dann erhob sie sich schwerfällig, nahm ihn an der Hand, zog ihn ins Elternschlafzimmer. Der Vater lag mit offenem Mund auf seinem Bett, die Augen geschlossen. Er hatte seinen grauen Anzug an, die Krawatte umgebunden, fast sah er aus wie immer, aber etwas an seinem Gesicht war anders, merkwürdig entgleist. Alexander wusste sofort, dass er tot war.

Auf dem Stuhl neben dem Bett saß Maximilian; tränenüberströmt hielt er die Hand des Vaters. Als er für einen Augenblick zu seinem eintretenden Bruder aufsah, glaubte Alexander für einen kurzen Moment, ein triumphierendes Lächeln in seinem Gesicht zu sehen.
Alexander verachtete seinen Bruder mehr als je zuvor.
Er setzte sich aufs Bett und betrachtete seinen toten Vater.

ENDE

Was wirklich wichtig ist

Es geht nicht um ein Stück vom Kuchen,
es geht um die Bäckerei.

Graffito

62. Toni

Ziemlich lang habe ich den Fehler gemacht, mir aus beiden Männern den einen, den idealen, backen zu wollen.
Alexander, der bald viel Geld verdiente, wusste, dass ich Paris liebte. Er lud mich oft ein, und wir flogen von Basel aus zum Flughafen Charles de Gaulle. Mal gingen wir zu einem Stones-Konzert, dann führte er mich in die Oper. Ich hatte damals ein langes rotes Kleid aus Seide, das sich weich und angenehm an meinen Körper schmiegte. Wenn wir danach die geschwungene Treppe der Pariser Oper heruntersteigen – ich erinnere mich an einen warmen, frühen Sommerabend –, fand ich das erotisch aufregend. Alexander hatte meist einen Tisch im Café de la Paix reserviert, er winkte einen Kellner heran, und der führte uns an unseren Fensterplatz. Ich aß Austern. Ich mag Austern, weiß der Teufel, warum. Vor allem schmecken sie mir in Paris. Wenn ich mit Alexander im Café de la Paix saß, aß ich manchmal zwanzig davon. Mit Zitrone beträufelt. Herrlich. Unseren vegan orientierten Kindern darf ich das heute gar nicht mehr erzählen, die wenden sich angeekelt ab, aber damals – ich fand es großartig. Der Kellner stellte eine Flasche Champagner in einem silbernen Kühler neben unseren Tisch. Alexander sah mir liebevoll und ein wenig nachsichtig dabei zu, wie ich die Berge von Austern verzehrte.
War das Wetter gut, spazierten wir noch ein wenig den Bou-

levard des Capucines hinauf und verschwanden dann in einer Suite des Paris Le Grand, wo ich mich den kundigen Händen Alexanders überließ.

Warum auch immer, heute kann ich es nicht mehr nachvollziehen, aber damals dachte ich mir nichts dabei. Jedenfalls einmal wollte ich das mit Paul auch erleben. Wir fuhren mit dem Zug nach Karlsruhe und wechselten dort in den TGV. Paul zauberte eine Flasche Rotwein aus seinem Rucksack, dazu Käse und Brot, wir tafelten, und ehe wir uns versahen, standen wir im Gare de l'Est. Am Nachmittag ging ich mit ihm ins Café de la Paix; ich hatte dort den gleichen Tisch reservieren lassen, an dem ich sonst mit Alexander saß.

Es war schrecklich.

Es war schrecklich zu sehen, wie unglücklich mein geliebter Paul in dem Restaurant mit den goldenen Tapeten und den Palmen war. Hob Alexander nur eine Augenbraue, standen fünf Kellner um ihn herum; Paul konnte mit den Fingern schnippen, so viel er wollte, sie übersahen ihn.

Paul schrumpfte vor meinen Augen. Dieser große Mann wurde klein und immer kleiner. Ich versuchte die Situation durch Munterkeit zu überspielen, aber wir kannten uns zu gut. Ich konnte ihm nichts vormachen.

Irgendwann legte er die Serviette auf den Tisch und zog mich an der Hand hinaus ins Freie. »Wir müssen in die Seitengasse der Seitengasse.«

Er zog mich in das Gewühl der Straßen hinein, und schließlich saßen wir in einer kleinen Kneipe an einem Holztisch, tranken den herben Rotwein des Hauses, uns gegenüber saß ein junges Paar aus Limoges, das sein Glück in der Hauptstadt versuchte; sie Schauspielerin, er Computermensch. Als sie gegangen waren, setzte sich der Wirt an unseren Tisch, seine Frau brachte Brot, ein Steak tartare und eine neue Karaffe Rotwein. Als wir gingen, hielten wir uns an den Händen, sprangen durch die nächtlichen Straßen und liebten uns bis zum Morgen.

Beim nächsten Parisbesuch mit Alexander zog ich ihn in die Seitengasse der Seitengasse. Ich fand das Bistro nicht mehr, in dem ich mit Paul gewesen war, aber ich sah ein anderes, das mir gut gefiel. Aber Alexander fand die Rotweinringe auf dem Tisch nicht so pittoresk wie ich, er sah heimlich auf die Uhr, war unfreundlich zu mir und zum Wirt. Am nächsten Tag saßen wir wieder im Café de la Paix, ich aß zwanzig Austern, und alles war gut.

Paul wollte mir *sein* Paris zeigen. Er legte Wert darauf, dass er die Reise bezahlte, und so wohnten wir in einem winzigen Zimmer in einer Pension in der Rue de Rivoli. Die Dusche war so eng, dass ich jedes Mal, wenn ich mich umdrehte, mit dem Hintern den Heißwasserhebel aufdrehte und aufpassen musste, dass ich mich nicht verbrühte. Paul hatte zwei Stadtführungen gebucht, eine auf den Spuren der Großen Französischen Revolution und eine auf denen der Revolution von 1848. Wir liefen über den Friedhof Père Lachaise und besuchten Balzac, Gilbert Bécaud, Blanqui, Börne, die Piaf, Casanova, die Callas, Jim Morrison natürlich auch, aber länger blieben wir bei Chopin und Oscar Wilde.

Am Abend zogen wir in den Jazzklub Le Duc des Lombards und sahen ein hinreißendes Konzert mit drei Musikern, deren Musik Paul mir unbedingt vorstellen wollte: Charlie Mariano, Philip Catherine und Jasper van't Hof; Saxofon, Gitarre und Piano. Ich habe selten etwas Schöneres gehört; diese drei Männer auf der Bühne, die so innig miteinander spielten, die Übergänge so fließend gestalteten, die einander so aufmerksam lauschten und so intim miteinander musizierten. Ich heulte Rotz und Wasser und verschmierte Pauls Pullover, weil ich meinen Kopf an seine Brust drückte.

Alexander fühlte sich in dem Klub unwohl. Er fand, man saß zu eng aufeinander. Ihn störte es, dass während des

Konzerts Getränke serviert wurden. Er rutschte auf seinem Stuhl hin und her, klatschte nur mir zuliebe am Schluss, aber ich sah ihm an, er wünschte sich insgeheim, dass die Musiker keine Zugabe spielten.
Und ich war unglücklich, dass ihm *dieses* Paris nicht gefiel.
Ich hätte gerne einen Mann gehabt, der eine ideale Mischung aus meinen beiden Männern gewesen wäre.
Aber ich konnte aus Alexander keinen Paul machen. Und aus Paul keinen Alexander.
Irgendwann war es mir klar: Das Schicksal, falls es so etwas gab, hatte für mich zwei Männer vorgesehen. Für manche Frauen gab es den einen Mann fürs Leben, für mich gab es zwei. Sobald ich dies begriffen hatte, ging es mir besser. Und nie wieder führte ich Alexander in einen Jazzklub oder Paul ins Café de la Paix.

63. Alexander heute

Dr. Alexander Helmholtz betrat die Anwaltspraxis von Dr. Esser zehn Minuten vor fünf. Eine freundliche Assistentin führte ihn in einen hellen Besucherraum und brachte ihm eine Tasse Kaffee.
»Dr. Esser ist gleich bei Ihnen.«
Dann ließ sie ihn allein.
Wie lang das alles her ist? Und trotzdem: Die Erinnerung war frisch, als seien nicht Jahrzehnte verstrichen. Er sah Paul vor sich, wie er an seinem Schreibtisch in der Hildastraße saß und mit sorgfältiger Schrift die Erlebnisse des Tages in den Heften mit dem braunen Umschlag aufschrieb. Er selbst hatte nie Tagebuch geführt, er brauchte es nicht, um sich zu erinnern.
Der Tag, als sein Vater starb. Vater hatte sich unwohl gefühlt, und Frau Ballhaus, die damals bereits dessen Büro organisierte und die sein leichenblasses Gesicht beunruhigend fand, bestand darauf, dass er entweder sofort einen Arzt rief oder nach Hause fuhr, um sich auszuruhen. Der Vater hatte nur gelacht, aber sie war hartnäckig, und er hatte das kleinere Übel gewählt und war nach Hause gefahren. Die Mutter war in Sorge, denn noch nie hatte ihr Mann vorzeitig das Büro verlassen. Er legte sich aufs Bett, und sie rief den Hausarzt an. Als er kam, war Vater schon tot.
Alexander Helmholtz erinnerte sich, wie erschüttert seine

Mutter gewesen war, aber auch wie ruhig, trotz der Trauer. Noch am Abend hatte sie Maximilian und ihn in Vaters Arbeitszimmer gerufen.

»Trotz allem«, sagte sie, »müssen wir uns um die Firma kümmern. Die Firma ernährt uns. Maximilian wird ab sofort die Leitung der Firma übernehmen.«

Alexander Helmholtz erinnerte sich, wie sein Bruder sich um einige Zentimeter streckte und »Selbstverständlich, Mutter« flüsterte.

»Du brauchst nicht zu flüstern«, sagte die Mutter.

Dann wandte sie sich ihm zu. »Ich weiß, dass du dich nicht für die Firma interessierst. Das hast du nie getan. Trotzdem möchte ich, dass du ...«

»Mutter, ich bin Revolutionär. Ich kann nicht ...«

»Du bist auch ein Helmholtz.«

Schweigen.

Sie fingerte eine Lord Extra aus der Schachtel. Maximilian bückte sich rasch und griff nach dem silbernen Feuerzeug, schnappte den Verschluss auf, drehte an dem kleinen Rad und reichte ihr Feuer. Sie schüttelte den Kopf.

»Alexander, ich will nicht viel von dir. Ich will deine Meinung hören. Mehr nicht. Ich glaube, das bist du deinem toten Vater schuldig. Bilde dir eine Meinung über die Firma, bilde sie dir gründlich und sag mir, was du denkst.«

Er schwieg.

»Ist das zu viel verlangt?«

Das war es sicher nicht. Alexander wusste es. Mutter wusste es. Es war wirklich nicht viel verlangt.

Er sah, wie Maximilian tief Luft holte. »Alexander kann sich keine Meinung bilden. Er hat keine Ahnung. Er findet nicht einmal den Weg ins Büro.«

»Nein, das ist nicht zu viel verlangt.«

»Gut«, sagte Mutter und beugte den Kopf leicht in Maximilians Richtung. »Jetzt kannst du mir Feuer geben.«

64. Toni

Auf der Beerdigung von Alexanders Vater traf ich zum ersten Mal seine Familie, die harte Mutter, die ihre beiden Söhne eisern im Griff hatte. Auch Alexander. Sie musterte mich mit einem Blick, der mich ihrer andauernden Feindschaft versicherte. Im Grunde hasst sie mich noch heute. Sie liebt ihre Enkel, aber mich hasst sie. Sie sah in mir den Grund für Alexanders Liebe zur Revolution. Sie hatte keine Ahnung.
Ich fühlte mich fehl am Platz auf dem großen Friedhof. Alexanders Mutter am Grab, voll stolzer Trauer, aufrecht, die beiden Söhne neben sich, Maximilian mit Elisabeth, rund und gemütlich, die richtige Frau für ihn, dann Alexander und ich. Das vornehme Freiburg versammelte sich hinter dem Sarg. Eine unübersehbare Schlange schwarz gekleideter Menschen, die mir die Hand drückten und mir Beileid wünschten zu einem Toten, den ich nicht gekannt hatte.
Zum ersten Mal sah ich Alexander in einem Anzug. Er stand ihm gut. Er flüsterte mir zu, er spiele jetzt die Rolle des gut erzogenen Sohnes. Aber eigentlich müsste man die ganze Versammlung hier ins Volksgefängnis stecken.
Auf der Fahrt zur Beerdigung gerieten wir in eine Polizeisperre und wurden durchgewinkt, wahrscheinlich wegen Alexanders schickem Anzug. Es war die Zeit der großen Jagd. Sie hatte für mich mit den Nachrichten von der

Verhaftung von Andreas Baader, Jan-Carl Raspe und Holger Meins in Frankfurt begonnen. Ich hielt die RAF-Leute immer für verrückt. Ihre theoretischen Ergüsse, inhaltlich dünn und wirr und formal schon wegen der permanenten Kleinschreiberei kaum zu lesen, schickten sie in den Buchladen Libre libro in der Herrenstraße, wo ausgewählte Kunden sie lesen durften. Ich glaube, in meinem aufkeimenden Feminismus mochte ich das deutlich spürbare Mackertum (»Macho« sagten wir erst später) von Baader nicht. Vor allem lehnte ich Gewalt ab. Es war so unglaublich vermessen, sich herauszunehmen, über Leben und Tod zu entscheiden. Schleyer war ein alter Nazi. Sicher. Vielleicht ist er einer geblieben bis zum Schluss. Aber wenn die RAF alle alten Nazis hätte killen wollen – 1977 hätte das Massenmord bedeutet. Paul und Alexander lehnten die RAF auch ab, aber aus einem ganz anderen Grund. Es sei viel zu früh für den bewaffneten Aufstand, sagten sie. Die ganze Arbeiterklasse müsse zu den Waffen greifen. Pauls Freund Strunz, der ewige Skeptiker, sagte dann immer, wenn die Arbeiter bei Heppeler zur Waffe griffen, würde er sofort nach Frankreich fliehen. Alexander, Paul, Strunz und ich saßen in Alexanders kleiner Bude und starrten auf den Bildschirm, als die Tagesschau von der Verhaftung berichtete. Obwohl keiner von uns (wenn auch aus unterschiedlichen Gründen) ein Freund der RAF war, empfanden wir die Verhaftung der drei als Niederlage für uns alle. Ich sehe noch den mageren Holger Meins vor mir, nackt bis auf eine Unterhose, mit erhobenen Händen, und wie er dann von einem unglaublich feisten Polizisten abgeführt wird. Paul schaltete den Fernseher aus, wir saßen mindestens eine halbe Stunde da und schwiegen. »Die Revolution ist kein Deckchensticken«, zitierte Alexander dann Mao. Er meinte es halbwegs lustig. Aber es war nicht lustig.
In den nächsten Jahren geriet ich sieben Mal in Polizeikon-

trollen. Sieben Mal sah ich in die Läufe von Maschinenpistolen. Sieben Mal sah ich einen nahezu gleich alten Milchbart am Abzug, zitternd vor Angst. Reintraud, die bei zwei Gelegenheiten neben mir saß, machte dann immer Witze. »Die Leiche liegt im Kofferraum«, Blödsinn dieser Art. »Warum nicht«, sagte sie, »wir haben doch nichts verbrochen.« Sie zogen sie dann sofort aus dem Auto, Hände aufs Dach, Beine auseinander, diese Nummer. Es war kein Spaß. Die Staatsmacht zeigte ihre Instrumente.
Einer ganzen Generation.
Uns.
Sie zeigte eindrucksvoll, dass sie schießen würde.
Bis hierher und nicht weiter.
Ich glaube bis heute, dass es nicht nur um die paar Irren von der RAF ging. Einer ganzen Generation wurde die Grenze gezeigt. Und die wurde dann auch weitgehend akzeptiert.
Danach kamen nur noch Lichterketten.
Und inmitten dieses Wahnsinns starb Alexanders Vater.
Sein Sohn zog einen guten Anzug an, konnte die Straßensperre passieren und reihte sich ein in die trauernde Familie.
Und ich stand daneben.

65. Toni

Am selben Abend fragte mich Alexander: »Willst du mich heiraten?«
Ich lachte und sagte: »Nein.«

66. Alexander

Alexander fuhr mit dem Fahrrad in die Firma. Die Schranke an der Pforte stand gerade offen, der Pförtner war nicht zu sehen, und so fuhr er mit einem eleganten Schwung auf den Hof, stoppte an der Rampe und stellte das Rad neben einer kleinen Treppe ab.
Er war schon lange nicht mehr hier gewesen.
Kein gutes Gefühl. Er mochte die Firma nicht. Maximilians Gebiet. Sie erinnerte ihn daran, dass er Kapitalistenbrut war. Steif stand er da.
»Hey, du Penner, schaff das Rad hier weg.« Ein Mann im blauen Arbeitszeug, verschmiert mit Ölresten und Metallspänen, stand an der Tür zur Produktionshalle 1.
»Stört Sie das Rad?«
»Das gehört nicht hierher. Die Radständer sind hinterm Pförtnerhaus.«
»Danke für den Hinweis. Aber: Stört das Rad hier?«
»Schaff es weg. Sonst landet es dort.« Der Mann wies mit dem Daumen auf den Container für Metallabfall. Drohend stieg er die Treppe hinab.
»Wo ist eigentlich jetzt das Büro meines Bruders?«
»Ferienjobber gibt's in diesem Jahr nur im Versand. Und jetzt weg mit dem Rad. Das gehört hier nicht hin.«
»Maximilian ist kein Ferienjobber, soweit ich weiß.«
Der Mann verharrte inmitten der Bewegung und wurde

blass. Er deutete auf den Bürobau, ging rückwärts die Treppe hoch und verschwand in der Produktionshalle. Sicherheitshalber schob Alexander das Rad mit sich, lehnte es an das Firmenschild und schloss ab.
Maximilian war überraschend freundlich. Er hatte ihm die Bilanzen der Jahre im Besprechungszimmer aufgetürmt, die Gewinn- und Verlustrechnungen, die Quartalsberichte ans Finanzamt.
Sehr viel Papier. Papier, von dem er nichts verstand.
Nicht eine Zeile.
Er würde den Genossen Hubert Delius zu Hilfe nehmen. Hubert hatte das Studium bereits beendet und war als Volkswirt bei der Freiburger Sparkasse gelandet. Er langweilte sich dort zu Tode. Und wollte unbedingt zurück an die Uni.
Wenn die Zahlen marxistisch aufbereitet wären, würde ich's verstehen. Profitrate, zum Beispiel.
Profitrate = Profit ./. eingesetztes Kapital
Dann könnte er diesen Wert mit den Profitraten vergleichen, die in der Blechschneidebranche üblich sind.
Mit der Firma Ditzinger.
Dann könnte ich Vaters Laden einschätzen.
Mutter wäre zufrieden.
Ich hätte ein nettes Thema für meine Promotion. Unternehmensbewertung nach marxistischen Kategorien am Beispiel der deutschen Blechmaschinenhersteller. Irgend so etwas.
Wäre doch nicht schlecht.
Er traf sich mit Hubert in der Harmonie. Hubert hatte ein Problem. Genau genommen zwei. Das erste Problem war der Genosse Ernst. Der wollte nämlich, dass Hubert Zahlen über die Kunden der Sparkasse lieferte, darüber, wie sie wirtschaftlich so dastanden. Die wollte er dann in den Flugblättern verwerten, die der KBW vor den Werkstoren verteilte.
»Dann bin ich meinen Job innerhalb einer Stunde los.«

Und damit waren sie beim Problem Nummer zwei. Hubert glaubte nicht mehr, dass er je wieder zurück an die Uni konnte. Die Assistentenstelle, auf die er scharf gewesen war, hatte ein anderer bekommen.
»So sieht's gerade aus bei mir«, sagte er. »Vermutlich der Praxisschock«, fügte er hinzu. »Was ich bräuchte, wäre die Anwerbung eines wichtigen Kunden. Das würde meine Position in der Bank erst mal festigen. Die Firma deines Vaters zum Beispiel.«
»Die ist bei der Deutschen Bank.«
»Wenn ich die gewinnen würde, wäre das ein Paukenschlag bei der Sparkasse.«
»Hilf du mir, den Mist zu verstehen, den mein Bruder mir da aufgetürmt hat, und ich schaue, dass die Firma zur Sparkasse wechselt.«
Sie reichten sich die Hände und bestellten noch ein Rothaus.

67. Alexander

Eigentlich war es egal, ob sie die Zahlen marxistisch oder kapitalistisch interpretierten. Sie sagten in allen Fällen das Gleiche aus: Es stand schlecht um die Maschinenfabrik Weinmann. Ob Umsatzrendite oder Profitrate: Einmal waren es 1,3 und einmal 0,9 Prozent. Hubert fragte die Zahlen der Firma Ditzinger ab: 10,8 Prozent Umsatzrendite; der Umsatz selbst war zwanzig Mal so hoch wie bei Weinmann.
Alexander redete mit seinem Bruder.
»Das kannst du nicht vergleichen. Ditzinger kann Konturen schneiden, unsere Maschinen nicht.«
Ditzinger machte Extraprofit, weil seine Produktivkraft über dem Durchschnitt der Branche lag; Weinmanns Profit lag unter dem gesellschaftlichen Durchschnitt, wie Marx sagte, weil er rückständige Maschinen herstellte.
Alexander sprach mit den Konstrukteuren. Sie standen in sauberen Hemden und mit Schlips an ihren Brettern und hatten noch nie in ihrem Leben etwas anderes konstruiert als die Weinmann-Blechschneidemaschinen.
Herr Bergmann, der Nachfolger des Prokuristen Rieger, gerade vierzig geworden und damit neben Maximilian die jüngste Führungskraft, sagte ihm unumwunden: »Weinmann baut die Maschinen, bei denen Ditzinger nicht genug verdient. Wir kehren deren Abfall auf.«
Ditzinger baute Maschinen, mit denen die Kunden nicht nur

rechteckige oder quadratische Formen schneiden konnten. Der Konkurrent baute Anlagen, die die unterschiedlichsten Formen aus dem Blech herausstanzen konnten, Kreise, Ellipsen. »Nibbeln« hieß das Verfahren, von dem Alexander zum ersten Mal hörte. »Ditzinger ist der Nibbel-König«, sagte Bergmann.
»Kriegen wir das auch hin?«, fragte Alexander.
Bergmann schüttelte den Kopf.
Die Eigenkapitalquote lag unter zehn Prozent. Eigentlich gehörte die Firma der Deutschen Bank.
Maximilian entgegnete ihm auf seine Fragen: »Das ist Vaters Erbe. Du kommst ein paar Tage her, zum ersten Mal in deinem Leben, und redest alles schlecht.«
Spätabends setzte er sich mit Hubert an einen Tisch in Webers Weinstube.
»Und? Bist du immer noch scharf darauf, Vaters Firma als Kunden für die Sparkasse zu gewinnen?«
»Schon. Aber der Befreiungsschlag, der mich in der Bank weiterbringt, wär's nicht.«
Sie tranken ihren Gutedel und schwiegen.
Er musste mit der Mutter reden. Ohne Maximilian.
Es wurde ein langes Gespräch.
»Um ehrlich zu sein, es ist nicht sicher, ob du bis zum Ende deiner Tage in diesem Haus wohnen kannst. Es ist nicht sicher, ob die Firma dir weiterhin den Lebensunterhalt sichern kann. Irgendwann braucht niemand mehr unsere Maschinen, weil man sich lieber die von Ditzinger kauft, die schneiden nicht nur Quadrate und Rechtecke, die können auch Kreise und Ellipsen, jede geometrische Figur. Unsere Firma hat nicht das Geld und nicht das Personal, um solche Maschinen zu bauen. Es wird irgendwann vorbei sein mit Weinmann, ich weiß nicht, wann, vielleicht in zwei Jahren, vielleicht in fünf, vielleicht in zehn. Spätestens.«
Die Mutter hörte lange zu, nickte hin und wieder mit dem

Kopf und rauchte. »Ich habe es mir fast gedacht«, sagte sie zum Schluss und drückte die Lord Extra aus. Dann sah sie ihn an. »Kannst du die Firma auf Vordermann bringen?«
»Nein. Ich verstehe nichts vom Blechschneiden. Ich gehe einen anderen Weg.«
»Aber du hast mir nach ein paar Wochen mehr über die Firma deines Vaters erzählen können als dein Vater und dein Bruder in all den Jahren.«
»Marxistische Theorie und soziologische Analyse, Mutter. Das liegt daran, dass ich weit genug davon entfernt bin, sodass ich klar sehen kann.«
»Dein Bruder, Alexander, ist ein guter Ingenieur. Er ist sicher fleißig. Er hat immer getan, was ihm aufgetragen wurde. Aber ihm fehlt der Überblick. Er macht die Dinge so, wie sie immer gemacht wurden.«
Sie kennt ihn besser, als ich vermutet habe, dachte Alexander.
»Ich möchte, dass du einen Weg suchst, die Firma zu retten. Nur den Weg. Du brauchst ihn nicht selbst zu gehen.«
Alexander dachte an seine Doktorarbeit und reichte seiner Mutter die Hand.

68. Alexander heute

»Dr. Esser ist gleich bei Ihnen«, sagte die freundliche Assistentin und zog die Tür hinter sich sanft ins Schloss.
Er kann bleiben, wo der Pfeffer wächst, dachte Alexander Helmholtz.
Warum hatte er das Mandat von Pauls Sohn angenommen, sein rotarischer Freund?
Aber: Paul war tot.
Paul, der die Ideale ihrer Jugend nicht aufgeben wollte.
Helmholtz rutschte auf seinem Stuhl hin und her.
Die Ideale der Jugend waren eine Fessel. Paul hatte sich davon nie befreit. Auch Toni ist noch darin verstrickt. Nicht so sehr wie Paul zu seinen Lebzeiten, aber immer noch viel zu sehr.
Einerseits sah er genau, was sie leistete. Er wachte in der Nacht auf, weil sie, die er mehr als alles auf der Welt liebte, mit den Zähnen knirschte. Ihre Backenzähne mahlten, kein schönes Geräusch. Er strich ihr dann im Schlaf sanft über die Wange, und sie entspannte sich, ohne wach zu werden.
Alles wegen dieser magersüchtigen Gören.
Er hatte sich mit ihrer Arbeit beschäftigt. Er hatte mit ihr die Erfolgsraten ihrer Therapie diskutiert.
Eine von fünf!
Rechnet sich das?
Fünf von fünf leisteten Widerstand gegen die Therapie. Sie

waren nicht einmal dankbar, dass diese großartige Frau sich ihrer annahm. Sie belogen und betrogen sie. Stopften sich Steine in die Vagina, um ein höheres Gewicht vorzutäuschen.

»Wenn du ihnen nicht helfen kannst, warum suchst du dir keine einfacheren Patienten?«, hatte er sie gefragt. Mädchen, die schlecht in der Schule waren oder so etwas, etwas Einfacheres eben.

Das Funkeln in ihren Augen brachte ihn zum Schweigen.

Die Ideale der Jugend sind eine Fessel.

Ihm war das in diesem Moment klarer als je zuvor.

Es war normal, in jungen Jahren eine ideale Welt anzustreben. Man kannte die wirkliche ja noch nicht. Man kannte nur Bücher und Filme. Fiktion.

Die Ideale der Jugend sind ein geistiger Kokon, dachte er. Erwachsenwerden bedeutet, diesen Kokon aufzubrechen, um in die Welt zu treten. Die Welt zu verstehen, wie sie wirklich ist. Das ist Befreiung. Paul hat das nie geschafft. Er war immer eine Raupe geblieben. War nie ein Schmetterling geworden.

Paul war nicht dumm gewesen. Das konnte man nicht sagen. Er hätte Techniker werden können. So etwas in der Art. Mit etwas Anstrengung vielleicht sogar Ingenieur.

Stattdessen war er bei jeder Bewegung vorne mit dabei. Gab das Unruhestiften nicht auf. Auch bei der Besetzung von Häusern, der Besetzung fremden Eigentums also, stürmte Paul immer vorneweg. Heppeler hatte ihn deshalb an die Luft gesetzt.

Während Paul die Grünen mitgründete, wahrscheinlich Biogemüse anbaute, habe ich geholfen, den Airbag zu entwickeln. In Tonis Augen zählte das natürlich nicht. Für sie war das bloß technisches Zeug. In Wirklichkeit hatte er mehr Leben gerettet als sie.

Aber es war hart. Die Helmholtz-Gruppe lieferte die Maschinen, die die Gehäuse für den Airbag zurechtschnitten und die beiden Teile zu einem Airbag zusammenfügten. Schneiden und fügen – die Kompetenz der Helmholtz-Maschinen. Erst hatten sie über Monate versucht, das Material mit einer messergestützten Maschine zu schneiden, aber die Schnittkanten zerfaserten, und das hätte die Insassen verletzt, wenn der Airbag in Aktion trat. Aber sie hatten es geschafft. Mit neuester Technologie wurde der exakte Schnitt erreicht, und die Ränder wurden gleichzeitig verschweißt, sodass keinerlei Verletzungsgefahr durch den Airbag mehr bestand.

Die sinkende Zahl der Verkehrstoten ab den achtziger Jahren war dem Airbag zu verdanken – und damit auch ihm. Aber zählte das etwas bei Leuten wie Paul?

Diese Leute hatten keine Ahnung, worum es wirklich ging. Man konnte die Globalisierung ablehnen. Konnte man. Das war ein Standpunkt, der akzeptabel war. Aber wenn man die Globalisierung ablehnte, verschwand sie deshalb?

Er hatte vor zehn Jahren ein Werk in Changchun in der chinesischen Provinz Jilin gebaut und vor vier Jahren eins in Südkorea. Dort herrschte ein anderer Geist. Man merkte, dass diese Völker etwas erreichen wollten. Der Optimismus war ansteckend. Er spürte den Unterschied jedes Mal, wenn er die Werke dort besuchte.

Wenn Deutschlands Hauptsorge weiterhin biodynamisches Essen, der lächerliche Feinstaub und die Panik vor Großprojekten blieb, würde dieses Land in zwanzig Jahren eine chinesische Kolonie sein. Unabweisbar.

So einfach war das im Grunde.

Deutschland besaß keine Rohstoffe. Sein einziges Gut waren das Können und die Kreativität seiner Menschen. Und trotzdem schaffte es das Land nicht, zehn Prozent seiner Ausgaben in Bildung zu investieren.

Ich lehne einen Staat ab, der unendlich Geld in die Sozi-

alausgaben steckt, aber viel zu wenig für die Ausbildung der Jugend tut.
Aber ich kämpfe. Ich fahre gern nach China, aber ich will nicht in einer chinesischen Kolonie leben. Ich will nicht, dass meine Kinder in einer chinesischen Kolonie leben müssen. Ich bin Europäer.
Manchmal versuchte er mit Toni über diese Dinge zu reden. Über die großen Linien. Über die Dinge, die wirklich zählten. Die Globalisierung und ihre Folgen. Sie hörte höflich zu und wechselte elegant das Thema, sobald es möglich war. Sie langweilte sich bei den Dingen, die ihm wichtig waren.
Manchmal sagte sie: »Alexander, du tust das alles nicht, um die Welt zu retten.«
Alexander Helmholtz fühlte sich dann plötzlich so müde, als habe ihm jemand den Stecker gezogen.

69. Toni

Ich hatte mir immer gewünscht, dass die extrem revolutionäre Welle verebben würde. Aus egoistischen Gründen, das gebe ich zu. Alexander und Paul, die Revolutionsbürokraten, hasteten von Sitzung zu Sitzung: Betriebszellensitzung, IG-Metall-Ortsjugendausschusssitzung, Redaktionssitzung, Leitungssitzung, Stadtteilkomiteesitzung. In wechselnden Besprechungen trafen sich immer wieder dieselben Leute. Sie hatten keine Zeit mehr für mich. Und wenn, dann waren sie mit ihren Kräften am Ende. Der Sex wurde fade. Mit beiden. Und ich sah mich nach anderen Männern um.
Ich fuhr mit einem hübschen Sportstudenten nach Paris. Er fühlte sich gut an, ich konnte jedem Muskel mit der Hand folgen, nicht schlecht, wirklich, aber er redete über Tennis, über Muskelaufbau, über Erholungsmanagement – er redete nur über Mist, der mich nicht interessierte. Ich fasste ihn gern an, sein Körper war aufregend, aber sobald er mir meinen Orgasmus besorgt hatte, ertrug ich ihn nicht mehr im selben Bett. Was eben noch begehrenswert und heiß gewesen war, war jetzt lästiges Fleisch. Er lag behäbig auf dem Rücken, die Arme hinter dem Kopf gekreuzt, der Schwanz hing nutzlos zur Seite. Meist sprang ich dann sofort ins Bad und fühlte mich schäbig.
Je dogmatischer das Politische wurde, desto mehr verzog sich die Liebe. Das galt für alle aus der Clique. Früher war

es noch ein munteres Beziehungskarussell gewesen, das sich lustig drehte, doch je härter die Ideologien wurden, desto langsamer und mühevoller kreiste es; schließlich blieb es stehen, und die Paare, die zu diesem Zeitpunkt gerade das Bett miteinander teilten, blieben zusammen. Bei Paul war es Elli. Statt freier Liebe galt nun die revolutionäre Kameradschaftsbeziehung. Gemeinsam kämpfen Frau und Mann gegen den Kapitalismus an. Das Erich-und-Margot-Honecker-Modell – scheußlich.

Alexander wollte sich nur vorübergehend um die Firma seines Vaters kümmern. Eine Erbschaftssache, die er zu regeln hatte. Dann fand er dort das Thema seiner Doktorarbeit: Wandel beruflicher Rollenbilder innerhalb eines sich technologisch wandelnden Familienbetriebs.

Es war interessant: Alexanders Abschied von der K-Gruppe verlief schleichend, aber ziemlich rasant. Unter dem Vorwand seiner Promotion zog er sich Stück für Stück aus dem Revolutionsgeschäft zurück. Er fand einfach eine neue Perspektive. Statt Einschätzungen zur Weltlage schrieb er jetzt Papiere über Blechverarbeitung, statt Flugblätter verfasste er Geschäftsberichte für die Sparkasse. Und nach und nach war er von dem einen so besessen wie vorher von dem anderen.

»Der Unterschied ist gar nicht so groß«, sagte er mir mal. »Wenn du Revolution machst, musst du Leute zu Aktionen bewegen, auf die sie von alleine nicht kämen. Wenn du Firmenchef bist, ist es genauso.«

Auf gewisse Weise bin ich dankbar, dass mein Mann diesen gleitenden Übergang geschafft hat. Bei Paul lief es nicht so glatt.

70. Toni

Ich erinnere mich noch genau an den Abend, als ich zu Paul lief, Sex im Kopf hatte und zu meiner Überraschung Strunz bei ihm saß.
Sie waren beide ziemlich aufgeregt. Heppeler wollte im ganzen Unternehmen Leistungslöhne einführen, auch im Werkzeugbau und in der Versuchsabteilung, »bei den Arbeiteraristokraten«, sagte Strunz. Es sei sonnenklar, dass dies der Anfang von Rationalisierungen sei, und am Ende stünden Entlassungen. Strunz und Paul waren damals Betriebsräte, aber mit ihrer Meinung in der Minderheit. Die Mehrheit, angeführt von Wagner, dem Betriebsratsfürsten, habe dem Plan der Geschäftsleitung zugestimmt, und nun hätten sich die betroffenen Kollegen an sie gewandt. »Betriebsratsfürst« und »Arbeiteraristokratie« – interessante Wortwahl, aber ich hoffte, dass Strunz endlich verschwand und ich Paul für mich allein hatte.
Aber Strunz ging nicht. Sie entwarfen einen Text für eine Unterschriftenaktion, in der der Betriebsratsfürst aufgefordert wurde, sofort eine Abteilungsversammlung einzuberufen. Sie beurteilten die Ausgangslage allerdings skeptisch. Die Frage war, ob die Kollegen aus der Montage, der Fräserei und Dreherei, die lange schon mit Vorgabezeiten arbeiteten, solidarisch sein würden.
Ich war damals in großer Sorge um Paul, weil er in den letz-

ten Monaten immer häufiger stürzte. Er sagte, dass es sich so anfühlte, als würde er nicht mehr spüren, wie sein Fuß den Boden berührte, es schien ihm, als sinke er in den Boden ein. Für eine Sekunde setzten seine Nerven im Fuß aus, und wenn er in dieser Sekunde auftrat, fiel er. Wir gingen nebeneinander in der Stadt, untergehakt, und plötzlich stolperte er oder fiel der Länge nach auf den Bürgersteig. Dennoch ging er nicht zum Arzt. Ich bat, ich flehte, ohne Erfolg. Bis ich das Radikalmittel anwandte: kein Sex, bevor wir nicht wissen, was mit dir los ist.

Dann endlich machte er einen Termin beim Hausarzt, und der überwies ihn in die Neurologische Uniklinik. Ich ging mit. Sie setzten ihm Elektroden an den Kopf und an die Füße und maßen die Zeit, die der Strom auf dieser Strecke brauchte. Nach ein paar Tagen musste er wieder erscheinen, dann zogen sie ihm aus der Wade eine Nervenbahn und untersuchten sie. Diagnose: chronische Nervenentzündung in beiden Beinen. Ursachen? Schulterzucken.

Damals wussten wir noch nichts von der Gefährlichkeit von Trichlorethylen, mit dem Paul bei der Arbeit immer hantierte. Wir wussten nicht, dass es die Nerven angreift, und wir wussten auch nicht, dass es Nierenkrebs auslösen kann. Hätten wir es damals gewusst – ich hätte dafür gesorgt, dass Paul sofort die Firma verlässt. Vielleicht würde er heute noch leben.

An diesem Abend jedenfalls war ich sauer, dass er mit Strunz an diesem Unterschriftenblatt arbeitete, ich ging wieder, unbefriedigt und schlecht gelaunt.

Wagner lehnte die Versammlung ab, und Paul und Strunz riefen die Kollegen zu einer Versammlung in den Tennenbacher Hof. Es ging wohl hoch her, die Arbeiter waren sauer. Einer von ihnen rief, man solle sofort streiken – und das machten sie dann auch.

Der KBW verteilte am nächsten Tag Flugblätter, in denen

er den wilden Streik in den beiden Abteilungen von Heppeler als Zeichen der herannahenden Weltrevolution deutete. Wagner und die Gewerkschaft distanzierten sich von der Aktion. Strunz und Paul waren skeptisch, ob die Kollegen wirklich durchhalten würden, aber als es losging, organisierten sie alles. Es gab eine Mahnwache vor dem Werkstor, die Arbeiterfrauen brachten Kaffee und Kuchen. Die Stimmung war gut. Eine Woche lang.
Dann kamen die ersten drei fristlosen Kündigungen: Störung des Betriebsfriedens. Einer der drei Arbeiter hatte vier Kinder. Er war völlig verzweifelt. Zwei Tage später ging er an seinen Arbeitsplatz, Heppeler wandelte die Kündigung in eine Abmahnung um. Die anderen beiden Gekündigten blieben vor dem Werkstor, aber die Stimmung war dahin. Es wurde ernst.
Es folgten zwei weitere Kündigungen. Fristlos. Beide Arbeiter gingen wieder zur Arbeit, und auch ihre Entlassungen wurden in Abmahnungen umgewandelt. Dann schrieb Heppeler den Streikenden, dass sie die nächsten Kündigungen nicht mehr zurücknehmen würden. Danach gingen zwei wieder ins Werk. Am nächsten Tag noch einer. Es folgten fünf fristlose Kündigungen.
Bei der nächsten Versammlung war ich dabei. Paul hatte am Vorabend wieder das Clausewitz-Buch in der Hand. »Der Rückzug ist das Schwierigste«, sagte er.
Ernst saßen dreißig erwachsene Männer in dem Saal. Gestandene Männer, es ging um ihre Existenz. Jeder wusste es. Strunz fragte sie, wer weiterstreiken würde. Vierzehn Hände hoben sich. Zu wenige.
Paul bot an, über eine Rückkehr der Streikenden zu verhandeln. Das Angebot wurde erleichtert angenommen. Aber alle schlichen mit hängenden Schultern aus dem Saal.
Strunz und Paul gingen am nächsten Tag ins Werk. Sie saßen Heppeler junior, Schmidt und Wagner gegenüber. Die

Bedingungen der Firma waren klar: 1. Die Arbeiter kehren sofort an ihren Arbeitsplatz zurück. 2. Heppeler nimmt alle Kündigungen zurück. 3. Alle akzeptieren eine Abmahnung. 4. Der Leistungslohn wird von allen schriftlich bestätigt. 5. Paul und Strunz werden wegen Störung des Betriebsfriedens fristlos entlassen, eine Abfindung wird nicht gezahlt.
Am Abend fand erneut eine Versammlung statt. Am nächsten Morgen marschierten Pauls Kollegen wieder durchs Werkstor. Als Paul und Strunz erschienen, um ihre Sachen abzuholen, erhoben sich alle, einige applaudierten und klopften mit einem Werkzeug auf Metall.
Zwei Tage später wurden beide aus der IG Metall ausgeschlossen. Unvereinbarkeitsbeschluss, wer Mitglied in einer kommunistischen Organisation sei, könne nicht Mitglied in einer Gewerkschaft des DGB sein.
Der Obergenosse Ernst bestellte Paul zum Rapport. Er habe den Rückzug der Arbeiter eingeleitet. »Du hast die Arbeiterklasse vom Kampf abgehalten«, warf er ihm vor.
Beides, der Gewerkschaftsausschluss und die scharfe Kritik innerhalb des KBW, setzten Paul mehr zu als der Verlust des Arbeitsplatzes. Mein proletarischer Held wurde klein und immer kleiner, und ich mühte mich, ihn aufzumuntern, aber es gelang mir nicht. Er versteckte sich in der Hildastraße und bastelte unentwegt an seinen merkwürdigen Lichtmaschinen herum.
Er litt, als habe ihm jemand das Herz herausgerissen.
Und ich konnte ihm nicht helfen.

Er begann wieder von vorne. Studierte Marx und Lenin. Tagelang. Nächtelang.
»Es ist unglaublich, was ich überlesen habe«, sagte er zu mir und zog einen der braunen Lenin-Bände aus dem Regal.

»Hör mal zu, was er nach der Revolution geschrieben hat. ›Einführung des Stücklohns, Anwendung von vielem, was an Wissenschaftlichem und Fortschrittlichem im Taylorsystem enthalten ist‹. Komisch liest sich das, wenn man gerade gefeuert wurde, weil man gegen die Einführung des Stücklohns gekämpft hat.«
Ich küsste ihn. Was hätte ich sonst tun sollen?
»Und hier: ›Unsere Staatsgewalt ist zu mild. Die Unterordnung, und zwar die unbedingte Unterordnung während der Arbeit, unter die einzelverantwortlichen Anordnungen der sowjetischen Leiter, der Diktatoren, seien sie nun gewählt oder von Sowjetinstitutionen ernannt, die mit diktatorischen Vollmachten ausgestattet sind‹.« Er klappte das Buch zu und nahm ein anderes, las mir wieder irgendwelche scheußlichen Stellen vor.
»Kämpfen wir *dafür?*«, fragte er mich. »Für Akkord und Fließbandarbeit?«
Was sollte ich ihm antworten?
Dann entdeckte er die Verräterliteratur, wie er sie nannte: die ausgetretenen und ausgeschlossenen ehemaligen Kommunisten, Arthur Koestler, Manès Sperber, die Erinnerungen der deutschen Kommunistin Rosa Meyer-Leviné, den Russen Lew Kopelew und den Spanier Jorge Semprún.
»Toni, wir hätten es wissen können«, sagte er.
»*Du* hättest es wissen können«, sagte ich. »Ich war nie so bescheuert wie du.«
„Wie kann das sein, dass man das Gute will, das Richtige und dann ...«
»... in einer Sekte endet«, schlug ich vor.
»Erinnerst du dich noch daran, wie wir vor dem Amerika-Haus gegen den Krieg in Vietnam protestiert haben?«
Natürlich erinnere ich mich daran. Wir standen zu dritt in der zweiten Reihe, ich in der Mitte, rechts Alexander, links Paul, eingehakt wie all die anderen, und ich drückte die

beiden so fest an mich, wie ich nur konnte. Wie sollte ich das vergessen?
Paul sagte: »Weißt du noch was wir riefen?«
Ich schüttelte den Kopf.
»Wir riefen USA-SA-SS.« Er sah mir direkt in die Augen.
Ich nickte. Jetzt fiel es mir wieder ein.
»Wir hatten recht, gegen den Krieg in Vietnam zu demonstrieren. Aber die Parolen, die wir dabei schrien, waren verkehrt. Die USA mit der SS gleichzusetzen, das war ein großer Fehler in der Analyse der USA. Es herrschte dort kein Faschismus, auch wenn der Vietnamkrieg abscheulich war.« Er überlegte eine Weile. »Und haben wir so nicht das Gleiche gemacht, was wir unseren Eltern vorwarfen?«
Ich sah ihn fragend an.
»Mit dieser Parole haben wir die Naziherrschaft und all das, was damit zusammenhing, kleiner gemacht. Nicht zuletzt die Schuld der Henker, die ja noch alle Gerichtsstuben und Rektorate und Firmenvorstände bevölkerten.«
»Na ja, das war sicher nicht meine Absicht. Und deine doch sicher auch nicht.«
Paul schüttelte den Kopf. »Das Verrückte ist, dass wir Richtiges und Falsches gleichzeitig taten. Damals war es außerhalb meiner Vorstellungskraft, dass das, was ich tat, in irgendeiner Form falsch sein könnte.« Er sah mich an, bis er sich sicher war, dass er meine Aufmerksamkeit hatte. »Und dann zogen Alexander und ich uns historische Kostüme an, die gar nicht zu uns passten, die Mützen der Weimarer KPD, wir klebten uns die Bärte der russischen Revolutionäre an und zwängten uns in die blauen Jacken mit dem Mao-Kragen.«
Ich musste lachen, weil ich mir Paul mit einem angeklebten Bart vorstellte, aber ich wusste, wie ernst es ihm war.
»Abgetragene Kostüme, alle schon ziemlich zerschlissen. Ich hätte ein Mörder werden können«, sagte er.

Meine beiden Männer zogen so unterschiedliche Schlüsse aus ihrer maoistischen Phase, wie Alexander diese Zeit nannte. Alexander schüttelte sie ab; bei Paul blieb ein tiefes Misstrauen gegen sich selbst zurück.

71. Alexander heute

Alexander hatte seine maoistische Phase nicht in allzu schlechter Erinnerung. Eine jugendliche Überspanntheit, ein Fehler, schlimm, das schon, aber er hatte in dieser Zeit viel gelernt. Bei einem Empfang sprach ihn vor einigen Jahren – wenn er richtig überlegte, wohl eher vor einigen Jahrzehnten – ein Banker von der Deutschen Bank an: »Waren Sie das nicht, der bei uns einmal eine Fensterscheibe eingeworfen hat?« Er hatte dem Mann fest in die Augen gesehen: »War es nicht Churchill, der gesagt hat, dass man kein Herz hat, wenn man mit zwanzig nicht Kommunist ist, und keinen Verstand, wenn man es mit dreißig immer noch ist?« Der Mann hatte etwas gezwungen gelächelt, man hatte die Gläser aneinandergestoßen, und Helmholtz war zum nächsten Tisch gegangen.
In den frühen Siebzigern hatte sich der Bund Kommunistischer Arbeiter aus Freiburg mit einigen anderen Gruppen aus Westdeutschland zum Kommunistischen Bund Westdeutschland KBW zusammengeschlossen, mit allem Drum und Dran, Zentralkomitee, freigestellten Berufsrevolutionären, Büros, erst in Mannheim, dann in Frankfurt. Mischa wurde in das erste Zentralkomitee gewählt und verließ Freiburg. Sein natürlicher Nachfolger war Mike, der Student mit den roten Haaren. Alexander wurde in die Freiburger Ortsleitung gewählt.

Dieser Aufstieg hatte etwas Beruhigendes für ihn, so als würde er nun von dem Makel seiner bürgerlichen Abstammung befreit. Diese hatte ihn belastet, denn nur das proletarische Element schien immer den richtigen Weg zu kennen oder ihn auf geheimnisvolle, instinktive Weise zu gehen.
Er erinnerte sich noch an den Sturm auf den Bauplatz in Wyhl. In der Gegend direkt um den Bauplatz, auf dem das Kernkraftwerk entstehen sollte, war ein Demonstrationsverbot verhängt worden. So hatten die Bürgerinitiativen zu einer großen Kundgebung nach Sasbach aufgerufen, und Zehntausende strömten zusammen. Am Ende der Kundgebung hieß es, es sei zwar verboten, am Bauzaun zu demonstrieren, aber dort spazieren zu gehen könne niemandem untersagt werden. Alexander war mit Toni und Reintraud in deren altem R4 zur Kundgebung gefahren. Gemeinsam spazierten sie dann mit einigen Zehntausend Menschen zum Bauzaun.
Plötzlich sahen sie Paul.
Er war mit einer Gruppe Gewerkschafter aus Freiburg da. Alexander sah, wie er und seine Kollegen Gestrüpp, Reisig, Äste und Ähnliches aus dem Wald anschleppten und neben dem Zaun auftürmten, bis dieser Turm den Zaun überragte. Dann kippten sie weiteres Gestrüpp auf die andere Seite des Zauns. Vor ihren Augen entstand eine Art Brücke, eine sehr komfortable, leicht begehbare Brücke über den Zaun. Toni hatte sofort mitgeholfen und Äste aus dem Wald gezerrt. Alexander sah, wie auch an anderen Stellen derartige Brücken entstanden. Die Demonstranten strömten darüber auf den Bauplatz und besetzten ihn.
Warum war er nicht auf diese Idee gekommen? Warum Paul? Lag das an seinem legalistischen bürgerlichen Klassenbewusstsein? Wahrscheinlich. Er fühlte sich klein und gedemütigt vor dem wahren revolutionären Bewusstsein, das Paul an den Tag legte.

Die Polizei hatte sich auf den hinteren Teil des riesigen Geländes zurückgezogen und stand nun in einer langen Reihe vor ihnen, eingeschüchtert, hinter ihr nur der Zaun und der Rhein, vor ihnen achtundzwanzigtausend Menschen, die langsam auf sie zukamen.

Alexander klaubte einige Steine vom Boden auf. Er wollte eine revolutionäre Tat vollbringen, die Scharte auswetzen, Toni zeigen, dass er auch Massen führen konnte. Gerade als er den Arm hob, um einen Stein auf die Polizisten zu schleudern, hielt Paul ihn fest.

»Nicht werfen, Alexander. Sieh nur, sie haben Angst, sie halten die Hunde an der kurzen Leine. Wenn wir sie jetzt steinigen, müssen sie den Knüppel ziehen. Unsere Übermacht reicht. Keine Steine.«

Alexander ließ den Arm sinken. Toni nahm ihm den Stein aus der Hand und warf ihn auf den Boden. Und tatsächlich: Nach ein paar Minuten zogen die Polizisten ab. Niemand hinderte sie daran.

Später erklärte der baden-württembergische Ministerpräsident, der Bau des Kernkraftwerks sei nicht mehr notwendig. Die Schlacht um Wyhl war gewonnen.

Erstaunlicherweise hatten sich innerhalb des maoistischen KBW Führungsstrukturen entwickelt, die er später in Firmen- und Konzernvorständen wiederentdeckte. Es gab zwei Führungskader an der Spitze, zwei ehemalige Heidelberger Studenten. Der eine hieß Joki Öler und der andere Manfred Gabler. Der eine gab den nachdenklichen Strategen, der andere den Haudrauf. Der Guru und der Kommissar, meinte Toni. Beide entwickelten das, was er später das Syndrom der Zentrale nannte und in zahlreichen Vorständen wiederfand. Öler und Gabler hielten alle in den Ortsgruppen für ausgemachte Idioten, die unfähig waren, die geniale Strategie der Zentrale richtig umzusetzen. Deshalb mussten sie die unteren Chargen »anleiten«. Aber die schafften es nie, Politik zur Zufriedenheit des Zentralkomitees zu entwickeln. In Wahrheit stieß sich die Wirklichkeit an den revolutionären Vorgaben. Alexander, der oft keine einzige *Kommunistische Volkszeitung* vor dem Werkstor bei Intermetall oder Hüttinger verkaufte, legte das Geld aus eigener Tasche dazu und erreichte so die gewünschte Vorgabe.

Alexander hörte heute seinen Niederlassungsleitern aufmerksam zu. Er nahm sie ernst. Er war der Guru.

Er erinnerte sich noch genau an die Konferenz, in der Mike abgesetzt wurde. Joki Öler war nach Freiburg gekommen und warf Mike *rechte Abweichungen im linken Gewand* vor. Als Paul einen Einwand wagte, sagte Öler, er verfolge eine *Linie der linken Abweichung im rechten Gewand*. Paul schwieg verblüfft, und nun hatte keiner mehr den Mut, etwas einzuwenden. Mike wurde abgewählt, und Öler schlug Ernst als neuen Vorsitzenden der Freiburger Ortsgruppe vor. Darüber waren alle verblüfft. Ernst selbst am meisten. Paul stimmte als Einziger gegen ihn und hatte nun einen Feind – und die Zentrale einen willfährigen Statthalter und jemanden, der sich ab sofort mit ganzer Kraft der Jagd auf Abweichler widmete.

Dass sie diesen Wahnsinn damals nicht sahen! Gabler vom ZK gefiel nicht, dass die Genossen sich Autos kauften, wie es ihnen gerade einfiel. Es wurde beschlossen, dass alle Genossen eine einheitliche Marke fahren sollten. Die strategische Überlegung dahinter war: Es sollte ein Wagen mit dickem Blech sein, der stabil genug war, um im Fall der Revolution ein Maschinengewehr auf dem Dach montieren zu können. Die Wahl fiel auf die Marke Saab. Erstaunlicherweise schien das gut zu den Plänen dieser Firma zu passen, die eine Marktoffensive in Deutschland vorhatte. So wurde man sich einig. Alle Ortsgruppen wurden angehalten, sich einen Saab zu kaufen. Das ZK bekam wunderschöne große Wagen mit Cockpits, die aussahen wie in einem Flugzeug. Öler und Gabler, mit ihrem feinen Gespür für Eigentumsverhältnisse, wollten nicht, dass diese schöne Flotte den Genossen gehörte, die die Fahrzeuge bezahlt hatten, sondern kassierten die Fahrzeugscheine direkt bei Lieferung ein und ließen die Autos auf den ZK-eigenen Verlag eintragen. So kam es, dass dieser Verlag, der drei Angestellte beschäftigte, 153 Firmenfahrzeuge besaß.

Irgendwann monierte das Finanzamt Frankfurt diese Konstruktion. Alexander erinnerte sich noch an den wütenden Artikel in der *Kommunistischen Volkszeitung* über diesen hinterhältigen Angriff der herrschenden Klasse. Immerhin erhielten die Genossen, die die Saabs bezahlt hatten, auf diesem Weg auch die Fahrzeugscheine und damit das Eigentum an den Autos zurück.

Ja, er hatte viel gelernt in seiner maoistischen Phase.

Eine Sitzung mit einem gemeinsamen Ergebnis abschließen.

Abweichler aufspüren und isolieren.

Einem Beschluss müssen Taten folgen.

Das eigene Ego hinter der gemeinsamen Sache zurückstellen.

Das Ziel nie aus den Augen verlieren.

»Wenn die Linie geklärt ist, entscheiden die Kader alles.« (Stalin)

»Entscheidend ist, dass Sie alle die Unternehmenswerte, unsere Verhaltensrichtlinie sowie die dazugehörigen Konzernleitlinien und Konzernrichtlinien leben und als Maßstab Ihres Handelns nutzen sowie deren Inhalte aktiv kommunizieren. Nur so können wir den Erfolg von Daimler langfristig sichern« (Vorwort zur Verhaltensrichtlinie der Daimler AG).

Wenn er heute Sitzungen in den Gremien des Verbandes

der Werkzeugmaschinenhersteller leitete und Abstimmungen durchführen musste, dann wählte er manchmal die maoistische Variante, wie er sie bei sich nannte. Er fragte dann einfach: »Und? Ist jemand dagegen? Dann bitte ich um das Handzeichen.« Er gewann solche Abstimmungen immer. Kapitalisten und verblendete Maoisten haben viele Gemeinsamkeiten.

Erstaunlich, was aus seinen alten Genossen geworden war: ein Dutzend Vorstände und einige Vorsitzende großer Unternehmen, eine Bundesministerin, ein Parteivorsitzender, mehrere Landesminister, neuerdings sogar ein Ministerpräsident.

72. Alexander

Maximilian schlug auf den Tisch. »Ich mach das nicht mit! Seid ihr wahnsinnig? Acht Millionen. Acht Millionen Kredit! Wenn das schiefgeht? Was dann?«
»Dann sind wir pleite«, sagte Alexander. »Aber wenn wir nichts unternehmen, sind wir es auch. Erst später, das ist wahr. Die Verhältnisse wandeln sich, und wenn die Firma starr bleibt, geht sie unter. Wir können einen Versuch wagen oder auf das Ende zutreiben. Vielleicht gelingt es uns zu überleben, vielleicht sogar an vergangene gute Zeiten anzuknüpfen.«
»Wir verpfänden alles. Wir verpfänden die Firma und unser Geburtshaus. Das ist es doch, was du willst. Du hast unser Haus immer gehasst. Du hast unseren Vater gehasst. Du bist hinüber ins Waisenhaus und hast dich lieber mit den Gaunern dort drüben abgegeben, nur um Vater das Herz zu brechen.«
»Maximilian, überleg für einen Augenblick. Welche Alternativen siehst du denn?«
»Was sagen Sie?« Die Mutter wandte sich an Bergmann.
»Das Ende der Fahnenstange ist schon in Sicht«, sagte Bergmann. »Ich weiß nicht, wann wir es erreichen, aber wir können nicht mit demselben Produkt ewig weitermachen.«
Die Mutter nickte.
»Wir werden einen Technologiesprung versuchen«, sagte

Alexander. »Ditzinger kann Konturen stanzen. Das können wir nicht. Die nächste Generation von Blechschneidemaschinen schneidet mithilfe von gebündeltem Licht beliebige Formen. Wir überspringen eine Generation technologischer Entwicklung.«
»Und das funktioniert?«, fragte Mutter Hubert Delius.
»Es gibt keine Garantie, gnädige Frau. Ich kann Ihnen nicht einmal versprechen, ob ich den Antrag im Kreditausschuss der Sparkasse durchbringen kann.«
»Wir versuchen es«, entschied Mutter.
»Ich stimme dagegen«, rief Maximilian.
»Dir gehören 12,5 Prozent, Alexander gehören 12,5 Prozent und mir 75. Es steht also 12,5 zu 87,5. Es ist entschieden. Wir versuchen es.«

73. Alexander

Weinmann verfügte weder über die nötige Fertigungstechnik noch über Erfahrungen und schon erst recht nicht über das nötige Know-how. Selbst wenn Alexander eine Büroklammer brauchte, stieß er auf von Maximilian geschürtes Misstrauen und Widerstand.
Hubert Delius sagte ihm, in allen Kreditausschüssen der Welt würden die Anträge mit dem höchsten Volumen zuerst bearbeitet. Da habe er also gute Chancen, der Erste zu sein. Kreditsachbearbeiter liebten Anträge mit großen Summen, die machten die gleiche Arbeit wie Kleinkredite, versprachen aber mehr Provision. Bestimmt werde man sich fragen, ob Weinmann in der Lage sei, einen so großen technologischen Sprung zu schaffen. Es würden Fragen kommen: mit welchem Personal, mit welchen Maschinen die Firma das machen wolle?
Alexander schlug vor, eine neue Firma zu gründen, die Alexander Helmholtz Maschinenentwicklungs GmbH, mit ihm als alleinigem Gesellschafter; aber Weinmann und das Elternhaus würden als Sicherheit eingebracht. Mit dieser Konstruktion würden lästige Fragen im Kreditausschuss umgangen.
Maximilian stimmte gegen den Plan, die Mutter dafür. Und so bezog Alexander neue Räume in der Basler Straße. Bergmann wurde sein erster Mitarbeiter.

Delius bereitete den Antrag vor – und brachte ihn im Kreditausschuss durch.

Am selben Abend bat Alexander Toni zum zweiten Mal, ihn zu heiraten. Diesmal erbat sie eine Nacht Bedenkzeit – bevor sie ablehnte. Alexander dachte, dass dies ein Fortschritt sei.

Er warb einen Mitarbeiter von Ditzinger ab, den jungen Ingenieur Heinrich Backhaus. Backhaus litt bei Ditzinger unter dem dominanten Firmenchef, der niemand und nichts neben sich gelten ließ. Jetzt freute er sich, dass er in Alexanders kleiner Firma Neuland betreten konnte. Er berichtete, dass Ditzinger ebenfalls mit Laser experimentierte, die Ergebnisse seien jedoch ernüchternd gewesen. Der Lichtstrahl eigne sich zum Schweißen, aber nicht zum Blechschneiden, dazu sei er zu ungenau. Außerdem wurden die als Medium eingesetzten Stäbe zu heiß. Und niemand wusste, wie man den Stab kühlen konnte, ohne den Prozess zu beenden.

Backhaus entwickelte neue Versuchsreihen – aber er scheiterte. »Es funktioniert so einfach nicht«, sagt er.

»Wie sonst?«

»Das weiß niemand.«

74. Toni

Ich starrte auf den Teststreifen, und er verfärbte sich. Ich pinkelte auf den zweiten Streifen, und er verfärbte sich auch. Der dritte ebenfalls.
Erstaunt bemerkte ich, dass das erwartete Entsetzen ausblieb.
Ich war schwanger.
Es fühlte sich gut an.

75. Toni

Doch wer war Vater meines künftigen Kindes? Ich wusste es nicht.
Hände weg vom Telefon.
Alles in mir schrie danach, zu meinen beiden geliebten Männern zu rennen, um ihnen die frohe Botschaft zu überbringen. Wir bekommen ein Kind!
Ich tanzte in der Wohnung.
Aber dann kochte ich mir einen Tee, zündete zwei Kerzen an und dachte nach.

76. Alexander

Sie hatten sich lange nicht mehr gesehen.
Paul servierte Bratkartoffeln und Rotwein. Sie saßen in der Hildastraße und redeten wie früher.
»Ich hab Toni gefragt, ob sie mich heiraten will.«
Paul, der Alexander gerade einen Nachschlag aus der Pfanne auf den Teller schob, verharrte inmitten der Bewegung. Die Kartoffeln fielen auf den Tisch.
Er setzte sich. »Und? Was hat sie gesagt?«
»Sie will es sich überlegen.«
»Also hat sie Nein gesagt.«
»Es wirkte wie ein Vielleicht. Sag mal, könntest du nicht mal mit ihr reden?«
Paul stand schnell wieder auf und hob die Pfanne über Alexanders Teller. »Ich bin nicht der Richtige, als Heiratsvermittler.«
»Warum nicht? Du kennst sie, du kennst mich.«
»Wenn sie dich nicht heiratet, dann frage ich sie.«
Alexander lachte. »Du wärst wirklich die zweitbeste Wahl.«
»Wie du meinst, Alexander. Was macht deine Arbeit?«
Alexander erzählte von den bisher fehlgeschlagenen Laserexperimenten. Er schilderte Paul, dass er nicht weiterkam.
»Warum hast du mich nicht gefragt?«, fragte Paul.
»Dich?«
Paul ging in die Werkstatt und kam mit zweien seiner brau-

nen Notizhefte zurück. »Mit der Revolution wird es wohl nix werden«, sagte er. »Ich schreib in diese Hefte meine Versuche auf. Seit Jahren experimentiere ich mit Licht und Laser. Seit wir die Bullen mit dem Spiegel geblendet haben. Erinnerst du dich noch?«

Alexander lachte. Wie konnte er das vergessen?

»Hast du was zum Schreiben dabei? Ich zeig dir mal, was ich gemacht habe in der Zwischenzeit.«

Alexander kramte sein Notizbuch hervor und schob es Paul über den Tisch.

Paul zog einen Bleistift aus der Tasche und zeichnete etwas in das Buch.

»Das ist der Resonator eines herkömmlichen Lasers. In der Mitte das Ding ist das laseraktive Medium. Ihr versucht es wahrscheinlich mit Stäben?«

Alexander sah Paul erstaunt an. »Du kennst dich aus!«

Paul lachte.

»Ich arbeite seit Jahren mit Licht und Laser. Toni und du, ihr habt das immer als Spleen abgetan – ist es ja eigentlich auch. Ihr habt Probleme mit thermischen Linsen?«

Paul zeichnete ein Linsensymbol in die Skizze.

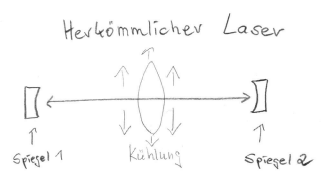

»Genau«, sagte Alexander.
»Jetzt Achtung! Jetzt kommt meine Erfindung.«
Paul schrieb auf das gegenüberliegende Blatt von Alexanders Notizbuch »Pauls Laser« und fertigte eine weitere Skizze an.

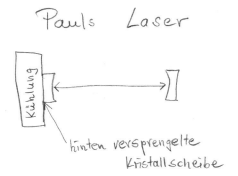

»Der Vorteil meiner Erfindung besteht darin, dass der Kristall von hinten gekühlt werden kann. Das vermeidet thermische Linsen und erlaubt eine höhere Strahlqualität. Ich habe auch ein anderes, scheibenförmiges Medium entwickelt, kein Gas, sondern Kristall, und das lässt sich besser kühlen.«

77. Toni

Ich habe lange gerungen mit mir.
Du liebst sie doch beide. Warum sollst du dann einen aufgeben?
Aber ich wusste, dass es nicht funktionieren würde.
Nicht mit einem Kind!

78. Toni

Schließlich nahm ich ein Blatt Papier und schrieb auf:

> Alexander ist wie Stein, Paul ist wie Erde.
> Alexander trägt mich auf Händen, Paul lässt mich fallen.
> Alexander liebt mich, Paul vögelt mich.
> Alexander kümmert sich um meinen Orgasmus, Paul ist das scheißegal.
> Alexander ist aufmerksam, Paul ist gedankenlos.
> Alexander ist innere Unsicherheit, äußere Sicherheit.
> Paul ist innere Sicherheit, äußere Unsicherheit.
> Alexander will mich heiraten, Paul verabscheut die Ehe.
> Alexander wird das Kind lieben, Paul auch.

Ich las diese Liste wieder und wieder, dann weinte ich einen Nachmittag lang, und als die Tränen getrocknet waren, beschloss ich, Alexanders glückliche Braut zu werden.

79. Toni

Die Schwachen kämpfen nicht.
Die Stärkeren kämpfen vielleicht eine Stunde lang.
Die noch stärker sind, kämpfen viele Jahre.
Aber die Stärksten kämpfen ihr Leben lang.

So schrieb es Bertolt Brecht. Es klingt, als habe er Paul gekannt. Paul gehörte zu den Stärksten. Glücklich, wer einen solchen Menschen kennt. Glücklich, wer einen solchen Menschen lieben darf. Am glücklichsten, wer von ihm geliebt wird.
Ich habe ihm das Herz gebrochen.
»Ich bekomme ein Kind von Alexander«, sagte ich ihm. »Unsere Zeit ist vorbei.«
»Unsere Zeit ist vorbei?«, wiederholte er.
Noch nie hatten wir uns so steif gegenübergesessen wie an jenem Tag im Café Ruef. Auf neutralem Boden.
Zum Abschied gaben wir uns die Hand.
Das muss man sich vorstellen. Wir gaben uns die Hand wie Fremde.
Mein Gott, habe ich geweint.
Danach.

80. Alexander

»Das könnte funktionieren«, sagte Backhaus. »Faszinierend. Das ist eine völlig andere Sicht, aber es könnte funktionieren.«
»Was müssen Sie wissen?«
»Ich brauche die Details.«

»Paul, ich mache dir einen Vorschlag. Wir möchten deine Idee ausprobieren. Wenn es funktioniert, werden wir Partner.«
»Wir sind Freunde. Wozu sollen wir da noch Partner sein?«
»Du beteiligst dich mit deiner Erfindung an meiner Firma.«
»Alexander, das Sein bestimmt das Bewusstsein. Und ich will bestimmt kein Kapitalist werden.«
»Die Erfindung könnte dir Geld einbringen. Vielleicht nicht einmal wenig.«
»Ich mach das nur aus Spaß. Es ist mein Hobby.«
»Ich fände es schön, wenn du einsteigen würdest. Nicht gerade die Weltrevolution, aber auch ein aufregendes Projekt.«
»Heiratest du?«
»Ja. Toni ist schwanger.«
»Ich weiß.«
»Du weißt es schon?«

»Toni hat mit mir gesprochen.«
»Ich wollte dich nach unserem Gespräch zu einem kleinen Besäufnis einladen.«
»Mmh.«
»Wir würden deine Erfindung gern ausprobieren.«
»Brauchst du nicht. Sie funktioniert.«
»Paul, komm, werde mein Partner!«
»Ganz sicher nicht. Aber ich überschreib meine Erfindung dem Nicaragua-Komitee. Die brauchen Geld.«
»Paul, das geht nicht. Ich verkaufe keine einzige Maschine, wenn das Geld nach Nicaragua geht. Werde Partner, dann kannst du mit dem Geld machen, was du willst.«
»Ich tu's nicht, Alexander.«
Sie redeten noch eine Weile ohne Ergebnis. Dann gingen sie in Webers Weinstube und betranken sich.
Es war das letzte Mal, dass Alexander Paul sah.

81. Alexander

Alexander wusste es. Paul war ein Dickkopf. Er kannte ihn. Die Sparkasse machte Druck. Hubert Delius rief täglich an und wollte wissen, ob sie das lästige technische Problem endlich gelöst hätten. Er müsse ständig dem Vorstand berichten. Er brauche, verdammt noch mal, gute Nachrichten, sonst würde die Sparkasse die nächste Tranche nicht auszahlen.
»Wir kriegen's nicht hin«, sagte Backhaus.
Alexander telefonierte mit Paul.
Zwecklos.
Dann kam das ernste Gespräch mit dem Sparkassenchef.
Da war die unerträgliche Hetze von Maximilian.
Die Besorgnis und die Rückfragen seiner Mutter.
Alexander dachte, er habe ein Geschwür in der Magengrube.
Aber es war nur Angst. Und sie wuchs jeden Tag.
Es stand alles auf dem Spiel.
Alles.

82. Toni

Manchmal werde ich gefragt, ob man es Kindern ansehen könne, welches von ihnen von Magersucht bedroht sei, welches anfällig sei für diese Krankheit.
Man sieht es den Kindern nicht an, denn alle können erkranken. Doch besonders gefährdet sind jene Kinder, die unsere Leistungsnormen früh verinnerlicht haben.
Die Angepassten sind gefährdet. Die leistungsorientierten Mädchen, die immer freundlich, die immer gut drauf sind. Es sind die Mädchen, die die Dinge unter Kontrolle haben müssen.
Sie greifen sich dann das Schwierigste heraus. Das Essen.
Sie kontrollieren die Nahrungsaufnahme und merken nicht, wie sie die Kontrolle über alles andere verlieren.
Rebellen werden nicht magersüchtig.

83. Alexander

Als der Druck am größten war, kaufte sich Alexander eine Minox-Kamera. Klein, handlich, hochauflösend.
Er ging tagsüber zur Hildastraße, denn er wusste, dass Paul wieder Arbeit bei einer Firma in Müllheim gefunden hatte und daher nicht zu Hause war. Der Schlüssel lag wie immer hinter der Regenrinne.
Er ging durch den hinteren Raum in Pauls Werkstatt.
Die beiden braunen Hefte lagen neben der Lichtmaschine.
Alexander arbeitete gründlich. Jede Seite fotografierte er zweimal. Sicherheitshalber. Plötzlich hörte er ein feines metallisches Geräusch. Er hielt den Atem an.
Man hörte das Klicken eines Verschlusses, doch es war nicht seine Minox, die geklickt hatte. Er sah zur Decke. Vielleicht hatte Paul eine versteckte Kamera eingebaut? Erneut klickte es.
Alexander streckte den Mittelfinger in die Luft. Scheiß drauf. Er würde es Paul irgendwie erklären. Dann nahm er eine Serie von zwanzig Fotos von Pauls »Lichtmaschinen« auf.
Vorsichtig zog er die Tür von außen ins Schloss und legte den Schlüssel zurück hinter die Regenrinne.

»Das ist sensationell«, sagte Backhaus.
Alexander hatte die Fotos entwickeln und alle Aufzeichnungen abschreiben lassen.
»Das ist der Durchbruch«, sagte Backhaus.
Alexander nickte.

Eine Woche lang wartete er auf Paul. Er hatte sich mehr als zehn Ausreden zurechtgelegt und sich dann für die Version entschieden, es sei Notwehr gewesen. Aber Paul meldete sich nicht bei ihm. Nie mehr.

Das Patent auf die *Scheibenlaser* genannte Erfindung wurde auf Alexander Helmholtz und Heinrich Backhaus beim Deutschen Patentamt eingetragen. Ein Jahr später zeigten sie auf der Industriemesse in Hannover die erste neue Maschine. Auch Ditzinger führte eine Laser-Blechschneidemaschine vor, die jedoch deutlich unpräziser arbeitete.
Die neue Helmholtz-Maschine kostete das Dreifache einer herkömmlichen Weinmann-Blechschneidemaschine.
»Ihr seid verrückt«, sagte Maximilian. »Die Maschine ist viel zu teuer. Die kauft euch niemand ab.«
VW stieg ein, dann Mercedes.
Backhaus verbesserte die Maschine.
Alexander begann die Kredite zu tilgen.

84. Alexander heute

»Sorry, ich habe Sie warten lassen«, sagte Dr. Esser, als er das Besucherzimmer betrat.
Sie reichten sich zum zweiten Mal an diesem Tag die Hand. Esser sah auf die Uhr. »Unser junger Freund verspätet sich wohl etwas«, sagte er.
»Können Sie mir endlich einmal sagen, worum es geht?«
Dr. Esser sah Alexander Helmholtz aufmerksam an. »Mein Mandant«, sagte er ruhig, »hat Unterlagen seines verstorbenen Vaters gefunden, in denen ...«
In diesem Augenblick klopfte es, und die Assistentin streckte ihren Kopf durch die halb geöffnete Tür. »Herr Becker ist jetzt da«, sagte sie.
»Herein mit ihm«, rief Dr. Esser, froh, die Frage von Helmholtz nicht beantworten zu müssen.
Die junge Frau zog die Tür weit auf und trat zur Seite.

85. Toni

Das Leben ging weiter, als wäre nichts geschehen.
Wir feierten eine tolle Hochzeit. Ein wenig hatte ich Angst oder die Hoffnung, dass Paul auftauchen und mich wie in dem Film mit Dustin Hoffman entführen würde. Ich verscheuchte den Gedanken. Mehrmals. Doch Paul erschien nicht.
Alexander hatte ich nie so glücklich gesehen.
Sein Bruder mochte mich nicht, und Elisabeth, meine neue Schwägerin, diese fette Kuh, mochte mich auch nicht.
Zwei Monate vor der Hochzeit hatten Alexander und ich ein ernstes Gespräch geführt. Er berichtete mir, dass die Familie quasi pleite sei und er an der Rettung der Firma arbeite. Vielleicht gehe alles schief. Dann wäre er bis ans Ende seiner Tage verschuldet. Er könne mit mir noch nicht einmal in die Flitterwochen fahren. Er brauche jeden Arbeitstag für seine Firma.
»So sieht's aus«, sagt er.
»Ich werde arbeiten«, sagte ich. »Unserem Kind wird es an nichts fehlen.«
Alexander lieh mir aus dem Firmenkredit der Sparkasse das Geld für meine Praxis. Wahrscheinlich war das nicht ganz legal, ich weiß es nicht. Aber ich zahlte ihm jeden Pfennig zurück.
Luka wurde geboren. Ein schönes Kind. Mein Kind. Und es war mir egal, wer der Vater war.

Zwei Jahre später heirateten Paul und Elli. Sie bekamen einen Sohn, den sie Jonas nannten. Ein schöner Name. Strunz erzählte es mir. Er war Trauzeuge der beiden und wurde auch Pate von Jonas.

Er erzählte mir, dass Paul und Elli in St. Georgen wohnten, er erzählte mir, dass Paul die Wohnung in der Hildastraße behalten habe und sie als Werkstatt nutze, er erzählte mir, dass er in einer Firma in Müllheim arbeitete und dass er dort zum Betriebsrat gewählt worden sei. Strunz, der Gute, hielt mich auf dem Laufenden, und sicher berichtete er umgekehrt Paul von mir, von Luka, später von der Geburt Emmas.

Dann sahen wir uns.

Zufällig.

Ich schloss die Praxis ab, um in die Markthalle zu gehen und dort zu Mittag zu essen. Aus irgendeinem Grund wählte ich den Umweg über den Münsterplatz, und da kam er mir entgegen. Älter geworden und schöner – fand ich.

Wir redeten nicht viel. Er drehte sich um und ging los, und ich lief nebenher. Bis zur Hildastraße. Gott sei Dank hatte er das Bett dort stehen gelassen.

Wir liebten uns mit der Verzweiflung Hoffnungsloser.

Oft.

Ich hatte ihn wieder.

Die Ehe führt geradewegs in die Enthaltsamkeit.

Es gibt kein besseres Mittel, um enthaltsam zu leben, als zu heiraten.

Das Begehren bleibt nicht bei Ehepaaren. Dies ist ein Naturgesetz der Liebe. Ich weiß es aus vielen Therapiesitzungen mit Paaren, und ich weiß es aus eigener Erfahrung. Irgendwann verflog meine Lust auf Alexander. Ich kämpfte

dagegen an, aber gegen Naturgesetze ist jeder Kampf aussichtslos. Und schließlich merkte ich, fast erleichtert, dass Alexanders Begehren auch versiegte.
Und trotzdem: Jenseits des Verlangens gibt es eine tiefe Bindung zu Alexander, etwas, das uns unzertrennlich macht und das den Verlust des Körperlichen aufwiegt. Es sind nicht nur die Kinder und erst recht nicht das Haus, was uns zusammenhält. Ich erinnere mich noch gut, wie Alexander um die Firma seiner Eltern gekämpft hat. Wie die Unsicherheit bei uns Dauergast war. Wie es langsam bergauf ging. Wir hatten es eine Zeit lang schwer, aber mein Mann hat nicht aufgehört für uns zu kämpfen. Dafür liebe ich ihn.
Für das andere nehme ich mir Liebhaber.

Aber trotz allem: Paul riss eine Lücke, die niemand und nichts schließen kann. Ich war bei ihm an dem Tag, bevor die Krankheit ausbrach. Wir trafen uns in der Hildastraße, diesem wunderbaren Sündababel, und als wir nach der Liebe erschöpft im Bett lagen, erzählte er mir amüsiert, dass er und seine Kollegen den ganzen Tag mit dem Putzen der Produktionsräume zugebracht hätten. Morgen, so die Anweisung der Geschäftsleitung, habe die gesamte Belegschaft mit sauberer Arbeitskleidung anzutreten. Für zehn Uhr sei eine Versammlung anberaumt.
Wir lachten, und ich erinnere mich noch, dass ich seinen grauen Arbeitskittel gebügelt habe. Ich stand nackt am Bügelbrett. »Damit dein Chef mit dir zufrieden ist. Wenn der wüsste, wie dieser Kittel so schön glatt wurde.«
Irgendwann ging ich gut gelaunt.
Es war Strunz, der mich anrief. Paul habe starke Seitenschmerzen gehabt und sei zum Arzt gegangen. Ein paar Tage später kam die Diagnose.

Heute weiß man, dass Nierenkrebs durch Trichlorethylen ausgelöst wird.
Die Berufsgenossenschaft verweigerte die Anerkennung als Berufskrankheit. Die Firma Heppeler wies jede Verantwortung von sich. Vor den Gerichten unterlag Paul. Zwar sei die Wahrscheinlichkeit hoch, dass der Umgang mit Trichlorethylen den Krebs ausgelöst habe, aber letztlich beweisen könne man es nicht.
Ich hatte ein langes, tränenreiches Gespräch mit Elli.
Und so war ich in seinen letzten Jahren in seiner Nähe.

86. Paul

Paul stand in einer Gruppe von Kollegen weit hinten an der Eingangstür, als der Chef hinter das Rednerpult trat. Er strich sich noch einmal über seinen glatten Arbeitskittel und rief sich das Bild von Toni ins Gedächtnis, die ihn nackt gebügelt hatte.
Etwa hundert Arbeiter und Angestellte standen in der Eingangshalle der Firma. Jede Abteilung bildete einen eigenen Haufen. Die Büroangestellten weiter vorne, die Arbeiter in den dunkelblauen Arbeitskitteln weiter hinten.
Heinz Schulz senior war ein beliebter Chef, ein jovialer runder Mann, der das Unternehmen aufgebaut hatte. Sein Sohn war weniger beliebt. Er galt als überheblich und leichtsinnig, und es war allgemein bekannt, dass er schon zwei große Mercedes des Chefs zu Schrott gefahren hatte.
Paul nahm an, dass die ganze Aufregung, das Maschinenputzen, Bodenschrubben, die Anweisung, heute saubere Arbeitskleidung zu tragen, damit zu tun hatte, dass der Chef die Geschäfte an den Junior übergeben würde. Für den Betriebsrat würden dann härtere Zeiten beginnen. Der Junior war unsicher und launisch. Keine gute Kombination.
»Meine Damen und Herren«, sagte der Chef, »dies ist ein besonderer Tag für unsere Firma. Ich bin ein alter Mann, und ich habe Sorge zu tragen, dass das Unternehmen auch in Zukunft eine tragfähige und verlässliche Führung hat.«

»Dacht ich es mir doch«, sagte Paul zu seinem Nebenmann. »Daher«, fuhr der Chef fort, »habe ich mich entschieden, das Unternehmen zu verkaufen.«

Hundert Kehlen schnappten nach Luft, Pfiffe waren zu hören.

»Es geht kein einziger Arbeitsplatz verloren, im Gegenteil, die Firma wird wachsen. Sie hat nun einen starken Partner. Ich stelle Ihnen nun Ihren künftigen Chef vor.«

Paul bekam plötzlich keine Luft mehr, die Knie schlotterten, ihm wurde schwindelig, und sein Gesichtsfeld engte sich immer mehr ein, bis er nur noch das Rednerpult sehen konnte.

Alexander sprang mit einem Satz auf die Bühne und trat hinters Pult. Paul verstand nur noch einzelne Redefetzen.

Freue mich.

Niemand muss sich sorgen.

Zusammenarbeit.

Konzentration in der Helmholtz-Gruppe.

Anstrengungen besser bündeln.

Gemeinsam stärker.

Paul drehte sich langsam um. Einige der Umstehenden sahen ihn besorgt an, weil er die Füße über den Boden zog wie ein alter Mann.

Er verließ die Firma und betrat sie nie wieder.

87. Alexander heute

Alexander Helmholtz kniff die Augen zusammen.
Sein Sohn hatte den Besprechungsraum betreten.
Luca.
Dann merkte er – es war Paul.
Luca.
Paul.
Jonas.
Für eine ewig lange Zehntelsekunde verlor er die Orientierung.
Erinnerung ist ein anderes Kaliber als das Gedächtnis. Erinnerung wählt aus. Erinnerung bewahrt jene Dinge auf, die ein unkontrollierbares Unterbewusstsein für wert hält, dass sie aufbewahrt werden, oder die so schrecklich sind, dass sie unvergesslich werden. Sie hält sie frisch wie am ersten Tag. Ihr Maßstab sind weder Uhr noch Frau Ballhaus' Terminkalender. Erinnerung lässt sich nicht kontrollieren, bestellen, kommandieren, sie kommt und geht, wie es ihr passt, oft ohne Vorwarnung und ohne Ankündigung, und wenn sie erscheint, ist sie wahr, sosehr man zuvor auch versucht haben mag, sie zu verbiegen, zu verleugnen oder gar ganz zu löschen.
Jonas blieb vor dem Tisch stehen.
Unter den Arm hatte er einen Packen brauner Notizhefte geklemmt, unverkennbar – Pauls Tagebücher.

Er legte sie vorsichtig auf den Tisch und setzte sich. Mit einer sanften Bewegung strich er mit dem Handrücken über den Umschlag.
Dann sah Jonas Alexander direkt in die Augen.
»Wir müssen reden«, sagte er.

Dank

Als Jugendlicher habe ich mir einmal ein Buch aus der Heimbibliothek ausgeliehen, das ich nie wieder vergessen sollte. Die Geschichte ging so: Im Viktorianischen Zeitalter bricht eine vornehme Familie aus London samt Butler zu einer Seereise auf. Unterwegs erleiden sie Schiffbruch und landen auf einer einsamen Insel. Der Herr des Hauses befiehlt dem Butler, Feuer zu machen, denn er selbst kann es nicht. Es zeigt sich: Nur der Butler beherrscht die auf der Insel lebensnotwendigen Fertigkeiten. Die Rangordnung ändert sich. Bald schickt der Butler den Herrn zum Brennholzsuchen und anderes mehr. Irgendwann schwingt er sich zum Chef auf, dem nun auch die Frau zusteht. Der frühere Herr ist fortan der Knecht. So leben sie mehr oder weniger friedlich unter umgekehrten Vorzeichen, bis eines Tages ein Segel am Horizont erscheint, eine englische Fregatte nimmt alle mit an Bord und bringt sie zurück nach London. Dort ist dann alles wieder wie früher; der Herr ist wieder der Herr und der Butler wieder der Butler.
Dieses Buch empfand ich als große Erleichterung. Es zeigte mir: Ich war nicht schuld an meiner Lage oder an der Lage meiner Familie. Es gab offenbar Mächte, von denen ich noch keine Ahnung hatte. Ich verstand, dass diese Mächte jeden von uns willkürlich an irgendeine Stelle der Gesellschaft werfen, ohne Rücksicht auf Talent oder Charakter.

Schade, ich habe diese Erzählung nie wiedergefunden. In meiner Erinnerung klingt sie nach Charles Dickens, aber als ich dessen Werke las, fand ich diese Story nicht darunter.
Später, als ich selbst Geschichten erfand, wollte ich immer eine wie diese schreiben. Aber im Zeitalter der Satellitentelefone gibt es keine einsamen Inseln mehr, und so legte ich die Idee beiseite, ohne sie je ganz vergessen zu können.
Erst im Rückblick wurde mir dann plötzlich bewusst, dass ich in den späten Sechziger- und den frühen Siebzigerjahren eine Zeit erlebt hatte, die dieser Inselsituation entsprach. In ihr spielte die Herkunft keine Rolle mehr, entscheidend war, was man konnte, wie man sich über Wasser hielt. Diese Phase dauerte nur drei oder vier Sommer an, dann zerfiel die kommunistische Idee, die die Ränder dieser Insel definiert hatte, und die meisten gingen ihren vorgestanzten Weg weiter – und waren doch nicht mehr dieselben.
So entstand die erste Idee zu diesem Buch.

Während der Vorbereitung dieses Romans bekam ich viele Geschichten erzählt. Diese Erzählungen gingen in unterschiedlichem Maße in dieses Buch ein. Ich bedanke mich herzlich bei: Peter Adler, Theresia Bauer, Michael Below, Tine Burkhardt, Gerhard Dietsche, Johannes Doppstadt, Bernd Fuchs, Hans-Jörg Hager (auch für die freundliche Erlaubnis, seinen Aufsatz aus dem *Keplerturm* verwenden zu dürfen), Reinhold Joppich, Klaus Theweleit (auch für seine kleine »Gastrolle«), Addi Lapp, Manfred Meretz, Michael Moos, Hubert Pfister und Otmar Willmann.
Für mögliche Fehler, für das Weglassen von Wichtigem oder das Hinzufügen von Unwesentlichem trage ich jedoch allein die Verantwortung.

Bei den Szenen um die Freiburger Straßenbahnkämpfe stützte ich mich auf die Dokumentation »Gleich wird's grün« des Archivs Soziale Bewegungen Freiburg sowie auf den Dokumentarfilm von Peter Adler »Um 13 Uhr am Bertoldsbrunnen«. Ich danke beiden für ihre Unterstützung.

Bei den Kapiteln über die Magersucht habe ich Markus Treichler von der Filderklinik in Filderstadt für die langen Gespräche zu danken, in denen er mir die Hintergründe dieser Krankheit erläuterte. Außerdem verwendete ich die Arbeiten von Laurie Penny, z. T. erschienen bei der Edition Nautilus, Hamburg. Der Tarifabteilung der IG Metall danke ich, dass sie mir die Tarifverträge der 1960er-Jahre zur Verfügung stellte.

Der Scheibenlaser wurde nicht von Paul erfunden, sondern entstand im Institut für Strahlwerkzeuge in Stuttgart. Ich danke dem Institutsleiter Prof. Dr. Thomas Graf für die mühevolle Arbeit, mich in die faszinierende Welt der Lasertechnik einzuführen und mich mit Literatur über Optik und Laser zu versorgen.

Ein großer Dank geht an Lutz Dursthoff, der mit großer Sorgfalt und bewundernswertem Sprachgefühl das Manuskript druckfertig machte.

Wie bei meinen anderen Büchern wird der kundige Leser auch hier hin und wieder Bezüge zu anderen Autoren oder zu Filmen finden. Vielleicht macht das Lesen mehr Vergnügen, wenn man solche Fundstellen entdeckt. Das Schreiben jedenfalls geht mir leichter von der Hand, wenn ich ab und zu kleine Verbeugungen vor literarischen Vorbildern im Text verstecke.

Wer mehr über Moppel, Dr. Groß oder andere Nebenfiguren erfahren will, findet auf meiner Homepage eine Übersicht über alle Nebenfiguren, ihre Biographien und ihren weiteren Werdegang; siehe: www.schorlau.com/rebellen/sidekicks.

Vieles aus der beschriebenen Zeit erscheint aus der heutigen Perspektive wunderlich und sonderbar. Aber ich wollte nicht nur an eine vergangene Periode erinnern. Manchmal ist es notwendig, etwas Spezifisches zu erzählen, um etwas Allgemeines auszudrücken.

»Einer der wichtigsten deutschsprachigen Autoren politischer Kriminalromane«

www.krimi-forum.net

Wolfgang Schorlau.
Die blaue Liste.
Taschenbuch.
Verfügbar auch als eBook

Wolfgang Schorlau.
Das dunkle Schweigen.
Taschenbuch.
Verfügbar auch als eBook

Wolfgang Schorlau.
Fremde Wasser.
Taschenbuch.
Verfügbar auch als eBook

Wolfgang Schorlau.
Brennende Kälte.
Taschenbuch.
Verfügbar auch als eBook

Wolfgang Schorlau.
Das München-Komplott.
Taschenbuch.
Verfügbar auch als eBook

Wolfgang Schorlau.
Die letzte Flucht.
Taschenbuch.
Verfügbar auch als eBook

Wolfgang Schorlau.
Am zwölften Tag.
Taschenbuch.
Verfügbar auch als eBook

Leseproben und mehr unter www.kiwi-verlag.de

Wolfgang Schorlau. Sommer am Bosporus. Roman.
Taschenbuch. Verfügbar auch als eBook

Sehnsucht treibt Andreas Leuchtenberg nach Istanbul, um einer alten, nicht gelebten Liebe nachzuspüren und die Frau wiederzufinden, deren Liebe er vor vielen Jahren zurückwies, als seine Kumpels sie als seine »Kanakenbraut« verhöhnten ... Er lässt sich durch die Stadt treiben, lernt Alt-Istanbul, den europäischen Teil, kennen und gerät dann in die abgelegeneren orientalischen Stadtviertel. Immer weiter verliert er sich in der geheimnisvollen Atmosphäre dieser Stadt mit ihrer 2500-jährigen Geschichte.

Leseproben und mehr unter www.kiwi-verlag.de